重生唐三

斗罗大陆

第五部

唐家三少 著

第1~7册全国热售中！

2021年唐家三少重磅新作，接档第四部，精彩延续！

王者归来 勇担重任 全新时代 热血开启

《斗罗大陆 第五部 重生唐三 7》内容简介

唐三和伙伴们终于来到了祖庭，在张浩轩的讲解下，他们才知道了精怪族和妖怪族都有哪些顶级强者。而他们接下来要做的就是攀登这些强者的圣山寻找机缘，同时，还有团战等待着他们，团战将会在一个名叫地狱花园的地方进行。

初代史莱克七怪的成长之路 ◇ 不可取代的幻想经典

斗罗大陆

新版 唐家三少 著

全国上市

唐家三少超人气之作　武魂觉醒开创传奇

· 电 视 剧 倾 情 巨 献 ·

动画播放量破三百亿　常年雄踞国漫各大榜单

━━━ 全系列内容简介 ━━━

唐门百年难得一见的天才唐三因私学唐门高深内功，被追至悬崖边。他将绝世暗器佛怒唐莲留下后纵身一跃，竟阴差阳错来到了斗罗大陆一个普通的村庄——圣魂村。小小的唐三在这里开始了他的魂师修炼之路，并萌生了振兴唐门的梦想……

冰火魔厨

典藏版

10

唐家三少 著

湖南少年儿童出版社
HUNAN JUVENILE & CHILDREN'S PUBLISHING HOUSE

图书在版编目（CIP）数据

冰火魔厨：典藏版.10 / 唐家三少著. -- 长沙：
湖南少年儿童出版社, 2021.10
ISBN 978-7-5562-6130-7

Ⅰ. ①冰… Ⅱ. ①唐… Ⅲ. ①长篇小说－中国－当代
Ⅳ. ①I247.5

中国版本图书馆CIP数据核字(2021)第176467号

BINGHUO MO CHU DIANCANG BAN 10

冰火魔厨 典藏版 10
唐家三少 著

责任编辑：陈雅倩　朱碧倩
特约编辑：孙宇程　段健蓉
装帧设计：杨　洁　曹希予

出版人：刘星保
出版发行：湖南少年儿童出版社
社址：湖南省长沙市晚报大道89号　　　　邮编：410016
电话：0731-82196340（销售部）　　　82196313（总编室）
传真：0731-82199308（销售部）　　　82196330（综合管理部）
常年法律顾问：湖南崇民律师事务所　　　柳成柱律师

经销：新华书店　印刷：北京盛通印刷股份有限公司
书号：ISBN 978-7-5562-6130-7
印张：18　　　　字数：240千字
开本：710 mm×1000 mm　1/16
版次：2021年10月第1版
印次：2021年10月第1次印刷
定价：32.00元

目录

· CONTENTS ·

第 191 章
智女交心与十三阶的威胁

"哪五个字？"洛柔的神色间不禁多出了几分好奇。

念冰一字一顿地道："血、狮、教、教、主——"

"什么？"洛柔失声惊呼，骇然失色，她吃惊地看着念冰，捂住了自己的嘴。

念冰失笑道："能让智女洛柔小姐如此惊讶，也算是我的荣幸了。"

洛柔呆呆地看着念冰，"血狮教"这个名字她当然知道。作为奥兰帝国的宰相，她对仰光大陆的形势做过无数次的分析，她不止一次听过血狮教的事情，曾经派人多方打探，也没有得到什么有用的消息。

血狮教的庞大和神秘令她大为震撼，这个地下组织的规模之大，行动之周密，教众之忠诚，都令她大为钦佩。虽然她并不知道这个血狮教具体的规模有多大，但深深感觉到这个组织的可怕。

"你说，你是血狮教教主？"洛柔的声音多了几分迷惘。

念冰微微一笑，道："不错，我坐上教主这个位置有两年时间了。"

洛柔深吸一口气，眼神重新变得清明了。

"好厉害的融家，好厉害的融亲王啊！念冰，你坦白告诉我，你是不是融家专门培养出来的？"

念冰知道，以洛柔的聪明，必然已经猜到了很多事。他摇了摇头，道："不。我确实不是融家培养出来的。当年，我随父亲一起离开融家，直到上次五国新锐魔法师大赛时，我才回来。爷爷很看重我，不但让我重回融家，还把血狮教交给了我。有一点你可以放心，融家其他成员都不知道血狮教的存在，这个秘密只有融家历代家主才能得知，而且血狮教也不受融家管制。所以，你应该明白我的意思了，血狮教现在是由我做主的组织，血狮教的情报网络遍及整个大陆，我现在所做的铺垫都是为了融家的未来。以你的聪明才智，自然会明白我的意思。"

"嗯，我明白了，你能告诉我这些，足见你对我的信任。我答应你，等我回国之后，你让人来联系我吧，就以此物为证。不过，我有一个小小的请求。请你别误会，只是请求而已，就算你不答应，我也会帮你的。"

说着，她从自己脖子上摘下一条项链递给念冰，项链上的挂坠是一颗水滴状的红色宝石，如同血泪一般。链子很简单，是一根类似于银线的东西，但又比银线要亮许多。

项链入手，还带有洛柔的体温和淡淡的清香，念冰深深地看了洛柔一眼，道："需要给我这么贵重的东西吗？"

他能够感觉到这颗宝石中蕴含着最纯净的火元素，宝石的能量虽然不如正阳刀上的那颗火焰神之石，但纯净度犹有过之。

洛柔微笑道："如果没有一些特殊的东西，被人冒充了该怎么办呢？这条项链上的挂坠是可以取下来的，就算是还我欠你的那份人情吧。什么时候，你有需要我帮忙的地方，只要拿着这颗宝石来找我，我一定会尽全力相助。至于这一次，就算是利息吧，让你的人来时拿着链子就行，挂坠暂时先留在你那里。这滴血红之泪是母亲留给我的遗物，是独一无二的，没有东西能冒充得了。"

念冰有些呆滞地看着洛柔，道："这太贵重了，我怎么能收下你母亲留给你的遗物呢？"

洛柔轻叹一声："你不想问问我的请求是什么吗？"

念冰点了点头，道："你的请求是什么？只要我能做到，一定会尽力帮你。"

洛柔微笑道："其实，这对你来说是一件非常简单的事。在我帮助奥兰帝国逐渐强大起来，也把你的人安排上高位之后，我希望你能在和灵儿她们隐居的地方留一个地方给我，可以吗？"

念冰全身一震，看着一脸微笑的洛柔，一时间不知道该怎么回答她才好，这、这是表白吗？可是……

"不要误会，我只是想让你提供一个住的地方给我。"

念冰的大脑突然变得迟钝了，傻傻地问道："你是奥兰帝国的宰相，想找个住的地方还不容易吗？"

洛柔狠狠地瞪了他一眼，道："你就说答不答应吧。难道你非要我明说是为了去你那里蹭饭吗？"

念冰苦笑道："你的请求有些儿戏了——好，将来我决定隐居之时，一定先将地址告诉你。只要你愿意来，总会有你一个房间的。"

洛柔摊开自己的手递到念冰面前，念冰惊讶地看着她，问："干什么？"

洛柔嗔道："你怎么突然变傻了，信物啊！你不给我个信物，以后我怎么号令你那些手下，他们又怎么会相信我？"

念冰又一次愣住了，自己能给洛柔什么信物？人家给了自己这么珍贵的东西，如果是普通货色自己又怎么拿得出手呢？但是，总不能把七神刀或者血狮教的教主令送出去吧？到底送什么好呢？他实在有些拿不定主意。

念冰一咬牙，手上的空间之戒微微一亮，一个小布包出现在掌心。

看到这个布包，洛柔的眼睛不禁亮了起来，这个布包她见过，就在念冰第一次展露厨艺之时，正是这个布包带给了现场所有人深深的震撼。

念冰将布包打开，手指一挑，一把中号的鬼雕出现在他的右手食指和中指之间，刀刃被双指夹住，而刀柄向外，递到洛柔手中。

"鬼雕是师傅留给我的最珍贵的东西，也只有它才能勉强与小姐的信物相比。"

洛柔喜滋滋地将鬼雕捏入手中，看着那细小刀身上的精致纹路，感受着那淡淡的寒气，俏脸上满是兴奋的笑容。

"我一定会收好的，不过，你把这把刀给了我，会不会影响你的厨艺？"

念冰苦笑道："你觉得我现在还有空做菜吗？放心吧，鬼雕是可以通用的，以我现在的能力，即使是用魔法凝结成的冰刀，也能发挥出同样的效果。我会告诉我的属下，见到此刀就如同见到我本人，他们会听从你的调遣。"

洛柔美眸中流露出一丝温柔。

"记住你的承诺，当你们隐居之时，一定要给我留一个房间。"

念冰点了点头，道："我答应过的事一定会做到。好了，我们回去吧，别让他们等太久。"

他并没有叮嘱洛柔什么，因为他知道，以洛柔的聪明才智，自然知道应该怎么做。说完，他解开精神力对周围空间的封印，率先走了回去。

看着念冰的背影，洛柔的眼神瞬间变得幽怨了。

"傻子，在这方面你为什么那么傻呢？连女孩子送信物的意思都不明白吗？如果不是因为你，我怎么会提出这样的要求？"

她小心地将鬼雕收入衣襟之中，跟着念冰去了。

当年，在念冰赢了赌约之时，洛柔心中就烙印下了他的身影，但真正打动洛柔的，是念冰第一次施展厨艺，做出那夺天地造化的美食——九青神龙冰云隐。

念冰那绝世的刀功、专注的神情，早已打动这位智慧之女的芳心，可她是一个高傲的姑娘，这种事又怎么开得了口呢？尤其是今天当她见到凤女时，觉得心中的希望更加渺茫了，但她并不愿意放弃，所以才在念冰提议时提出了自己的要求。

两人回到房间时，玉如烟看念冰的眼神多了几分异样，但她并没有多说什么，凤女几人都在吃粥，见他们回来，赶忙招呼他们一起吃饭。席间吃得最香的就要数舄卤了，他一直吃了三大锅粥，才满足地拍了拍自己的肚子。

"妈，让凤女、晨晨和灵儿陪您在都天城中转转吧。我还有点事情要做。"

玉如烟点了点头，道："你忙你的，我和柔儿也住在国宾馆，我们会一起回去的。"

念冰用精神力传音给蓝晨道："嘿嘿，今晚我要跟你好好聊聊。"

说完，他不等蓝晨回答，就拉起吃饱喝足的舄卤跑了出去。

龙灵看蓝晨神色不对，忍不住问道："念冰他说什么了？"

蓝晨看了龙灵一眼，当着母亲的面她自然不能说实话，只是没好气地道："他啊，没说什么，就会欺负我！"

凤女看了妹妹一眼，轻笑道："是吗？那好吧，晚上我们等他回来好好惩罚他一下。"

洛柔看着凤女三人与念冰相处融洽，心中不禁有些黯然，但她表面上并没有流露出来，而是微笑道："好了，大家也吃饱了，我们就出去转转吧，我也是第一次到都天城来呢。"

念冰和焗卤出了粥店，焗卤赞叹道："兄弟，你介绍的这个地方还真不错，虽然未必有你做的饭菜好吃，但很有特点。"

念冰微笑道："大哥，你是越来越能吃了，不会是要第二次发育吧？"

焗卤没好气地道："发育什么啊，我都几百岁的人了。哦，对了，你感觉到没有？"

念冰点了点头，道："那个扎木伦应该就是神之大陆派来查找默奥达斯封印之瓶的人。焗卤大哥，有些事我不能再瞒你了，其实……"

当下，他一边带着焗卤朝城中心走，一边将默奥达斯封印之瓶的事简单地说了一遍。

听完念冰的话，焗卤激动地道："兄弟，你是说、你是说我的家乡还有可能再回来？"

念冰点了点头，道："理论上是这样的。但是，我现在不能完全肯定。因为遗失大陆回来的可能性非常小。有七龙王坐镇，那偷走默奥达斯封印之瓶的家伙本就很难成事，现在神之大陆又派来了不少神人，他们联合起来，足以横扫整个仰光大陆了。"

焗卤突然停下脚步，严肃地看着念冰，道："兄弟，你是不是也认为我们遗失大陆不该归来？"

念冰回头看着他，道："以前确实是这样的，但自从我了解了神之大陆与遗失大陆之间的恩怨以后，我的想法改变了。从我自己的角度来看，如果不是遗失大陆归来有可能造成动荡，我非常希望它回来。至少，遗失大陆能够制约神之大陆，仰光大陆也就安全了。相对神之大陆而言，你不觉得这片大陆才是各种生物的净土吗？这也许是最后一片净土了吧。"

舄卤走到念冰身旁："我明白你的意思了。其实，你也是矛盾的。不过，不论你愿不愿意帮我，我都当你是兄弟。我只是希望，你能告诉我那个决战的地方。"

念冰深深地看了他一眼，道："你已经决定站在邪月那一边了？"

舄卤摇了摇头，道："不，我只站在遗失大陆那一边。"

念冰虽然早已想到舄卤的反应，但真的听到舄卤的回答，他还是感觉到一阵为难。他轻叹一声，道："大哥，不论如何，那时我都会到现场的，也一定会带上你。至于我的立场，让我再想想好吗？"

舄卤眼中闪着晶莹的泪光，矮人族盼望了上万年的机会就要到来了，心中的执念使他无论如何也不可能放弃这次机会。

他轻轻地点了点头，没有再说什么。

两人继续向前走去，念冰突然心中一动，用精神力传音给舄卤道："大哥，有人跟着我们。"

舄卤还沉浸在念冰所说的事情中，经他一提醒，赶忙打起精神。果然如念冰所说，一股若有若无的气息跟在两人身后百丈之外。

舄卤向念冰点了点头，道："应该是他。"

念冰从舄卤身上感觉到了一股强烈的杀气，知道他已经动了真火，道："这个神之大陆派来的使者应该去调查默奥达斯封印之瓶的事才对，怎么会和朗木帝国的人混在一起，还成了木晶的师傅呢？"

乌卤冷冷地道："让我去干掉他吧。"

念冰见乌卤要有所动作，赶忙按住他宽厚的肩膀。

"不行，这是在都天城中，不能动手。大哥，我明白你的心情。不过，凡事不能操之过急，我们先把他引出城再说。"

他对神之大陆上的神人同样没有丝毫好感，更何况这个扎木伦还成了木晶最大的帮手。

方向不变，念冰继续向前行去，当路过一家魔法物品店时，他带着乌卤一起走了进去。

"两位先生想要点什么？小店的极品魔法武器应有尽有，价格公道。"

服务生看念冰和乌卤的打扮虽然普通，但气质远非常人可比，赶忙迎了上来。

念冰淡然道："大陆风云，血狮雄风。"他自然不怕店里其他客人听到，精神力传音是直接在对方脑海中响起的。

服务生全身一僵，但很快就恢复了正常，低声道："不知客人平时喜欢什么颜色的武器？"

念冰道："金红色。"

"金红色？"服务生失声惊呼。

念冰瞪了他一眼，道："怎么？你们这里没有吗？"

服务生此时已经平静下来，赶忙道："有是有，不过，这个价钱嘛……"

念冰转向服务生，用身体挡住店中其他客人的视线，掌心中红光闪烁，在服务生面前一晃。只有服务生和焉卤看到，那是一只精致的红玉狮子。

"我就要金红色的，给我准备七件金红色的武器，我一个时辰后过来取。记着，让铸造师们都过来，我想询问他们一些关于铸造的问题。"

服务生已经变得异常恭敬，赶忙道："是，是，小的一定转告。"

念冰拍了拍有些迷惘的焉卤，道："大哥，我们走吧。"

说完，念冰带着焉卤离开了魔法物品店，向城门的方向走去。

焉卤疑惑地传音道："兄弟，你为什么还要买武器？你那七柄刀已经是最好的了。"

念冰微笑道："大哥，那是我血狮教的暗号，我回答金红色，代表的是自己的身份。我说要七件，并指明要铸造师前来，其实指的是让他请本教长老到那里等我。好了，咱们加快点脚步，先把麻烦除去再说。"

两人始终没有回头看，直接朝距离最近的西门走去。他们这个级别的高手，一旦对战，很可能会声势浩大，单是能量波就能造成巨大的破坏，有可能伤到平民，这并不是念冰想看到的。

当他们来到城外之时，原本晴朗的天空已经被一片阴云遮盖，温暖的空气中也多了几分寒意。念冰和焉卤依旧在向前走，念冰能够感觉到焉卤心中的杀意越来越强烈。对于曾经是遗失大陆一分子的矮人来说，神人就是他们最大的敌人。

念冰与焉卤对视一眼，焉卤心领神会，两人同时展开身形，焉卤依靠的是自己的斗气之力，而念冰依靠的却是强健的身体。他们的速度骤然加快，在空气中留下了两道淡淡的残影。

一直跟在他们身后的扎木伦此时再也无法隐藏自己的身形了，赶忙加快速度朝两人追去。因为他是从神之大陆出来的，所以对自己过于自信，否则，从念冰和枭卤的速度，他就应该看出这两个人并不好对付。可惜，过度膨胀的信心和自诩为神的意念使他并没有注意到这些。

念冰和枭卤虽然并没有全速奔驰，但速度也是非常快的。念冰对都天城周围的地形很熟悉，他们从官道旁穿过一片树林，来到一个小山包处时，立刻停了下来。

念冰站定，看了一眼枭卤，枭卤也同时在看着他，两人都看到了对方眼中的寒意。

淡淡的七彩光芒从念冰眉心的天眼穴中散发而出。

他没有回头，只是平静地道："扎木伦兄，你已经跟我们够久了，出来吧。"

扎木伦一闪身，飘身出现在距离两人十丈的地方。他跟过来倒并不是为了找念冰麻烦，而是受木晶所托。

木晶对念冰始终有着几分戒备之心，所以才让扎木伦悄悄跟着念冰，看他有什么动向。现在是四国公论大会举行前的关键时期，她希望能够多掌握一些念冰的动向。可惜，她并不知道，枭卤和念冰两人，一个对神人有着深切的仇恨，另一个对自私的神人也绝无好感，在扎木伦的跟踪下已动杀机。

"你们能发现我？"扎木伦有些惊讶地道。

他一边说着，一边漫不经心地向念冰和枭卤走来，身体周围闪耀着淡淡的青色斗气。由于木晶曾一再叮嘱他这个时候不能伤了念冰，所以他现在只想给念冰和枭卤一点教训，也摸摸二人的底细。

在念冰看来，这个扎木伦的能量似乎和当初与圣师为敌的那个风神的能量有些相像，只不过，扎木伦身体周围的斗气并不简单，风属性斗气内还包含着强烈的风元素，虽然不如风神的能量精纯，但也有着自己的特点。

念冰缓缓转身，扎木伦看到念冰眉心处那光彩熠熠的天眼穴时不禁心中一紧，顿时明白了对方能够察觉到自己存在的原因，但他并没有过于紧张，毕竟，这里只不过是仰光大陆，并不是神之大陆，以他神级的实力，自然不会惧怕两个仰光大陆人。

念冰淡然一笑，道："扎木伦兄一直跟随我们兄弟二人，不知有何指教？"

扎木伦冷哼一声，道："你的外表确实不错，没想到在这个世界上居然还有这么多美女。"

对于凤女、龙灵和蓝晨，他的印象极为深刻，一看到念冰那英俊的容貌，顿时心中嫉意大盛。

听着扎木伦答非所问，念冰不禁微微皱眉，尤其是看到扎木伦眼中的贪婪时，他心中不禁生出一股怒意，突然开口问道："仰光大陆比神之大陆的生活要强多了吧？"

"那是当然，简直是天堂和地狱的差别……你、你怎么知道我来自神之大陆？"意识到自己说漏嘴了，扎木伦全身杀气大盛。

念冰微微一笑，道："扎木伦兄不用紧张，其实，我也只比你晚来几天而已。"

扎木伦一愣，道："你也是神人？我怎么没见过你？我们一起来的人中明明没有你。"

念冰道："你们来仰光大陆应该是查找默奥达斯封印之瓶下落的，怎么会和朗木帝国的人混在了一起，扎木伦兄能否给我一个解释呢？"

扎木伦脸色微变："你知道的事倒不少。那你呢？你既然也是神人，怎么会成了一个国家的代表？"

看着他有些尴尬的脸色，念冰顿时明白了一些。

"仰光大陆的生活确实不错，像你这样依附于一国，既能有美妙的享受，还能顺便查访，看来，扎木伦兄是个聪明人。"

扎木伦冷哼一声，道："小子，你不会是主神派来监视我们的吧？你还没有回答我的问题。"

念冰微笑道："怎么？恼羞成怒了？回答你的问题很简单，我本就不是神人，更与那些所谓的主神没有一丝关系，我就是一个人类，一个仰光大陆上的人类。难道只允许你们神人到仰光大陆来，就不许我到神之大陆去吗？"

扎木伦惊讶地道："你是人类？"

念冰不等他继续问下去，立刻道："和你一起来的人呢？他们不会也像你这样吧？"

扎木伦冷冷地看着念冰，身体周围的风属性斗气更加猛烈了。

"你想套我的话？别做梦了！本来我没打算杀你，不过，既然你对我的底细知道得如此清楚，那就留不得你。"

念冰微笑道："你现在不说没关系，不过，我听说神人都是很怕死的，我想，很快你就会开口了。"

他话音刚落，扎木伦猛地抬起右手，一掌轻飘飘地劈了出来。风属性斗气最大的特点就是快速和锋利。

青光一闪，一道风刃朝念冰当头劈来。这可不是普通的魔法风刃所能比拟的，其中蕴含的庞大能量仿佛将空气完全斩开一般，青光周围的空气竟然有些扭曲了。

烏卤大喝一声，左脚向旁边踏出一步，已经来到念冰身前。他早已有些等不及了，黑色战斧骤然抡起，黑色斗气丝毫不外泄，从正面迎上了风刃的攻击。

轰然一声巨响，烏卤站在原地未动，扎木伦脸色铁青，下意识地退了两步，显然处于下风。

念冰心中不禁有些惊讶，烏卤的战斧并不是普通的武器，乃是矮人族大师不知道耗费了多少心血才铸造而成的超神器，对使用者的斗气有特殊的加成作用。

这种短柄宽刃战斧也只适合矮人使用，名叫灭神斧，攻击力非常强。扎木伦空手攻击，而烏卤用灭神斧发出攻击，却只能将扎木伦逼退两步，显然双方实力相当。

扎木伦心中的惊讶更在念冰之上。吃饭的时候烏卤就曾经破过他一次攻击，只不过那时是在饭店之中，他只用了很少的斗气，所以并没有太在意。这一次却不一样，他刚才那一道风刃几乎用了八成斗气，志在必得，没想到不但没有成功干掉念冰，反而被始终没有开口的烏卤逼退了。

面对一个拥有天眼穴，一个实力不在自己之下的两个敌人，他心中不禁萌生退意。以他的观念，在任何情况下都要先保住自己的性命。

念冰微微一笑，看着扎木伦惊疑不定的眼神，他也动了，右脚在地面上一蹬，身体飘然后退，同时传音向烏卤道："大哥，这个家伙实力很强，而且这里距离都天城太近，不宜浪费过多的时间，我们联手干掉他。"

念冰心中从来没有想过和敌人公平对决，以扎木伦的实力，如果只是一个烏卤对战扎木伦，那么，烏卤本身必然会付出不小的代价，而有自己在侧，对付这个家伙显然就要容易多了。

　　岛卤自然明白念冰的意思，心中一暖，双肩一晃，身体骤然发生了变化，一道黄色的光芒激射而出，直奔念冰而去，而他则毫不闪躲地迎上了扎木伦接连攻出的九道斗气。

　　眼看着岛卤的身体在九道斗气中变得支离破碎，扎木伦心中不禁大喜，虽然心中疑惑为什么这原本强大的武士会突然变得如此不堪一击，但也没时间细想，能够除去这个强敌再对付念冰就容易多了。

　　就在扎木伦准备继续攻击之时，一道黑光横空而至，庞大的斗气凝聚成一道利刃，直奔他头顶而来。

　　扎木伦不敢轻视，双手青光闪烁，两柄长刀同时出现在手中，他将长刀交叉在身前向上迎去，大喝一声："开！"

　　轰——

　　十三阶的高手相互碰撞所带来的能量波是极为可怕的。重新现身，恢复矮人形态的岛卤在空中接连三个翻腾朝远方落去。

　　以扎木伦的身体为中心，周围五十丈之内，地面向下沉陷一丈，在斗气的震荡下，尘土都被震得四散纷飞。

第 192 章
领域——交错之幻想

扎木伦喷出一小口鲜血，心中除了愤怒以外，恐惧的感觉也大大增加。

乌卤利用假动作使扎木伦分散注意力，又凭借灭神斧从上而下轰击，使得扎木伦已经吃了些小亏。像他们这样同级别的高手交锋，胜负往往就在毫厘之间。

扎木伦手中两柄青光闪烁的长刀显然并非凡品，刀长四尺，刀身狭长，风元素极为浓郁，可惜，此时两柄长刀上都出现了一个缺口，显然是被灭神斧劈的。

这两柄刀一向是扎木伦的宝贝，此时被乌卤所伤，扎木伦不禁心中大痛。

乌卤落在五十丈外，冷冷地看着扎木伦，身体周围的黑色斗气不断地波动着，如同黑色火焰一般。

他头上的短发根根竖立，身材虽矮，但肌肉异常鼓胀，矮神铠上没有任何光泽，却与他整个人的气息完全融合在一起。

"矮人？"扎木伦的声音变得沉重了许多，"你们矮人竟敢从神之大陆跑出来？哼，我们一定会将你们灭族，这一次，连卡奥大人也帮不了你们。"

听到"灭族"二字，焗卤顿时心中大怒，长啸一声，高高跃起，双手握住灭神斧，如同开天辟地一般，朝扎木伦劈去。

扎木伦脸上露出一丝诡异的笑容，作为一名神人，能够活到今天，他经历过太多的事情了，激怒一个刚直的矮人对他来说并不是什么难事。

他的身体在原地一晃，顿时如同一缕青烟般变得缥缈无形，焗卤原本已经锁定了他的身体，但在这一刻，锁定突然失效了。

焗卤全力发动的攻击直奔地面而去，而那缕青烟瞬间脱离了焗卤的攻击范围，扎木伦有些兴奋的声音在焗卤背后响起："耀风十字斩。"

在武者达到十二阶以后，虽然总体能量成了决定胜负的关键，但技巧同样重要，是同级高手之间最能体现差距的地方。所以，在战斗之时，很少有武者会用尽全力。

此时，刚直的焗卤已经完全被扎木伦激怒，他的全力攻击使自己无法改变前冲之势。

在这个时候，即便他已经明白自己上当了，手中劈出的战斧也无法收回，只能强行凝聚自己全部的斗气，准备硬扛下扎木伦这次的攻击。

如果这里只有焗卤和扎木伦对阵，那么，这一次攻击焗卤必然要吃大亏，扎木伦的实力并不比他弱，就算有矮神铠的保护，他也不可能完全扛住对方的攻击。

不过，焗卤并不是孤军奋战，他是不冷静，但是，就在不远处，还有着一个比任何人都冷静的念冰。

一道银色的光影在那青色的十字斩发出的同时飘然出现在焗卤身后，原本前冲的焗卤瞬间消失了，正在得意的扎木伦心中大骇，没有犹豫，一个转身，强行将劈出的十字斩带向自己背后。

轰——

青黑两色斗气在空中相撞，这一次，地面遭到的破坏比先前更加严重，周围百丈之内寸草不留，焄卤和扎木伦同时喷出一口鲜血，扎木伦大半个身体都陷入了泥土之中，而焄卤落地后接连踉跄十余步，险些一屁股坐在地上。

原来，在焄卤面临危险之时，念冰强行将空间影傀儡打入他的身体，将他连带自己的攻击硬生生地瞬间移动到扎木伦背后。

虽然这个移动的过程对念冰也造成了一定的精神震荡，但他那融合了天眼、皇极两穴的怪异窍穴异常结实，他只是感觉脑袋晕了一下，就恢复了正常。

焄卤被瞬间移动，而扎木伦是临时改变攻击方向，两人的攻击在无形中都弱了几分，谁也没占到便宜。

落地之后，两人都在拼命地凝聚着自己的斗气，焄卤因为愤怒双眼已经变得通红，他想的只是一往无前地攻击，而扎木伦现在想的却是立刻逃跑。

刚开始念冰的战意并不坚决，但在扎木伦看到了焄卤的真身，又侮辱了令自己充满敬意的矮人族之后，念冰心中的战意已经到了极点。七柄神刀同时出现在他身体周围，七个影傀儡将他的身体围绕在中央。

念冰并没有直接利用瞬发魔法向扎木伦发动攻击，因为他很清楚，以自己的攻击力，很难伤害到已经达到十三阶的扎木伦，除非自己恢复精神力实体攻击，否则，自己即使拼尽全力用出十二阶的神降术，想伤害到对方也有些难。

他并不怕扎木伦向自己发动攻击，有焄卤在侧，除非是主神级别的超级高手，否则根本不可能在击败焄卤前攻击自己，因此，他做出了一个特殊的选择。

"在混沌中封闭的永恒，在虚无中破碎的平衡，停留在宇宙的至深之渊，被呼唤而来的伟大神明，请回应我的祈求。重叠幻想与现实，交错弱小与强大，改变彼此的面貌，将痛苦与悲伤降临彼身。交错之幻想。"

在吟唱咒语的过程中，念冰眉心处的天眼穴突然失去了七色光彩，变得灰蒙蒙的，淡淡的灰色光芒飘然而出，在这一刹那间仿佛覆盖了天地。

周围的一切都变成了灰色，那是没有任何生命气息的灰色。天变成了灰色，地也变成了灰色，天地之间的一切都在这灰色中不断地扭曲。

扎木伦突然发现，自己眼前的一切都不再真实，大脑中多了一个身影——念冰的身影。

生存了数千年的他很茫然，不知道发生了什么，是魔法吗？不，他从没有见过这样的魔法，也从没有产生过这样的感觉，自己体内的一切似乎都发生了变化。

他突然发现，自己的身体变得越来越迟钝。低头看时，他恐惧地发现自己竟然已经变成了一块石头。眼前的矮人乌卤，身体飞快地长高，转瞬之间，就变成了一个高达十丈的巨人。

扎木伦更加恐慌了，用尽全力催动体内的斗气，想要腾空而起，转身朝相反的方向跑去。但是，他吃惊地发现，自己变成石头的身体不再听话，依旧在原地未动。

大地随着乌卤踏向前的一只脚剧烈地震颤起来，灰色的世界变得更加朦胧，那巨大的战斧对着扎木伦当头斩下，灰色的线条在空中扭曲，仿佛不知道要落在什么地方。

"不——"

扎木伦怒吼着，但他听不到自己喊出的声音，他在颤抖，在恐惧，从没有什么时候令他感觉死亡是如此接近。

念冰平和的声音在他灵魂深处响起："你是一块石头，你什么也做不了。"

扎木伦试图做最后的反抗，用双刀去抵挡劈到头顶的战斧，但是，他依旧只能感觉到自己是一块石头。下一刻，他的身体变轻了，被远远地轰了出去。

烏卤与扎木伦感觉完全不同，他缓过气来后立刻向对手发动了攻击，周围的一切依旧没有变化，天空虽然有些阴沉，但一切都是那么真实。当他腾身到空中凝聚全部力量向扎木伦发动攻击时，惊讶地发现自己的对手呆呆地站在那里。烏卤虽然不知道为什么，但蓄势已久的一斧还是劈了下去。

扎木伦举起了那青光闪耀的双刀，抵挡起来却是如此无力，巨大的轰响中，失去了大部分斗气支持的双刀被烏卤劈成了四块，扎木伦也在那巨大的冲击力下防御被破，护体斗气支离破碎，人被远远地轰了出去。

如果不是扎木伦本身的斗气极为强劲，恐怕这一斧已经令他的身体变成两半，即使如此，扎木伦也受了重伤，他的皮肤在烏卤强大的斗气作用下布满了伤痕，鲜血一口接一口地狂喷而出，眼见已再无战斗之力。

灰色的空间消失了，七柄神刀同时融入念冰的身体，念冰看上去有些疲倦，眼中却充满了兴奋。

在场三人中，只有他知道刚才发生了什么。交错之幻想可以说是一个魔法，也可以说不是。因为那并不是由任何魔法元素发出的，而是来自念冰的精神力。

当念冰在神之大陆的生命之湖中清醒时，卡奥为了让他变得更加强大，有一定的自保之力，研究出了数种只有他能够使用的能力，并且传授给了他。

交错之幻想本身的能量基础，其实就是小龙王奥斯卡所拥有的"无"的能量。只有在完全掌握了七种魔法元素后才能够使用。就在刚才，念冰抽空了周围数百丈内的所有七系魔法元素，以自己的精神力为基础，通过特殊的吟唱方法发动了这个特殊魔法。

念冰不知道这个魔法是什么等阶，但卡奥曾经告诉过他，这个魔法的威力会随着使用者精神力的增强而增强。

所谓交错之幻想，就是以精神力攻入对手的精神力之中，使对方心中产生各种复杂的幻象，削弱对方对自身能力的控制。

当念冰学会这个魔法时，卡奥对他说过，这个魔法有三大弱点。首先，它并不是对精神力的直接攻击，只是扰乱，这样的话，就无法对对手造成真正的伤害，只能让对手在一段时间内精神出现混乱。这样做的好处，对使用者来说，就是没有被反噬的危险。就算失败了，使用者自身的精神力也不会出现太大问题。

其次，一旦对方的精神力超过使用者，或者心志极为坚毅，这个魔法就有可能失败，之后必然会招来对方狂暴的攻击，而使用者因为精神力的消耗，必然会处于下风。

最后一个弱点，也是最关键的一个，就是当使用者发动交错之幻想时，因为精神力高度集中，不可能再做出其他攻击，自己的身体也不能移动。所以，从魔法的角度来衡量，这只是一个辅助性的魔法，不能真正用于攻击。

弱点虽然有三个，但优点更加明显，一旦对手陷入交错之幻想中，那么，对手的战斗力将被大幅度削弱。对手本身的能力还存在，却会受到幻象的强烈影响，在高手对战的过程中，这种幻象绝对是致命的。

在学会交错之幻想后，念冰就明白，与其说这是一个魔法，倒不如说是一个领域更为恰当。这是一个以咒语和精神力引动的特殊辅助领域。如果只有他一人，他是不会轻易使用的，但现在与他在一起的是实力并不在扎木伦之下的矮人战士乌卤。

乌卤回过身，惊讶地看向眉心处灰色光芒正在逐渐收敛的念冰，心中莫名产生一种恐慌的感觉。

念冰的交错之幻想完全可以针对一个对手，也可以针对一大片对手，他自然不会影响到乌卤，但是，周围空间的异样，还是令乌卤发自内心地感到恐惧。

乌卤深深地看了念冰一眼，再看看远处倒在地上、身受重伤的扎木伦。一个十三阶的高手啊！由原本的强悍突然变得如此不堪一击，这都是念冰用了什么魔法所致。在他心中，念冰的实力越来越神秘，也越来越可怕了。

念冰走到乌卤身旁，拍了拍他的肩膀，微微一笑，道："看来，我们还是耗费了不少力气，大哥，你没事吧？"

乌卤摇了摇头，道："没什么，只是经脉受了点冲击，以我的身体，用不了多久就恢复了。刚才我在最后攻击的时候，应该可以将他劈死的，可是脑中突然出现了一个幻象，手下意识地一软，才留了他一条命，那个幻象是你弄出来的？"

念冰点了点头，道："这是我新学会的一种能力，现在还不能让他死，我还有话要问他。"

说着，念冰单脚点地，飘然落到扎木伦身旁，圣洁的乳白色光华出现在念冰手掌之中，光芒闪耀，笼罩住扎木伦的身体，使他身上的伤口不再流血。

得到光系治疗术的帮助，扎木伦顿时感觉舒服了许多，看着念冰脸上平和的笑容，他下意识地向后挪动了一下身体。

"你、你要干什么？"

他依旧没有完全从交错之幻想中恢复过来，在他眼中，念冰就像一个狰狞的魔鬼。

念冰微微一笑，眼中异彩连闪。

"我不想干什么，只是想问你几个问题，老实地回答我，否则，你知道后果。"

扎木伦连连点头，惊恐地道："你问吧，我知道的一定告诉你。"

作为一个自私的神人，一个生存了几千年的神人，他心中最恐惧的就是死亡。

念冰似乎早已经料到了这样的结果，他蹲下身体，声音变得柔和了一些，看着扎木伦的眼睛问道："和你一起来到仰光大陆的那些神人呢？他们在哪里？在干什么？"

扎木伦摇了摇头，道："我也不知道。我们刚到仰光大陆的时候确实是要寻找默奥达斯封印之瓶的，一共来了十几个人，但后来我们发现，这片大陆简直是天堂啊！原本我们连想都不敢想的东西，在这里到处都是。由于这次来的都是神级高手，大家谁也制约不了谁，一番商量之后，我们就决定分散到四处去寻找默奥达斯封印之瓶的下落。所以，我也不知道他们在什么地方，更不知道他们现在在做什么。"

念冰冷笑一声，道："什么商量后分别寻找，你们分明就是对仰光大陆上的种种美好起了贪心，到处去享受才对吧？之后，你就到了朗木帝国，凭借你十三阶的实力，成了公主木晶的师傅，这样，一可以借助木晶的势力寻找默奥达斯封印之瓶的下落，再一个，有了皇室的支持，你也可以为所欲为，想要什么只要张张嘴就可以了。我说得对吗？不过，我很奇怪你为什么会选择朗木帝国，距离神之大陆最近的应该是冰月帝国才对吧？"

扎木伦有些尴尬地道："我们是通过空间传送魔法来到这片大陆的，刚到达的时候，正好在三国的交界处。后来大家商量分散后，有几个人去执行主神们下达的特殊任务了，我们剩余的人就分散到各地，我和一个同伴到了朗木帝国，那个同伴现在还留在皇宫之中。至于那个木晶公主，她本身就是很好的苗子，拥有自然系先天领域，是先天灵木之体，如果能够得到她，对我的修炼会有很大好处。她答应我，只要我和我的同伴帮助朗木帝国灭了那个华融帝国，她就嫁给我。所以、所以我就……"

念冰点了点头，站起身道："我明白了，好一个伟大的神啊！木晶也真是豁得出去，为了自己的国家，什么都能拿来做交易，我倒真有些佩服她了。不过，你的实力确实也值得她这么做，想必，这次你跟你的同伴来到华融帝国，就是她最大的依仗了。以你的实力，就算毁灭整个城市也未必不可能。可惜，你上当了，华融帝国虽然找不出你这个级别的高手，但是，融家的魔法师如果在融亲王的带领下，消灭你这么一个人，还是有可能做到的。如果我猜得不错，你并没有真正达到十三阶，而且，你也因为同时修炼风系斗气和风系魔法无法开启自身的窍穴，因此，你的实力还不够。在没有窍穴的情况下成为一个神，确实也很不容易。"

念冰本想看看神的窍穴究竟怎么应用，但在战斗中他并没有看到对方施展，不禁有些奇怪，刚才他之所以蹲下身体，就是用自己的天眼穴仔细地扫描了一遍扎木伦，才得出这样的结论。

扎木伦自然不知道念冰天眼穴的能力，听到他准确无误地说出自己的情况，心中的恐惧更加强烈，赶忙道："我知道的都已告诉你了，你现在可以放我走了吧？"

念冰嘿嘿一笑，道："我说过要放你吗？放了你，让你告诉你的同伴有矮人来到这片大陆吗？"

"不不不，我绝不会说的。"扎木伦已经想到了什么。

念冰淡然道："你觉得我会相信你吗？"

扎木伦十分恐惧，接连向后挪动。

"你刚才答应不杀我的，你不能这样对我。只要你答应留我一命，我愿意成为你的手下。"

念冰看向扎木伦："扎木伦兄，你认为我会相信一个卑劣的神人吗？你的结局只会有一个。舄卤大哥，剩下的就交给你了，我想，你早就想出出气了吧。"

"小心！"舄卤突然惊呼出声。

在舄卤说出第一个字的瞬间，念冰就已经用一个瞬间移动离开了原来的位置。其实，以他天眼穴的灵觉，又怎么用得着舄卤提醒呢？一道银光从他原来所站的位置一闪而过，眨眼间消失于天际。

在银光消失的同时，舄卤来到了扎木伦身前，举起巨大的战斧，没有犹豫地劈了下去。

"啊——"

惨呼声中，扎木伦被那黑色的斗气击中。

念冰一个瞬移后就没再回头看，他知道，枭卤一定会处理好的。他深吸一口冰冷的空气，转身朝都天城的方向走去。

念冰和枭卤并没有走西门回都天城，刚才在击杀扎木伦的过程中产生了很大的动静，以华融帝国高层的警惕性，必然会派人来查看，所以两人绕了一圈，从北门重新回到城内。

念冰看着用长生刀恢复了高大模样的枭卤，失笑道："大哥，你一路回来都是一脸兴奋的样子，杀一个神人对你来说那么重要吗？"

枭卤哈哈一笑，道："爽啊！你可不知道，我们矮人虽然因为卡奥大人能够在神之大陆上生存，但只能窝在圣山之中。我终于可以像我的祖先那样对抗神人了，你说我怎么能不兴奋呢？像这样神级的高手，神之大陆也不是很多，每杀掉一个，就会减弱他们一分实力。"

听了枭卤的话，念冰不禁心中一动，对啊！神之大陆最大的劣势就在于人数不足。与仰光大陆的亿万人类相比，神人的数量显得那么少。如果真要与神之大陆抗衡，那么，自己也要想个办法了。当然，这个办法只能应付那些主神以下的神人。到了十四阶的主神级别，数量就不再是弱点了。

都天城确实太大了，进了城以后念冰和枭卤又不能显露实力，两人竟然足足走了一个时辰才回到那家魔法物品店附近。

眼看魔法物品店就在眼前，枭卤不禁莞尔一笑，道："我怎么觉得走回来比刚才那一战还累啊！兄弟，我活了这么多年，要说走路，恐怕以往一百年也赶不上今天一天。"

念冰笑道："没办法，你要融入这新的社会，自然需要一个适应的过程。以后习惯就好了。你不觉得，只有在这种环境下，才会有轻松舒适的生活吗？"

乌卤有些夸张地伸展了一下身体，道："是啊！我已经开始爱上这片大陆了。"

念冰嘿嘿笑道："我看，你是爱上了那些美食吧。"

乌卤脸一红，道："那有什么不同，反正都是爱嘛。走吧，我们进去。"

说话间，他们已经来到那家魔法物品店门口。

此时，店门上挂着暂停营业的牌子，念冰自然当没看见，和乌卤并肩走了进去。

先前那名服务生赶忙迎了上来，跟他在一起的还有一名掌柜模样的人，通过气息，念冰判断出，这个人已经有武斗家的实力了。

面对下属，念冰身上自然散发出威严气息，淡然道："他们都来了吗？"

服务生点头道："他们都已经到了，请您跟我来。"

说着，他和掌柜一同向念冰二人施礼后，带着念冰和乌卤向后院走去。

这个店铺表面看上去并不大，后院却异常开阔，念冰能够感觉到，在这个宽大的院子中至少有二十个暗哨，心中不禁暗暗赞许。

服务生和掌柜将他们带到正堂的一个大房间门口，掌柜低声道："教主，几位长老就在里面。"

念冰点了点头，道："好了，你们下去吧。"

说着，他抬手推门而入。

这是一个足有五十平方米的客厅，客厅内的布置非常考究。念冰一进门，原本客厅内的人顿时都站了起来，念冰身体一震，惊讶地叫道：

"爷爷。"

　　房间中，除了念冰召来的血狮七老以外还多了一个人，正是华融帝国掌管全国兵马的融亲王——魔狮融焰。

第 193 章
念冰的顾虑

除了融亲王站在原地未动以外，七名血狮教长老同时恭敬地道："见过教主。"

虽然以他们的身份不用鞠躬，但礼数不可废。

念冰赶忙恭敬地向这些前辈道："见过各位长老。爷爷，您怎么也来了？"

融亲王脸色凝重，看了一旁的焉卤一眼，沉声道："听说你成了冰月帝国的使者，有这回事吗？"

从融冰处得到念冰到来的消息，又知道念冰召七长老议事，融亲王立刻就赶了过来。

念冰额首道："不错，我这次正是代表冰月帝国而来。这位焉卤大哥是我朋友，自己人，没有什么不方便的。"

说着，念冰自行走到上首位坐了下来。

融亲王目光始终跟随着念冰，见他坐下，冷冷地道："这件事你需要给我一个解释。"

念冰淡然一笑，道："爷爷，既然您将血狮教交给我，那么，您就应该相信我的决定。血狮教的宗旨是什么我非常清楚，我有能力处理好。您来得正好，也省得我去找您了，有些事我正想和您商量商量。"

融亲王脸色缓和了一些，道："念冰，我当初决定将教主之位传给你，就是看重你的大局观和你的能力，我相信血狮教在你的掌管下一定能够发展得更好，但是，你这次代表冰月帝国而来，同行的还有冰雪女神祭祀，不得不让我怀疑你的目的。

"你应该明白四国公论大会对我们华融帝国有多么重要。还有，你这一失踪就是一年多的时间，不要忘记，你是一教之主，你这样没有责任心，让我怎么能放心得了？"

念冰点了点头，道："您放心，我现在就会给您一个解释。首先我要问您一个问题，这四国公论大会是对华融帝国重要，但是，对我们融家也有那么重要吗？"

融亲王一愣，旁边的七位长老神色一动，似乎已经把握到了念冰要说的点。融亲王皱眉道："对我融家当然也重要，华融帝国是我们的根基，华融帝国强盛，融家自然也会随之强盛。"

念冰淡然道："如果真的是那么简单，就不应该有血狮教的存在了。爷爷，我只想告诉您，血狮教是为了融家而存在，却不是为了华融帝国而存在。如果不是因为我不在教中，单是奇鲁帝国一事，我绝不会让本教支持您行事。"

融亲王看着念冰毫无杂质的湛蓝色眼眸，心中已经明白了一些念冰的意思，沉声道："你继续说。"

念冰道："我们血狮教虽然是仰光大陆最庞大的地下势力，但是始终是神秘的，甚至没有多少人知道我们的存在。奇鲁帝国一役，本教的损失不小吧？只要是有心人，就都能看出华融帝国利用了不属于自己的力量。

"华天大帝与您是兄弟，可是，您想过没有，他身为帝王，对军队中的情况必然非常熟悉，恐怕，本教的秘密已经有部分暴露了。让本教兄弟们为了华融帝国而付出性命，难道这就是您希望看到的？您始终都是臣子，或许您不怕'功高震主'这四个字，但是，既然您将保卫融家的任务交给了我，我就不能不想得多一点。所以，我已经决定了，从现在开始，没有我的命令，血狮教不会再为华融帝国出一点力。"

听了念冰的话，七位长老都微微颔首，大长老眼中更是流露出赞许之意。当初融亲王决定利用血狮教帮助华融帝国攻击奇鲁帝国的时候，他就提出过反对意见，但因为念冰不在，其他几位长老又都支持融亲王，所以，最后行动还是进行了。

念冰并没有参加那次的战役，现在却分析得异常精准，每一个判断都如亲眼所见一般。

融亲王高声道："我这一辈子，最大的愿望就是将仰光大陆统一，只要我活着一天，就会不断地向着这个方向努力。"

念冰微微一笑，站起身道："爷爷，请您先冷静一下好吗？不错，我能明白您作为一个统帅的最终愿望，但是，我还是那句话，您所做的努力，都是为了华融帝国，并不是为了我们融家。

"其实，统一仰光大陆并不一定非要去征服，以您的方法统一，最后受益的只能是华融帝国，如果以我的方法统一，受益的却是我们融家。冰月帝国换帝时的变天行动，我想您应该很清楚吧。虽然我并不是冰月帝国的君王，但是，我敢说，只要我一声令下，冰月帝国就会真正变天，成为我融家最好的据点。这是您连年征战能做到的吗？

"我最终的目的只有一个，就是以我们血狮教的力量控制仰光大陆上每一个国家，让融家成为真正的大陆之王。我想，这样的效果远比您连年征战要强多了。"

"我赞成教主的说法。"大长老站了出来，走到念冰身后。融亲王是他的儿子，他怎么会不明白儿子的想法呢？

融亲王看着父亲主动走到自己孙子背后，眼中不禁流露出一丝失落，其他几位长老也先后来到了念冰身后，用行动表明了他们支持的对象。

虽然念冰消失了一年多的时间，但当初冰月帝国几乎不可能完成的变天行动在他的一手操控下完成了，给血狮教带来了巨大的利益。也正是那次行动，使念冰在教中建立了极高的威望，真正得到了血狮七老的肯定。念冰用行动证明了自己的想法是可以施行的。

看看七位长老，再看看念冰，融亲王有些苦涩地道："或许，我现在真的是老了吧。"

大长老没好气地道："混蛋，敢在我面前倚老卖老！你不是老了，而是糊涂了。"

融亲王这才想到面前的几位长老都是自己的长辈，不禁有些尴尬地道："父亲，我不是那个意思。既然你们都决定支持念冰，我也没什么好说的。其实我也明白念冰说得很有道理，但是，我更想凭借自己的力量，用铁与血统一整片仰光大陆。"

念冰站起身，走到融亲王身旁扶着他坐了下来："爷爷，其实您不用灰心，我这么决定是兼顾整个局面的。您是仰光大陆最强的统帅，我明白您心中的期望，但是，现在我们仰光大陆不能再爆发战争了，因为，外来的敌人随时都有可能出现。对于这些强大的敌人，只有不分国界的联合，才有可能与之抗衡。虽然我说的这个事不知道什么时候会发生，也可能永远都不会发生，但我们不得不防啊！"

看着融亲王和七大长老惊讶的目光，念冰继续道："以血狮教的情报网络都无法找到我，你们一定想知道我这一年多以来去了什么地方吧？我根本就不在仰光大陆上。普通人不知道那个地方的存在，但我想，你们一定是知道的，那就是所谓众神聚集的神之大陆。我正是因为去了那里，才失踪了这一年多的时间。"

"什么？你去了神之大陆？"融亲王惊呼出声。

对于仰光大陆的人来说，神之大陆是一个非常神秘的存在，那里有传说中的众神。

念冰点了点头道："不错，我去了神之大陆，在那里逗留了长达一年半的时间。这一年半以来，我终于了解了那些所谓的神究竟是什么。

"所谓的神其实也不过是人而已。而且，这些神远不像你们想象中那样神圣，其实，他们都是一些自私的人。

"不可否认，这些神人拥有强大的实力，虽然因为封印不能轻易来到我们这片大陆，但是，我能够肯定，一旦他们出现，那么，带给仰光大陆的绝对会是灾难。我所说的有可能出现的敌人，指的就是他们。虽然神人的数量不是很多，但他们中最弱小的人也有接近武圣的实力。

"神之大陆绝不像传说中那么美好，仰光大陆比起那里来，简直就是天堂。一群实力强大的神人如果从地狱来到天堂，他们会做什么？"

当下，念冰简单地将自己在神之大陆上的见闻说了一遍，只是隐瞒了默奥达斯封印之瓶和四大真神的内容，也没有说自己是因为什么去了那里。

"正是因为有这样的威胁存在，对于我们来说，一定要在和平中快速发展，凭借人数的优势与神之大陆抗衡。就算他们不会来，我们也必须做好准备。否则，仰光大陆将遭受巨大的灾难。"

看着融亲王和七位长老难以置信的神色，念冰向舄卤点了点头，黄色光芒涌动，长生刀的伪装眨眼间撤去，舄卤露出了本来面貌。

"传说中的矮人族，不知道爷爷和七位长老听说过没有。我可以告诉你们，我这位舄卤大哥的实力已经超越了神师，实力接近十三阶，也就是神之大陆上神级的高手。我想，这已经可以证明我的话了。"

客厅中一片沉寂，众人都沉默了，念冰坐回自己的位置，他并不着急，他知道，自己所说的一切对于融亲王等人来说很难理解，他们需要一个思考的过程。他也相信，以爷爷融亲王的智慧，不难明白自己的意思是什么。

良久，大长老率先开口："念冰，那你现在想怎么做呢？我想听听你的想法。"

念冰点了点头，道："我想做的事很简单——维持仰光大陆现在的局面。华融帝国与另外三大帝国南北对峙，同时发展，四国和谈自然是要完成的，同时，奥兰、冰月和朗木三国将会结成联盟，这样的话，华融帝国也没有理由向三国出兵了，只有这样，才能令仰光大陆恢复和平。"

念冰把先前在粥店中与洛柔和木晶的对话转述了一遍，也阐明了自己的观点。

念冰知道，四国公论大会虽然尚未开始，但只要爷爷认同了自己的想法，那么大局已定，后天举行的会议将不会出现什么变数。华融帝国的目的达到，念冰的目的也会达到。

融亲王道："华融帝国的事不是我一个人能决定的，念冰，虽然我认可你的方案，但是，你有把握说服我的老朋友吗？这次会议由苏越主持，你要说服他并不是一件容易的事。论智慧，我还没见过比他更高明的人。"

念冰微微一笑，道："我喜欢和聪明人打交道，我想，苏爷爷也会明白现今局势的，况且华融帝国现在需要和平。至于今后，只要其他三大帝国发展起来，华融帝国再想发动攻击，也不是一件容易的事。在来这里之前，我已经想得很清楚。在今后的一段时间里，血狮教要做的，就是对朗木帝国和奥兰帝国的势力渗透。当这两个帝国也变得像冰月帝国那样，我们融家就会长盛不衰。"

融亲王点了点头，道："好吧，我同意你的做法。事实上，血狮教也只会听从你的命令。只要三国同意和谈，那这次的会议自然会顺利得多。"

念冰站起身，道："爷爷，那我先回去了。融家的未来还要依靠您，等后天和谈结束之后，我会立刻离开这里，有什么消息我会通过血狮教通知您的。加强练兵，增强我们自己真正掌握的实力，以不变应万变，方为上策。七位长老，我先走了。"

在七大长老的恭送声中，念冰带着乌卤离开了血狮教的这个秘密地点。虽然谈话很简短，但已经达到了他想要的效果，这就足够了。现在他还有一个目标，只要说服了这最后的目标，那么，四国公论大会就完全在他的掌控之中。

念冰和乌卤回到国宾馆，还没走到自己的房间门口，就听到了隔壁的嬉笑之声。

乌卤向念冰说道："去吧，去陪陪她们，我先回去修炼一会儿，把伤治好。"

说着，乌卤开门走进了房间。

念冰蹑手蹑脚地来到隔壁，正好听到里面在谈话，通过天眼穴，他发现房间内不单有凤女三人，洛柔和玉如烟也在。

只听龙灵道："念冰去了这么久，怎么还不回来？"

凤女失笑道："灵儿妹妹，你可不能这样，老念他。我们要联合起来，否则以后还不净让他欺负吗？"

玉如烟道："凤女、晨晨、灵儿，你们都想好了吗？"

此话一出，房间内出现了短暂的寂静，外面的念冰也竖起耳朵，想听听三人如何回答。

第一个开口的是蓝晨，她道："妈，我们的事您也知道了，那时，念冰拼着自己的性命救了我，也帮姐姐和灵儿开启了天眼穴，通过那滴天使之泪，我们明白了他十分看重我们。我和灵儿早就跟姐姐商量过了，我们会一直帮他。"

凤女和龙灵对视一眼，同时点了点头。

凤女道："念冰最大的心愿就是能够救出自己的父母，我们要帮他救出伯父伯母。"

龙灵道："阿姨，念冰虽然有时候神神秘秘的，但他对我们确实很好。"

念冰站在门外，眼睛有些湿润了。自从回来之后，他一直忙碌着，始终没机会与三人恳谈一番，此时听着三人如此理解自己，他的心中充满了温暖。

正在这时，念冰突然感觉到背后传来一股寒冷的气息，下意识地转过身，正好看到一脸冰霜的冰雪女神祭祀。

念冰心中暗暗一惊，心道，自己怎么把她给忘了？自己听到的，恐怕她也已经听到了，这次晨晨的身份恐怕无法再掩饰了。

冰雪女神祭祀冷冷地道："上次在冰月城外山峦中使用神降术的那个人就是你？"

这时，念冰已经没有再隐瞒下去的必要了，他点了点头，道："不错，那个人就是我。"

外面的声音立刻引起了房间内众女的警惕，玉如烟母女三人、龙灵和洛柔先后走了出来。

此时，蓝晨因为将晨露刀还给了念冰，身上并没有伪装，骤然看到自己的师傅，顿时低下了头，说不出话来。

冰雪女神祭祀看看蓝晨，再看看念冰，眼神变得异常复杂，点了点头，道："好，真是好啊！没想到，我一生中最得意的两个弟子，最后的结局都是这样的。冰灵、冰云，最后都离我而去。

"念冰，以你的实力和智慧，这边的事情完全可以自行解决，这里已经不再需要我了。百日之后，我在冰神塔等你，来决定你父母的死活。冰云，到时你随他一同来见我。如到时仍不得见，后果你们知道。"

说完，她没有再停留一秒，转身朝自己的房间走去。

"师傅！"

蓝晨悲呼一声，跪倒在地。冰雪女神祭祀寂寞的背影深深地震撼着她的心，多年的养育之恩，她又怎能忘记呢？

冰雪女神祭祀停下脚步。

"不要叫我师傅，我对你的叮嘱你早已经忘记了，你不再需要我这个师傅了。"

"不，不是的。师傅，您……"

泪水顺着蓝晨的面庞滑落。冰雪女神祭祀再没有停留，回自己房间去了。即使念冰十分聪明，也不知道冰雪女神祭祀现在在想什么，只不过能够肯定的是，她不会留在这里了。

念冰有信心，以自己几人的实力完全能够将冰雪女神祭祀杀死，但是他已经答应过蓝晨不杀她，现在该怎么办呢？百日之后，恐怕就会迎来自己与冰雪女神祭祀之间的决战吧。

冰雪女神祭祀带着她的属下走了，看着悲伤的蓝晨，念冰想起当初查极去世时自己的感受，他知道现在蓝晨最需要的就是安慰。

房间中，四人谁也没有说话，只有蓝晨低低的抽泣声。

念冰低声劝慰道："别哭了，这是必然的结局。"

蓝晨泪眼婆娑地看了他一眼，哽咽道："师傅不要我了。虽然师傅一直对我很严厉，但我知道，她其实是非常疼爱我的。当初冰灵师姐的事已经深深地伤了她的心，而这一次，我也……我从没见过师傅那样绝望的眼神，念冰，我想去追师傅。"

念冰坚定地道："难道你也想被禁锢在冰神塔吗？不，我不会让你去的。百日之后，就是问题解决之时，你放心好了，既然答应过你，我一定不会杀她的。"

对冰雪女神祭祀的恨以及对蓝晨的关心，令他心中非常矛盾。

"对不起，我让你为难了。我们之间发生的事只是一个巧合，念冰，我不怪你，那是我的错。你也为我付出了那么多，让我走吧。"

蓝晨违心地说着伤害自己的话。

念冰劝道："傻丫头，说什么傻话呢？"

说着，他用衣袖擦干了蓝晨脸上的泪水。

"我还是陪陪你们吧。"

凤女起身到蓝晨另一边坐了下来，没好气地瞪了念冰一眼，道："想得美。"

念冰微微一笑，看了一眼失神中的蓝晨，开玩笑道："我想在这儿多休息一段时间。"

蓝晨也抬起头，惊讶地看着念冰。

念冰嘿嘿一笑，用最快的速度爬上床，踢掉脚上的鞋躺在床上，舒服地伸展了一下自己的身体，道："不管，反正我要休息一会儿。"

凤女一拳打在念冰的肩膀上，嗔道："别胡闹！"

念冰夸张地痛呼一声："谋杀亲夫了！"

他身体直接向后倒去，双眼一闭，顿时气息全无。

凤女扑哧一笑，她根本就没用力气。

她伸手在念冰手臂上用力拧了一下，道："讨厌，不许装死。"

"哇，我又活了。"念冰猛地坐了起来，正好凤女回头看着他，他坐起来的速度极快，凤女还没反应过来，便被他拉住了。

凤女刚要嗔怪，念冰脸上嬉笑的神色突然消失了。

他道："答应我，不要离去。你们是我生命中最重要的组成部分，你们就是我的亲人。"

看着念冰认真的神色，凤女主动搂住他的手臂，靠上他的肩头，低声道："不会的，我们都不会离去。"

蓝晨知道，念冰之所以开玩笑，其实是为了安慰她，想要让她高兴起来。

"念冰，对不起，让你们担心了。该面对的总要面对，或许，是我想得太多了。"

念冰深深地看了凤女一眼，故作严肃地道："既然这样，那我再多待一会儿。"

"讨厌！"

"啊——"

念冰惨叫出声，猛地从床上跳了起来，就算他的身体再强壮，被人用力掐一下也不好受。

一会儿后，念冰便被凤女从房间中推了出来。房门闭合，只剩下一脸无奈的他。

精神力从天眼穴中散出，念冰眼中异光一闪，他那庞大的精神感知力已经覆盖整座宾馆。

很快，他就找到了自己的目标，这才转身朝目标而去。

他要找的地方距离凤女她们的房间并不远，很快，念冰就来到这个房间门外停了下来，抬手在门上轻敲数下，静静地等待着。

"谁？"

木晶的声音从房间中传出，念冰能够听出，这位朗木帝国的公主显得有些疲倦。

"是我，念冰。"他平静地回答道。

脚步声从房间内响起，门开，一身绿色长裙的木晶出现在念冰面前，她显然没有想到念冰会来找自己，眼中带着几分惊讶。

念冰微笑道："怎么？不请我进去坐坐吗，木晶公主？"

"哦，里面请。"

木晶让开门前的位置，将念冰请入了自己的房间之中。同一家宾馆，房间的布置自然没有太大的区别，念冰直接走到外间客厅的沙发处坐了下来。木晶给他倒了杯水，然后才坐到他对面的沙发上。

"木晶公主没想到我会来吧？"念冰喝了一口水后，才不慌不忙地说道。

木晶道："确实没想到你会来，不要叫我什么公主了，直接叫我的名字吧。念兄找我有什么事吗？"

念冰微笑道："公主不必客气，既然你让我叫你的名字，那你也就叫我的名字吧。看得出，这些天你似乎休息得不太好。"

第 194 章
私下谈判

木晶轻叹一声，道："在国家生死存亡之际，身为公主又怎么能不担忧呢？念冰，有什么事你就直说吧。"

念冰道："你是在怪我没有答应与朗木帝国一起向华融帝国出兵吗？"

木晶看了念冰一眼，道："这是你代表冰月帝国做的决定，不过，我希望你能仔细考虑一下。说不上怪不怪的，我只是希望你能看得长远些。当然，如果你并不是真的为了冰月帝国的利益而来，我再多说什么也没用。"

念冰微微一笑，道："如果我不是为了冰月帝国的利益而来，那冰月帝国的国王又凭什么如此相信我呢？或许，我无法与你成为朋友，但我想，我们完全可以成为互相利用的伙伴，这一点，你应该不会怀疑吧？"

木晶有些嘲讽地道："你倒是很坦白，相互利用的伙伴，真正的伙伴会相互利用吗？不要再绕圈子了，天色不早了，你我孤男寡女共处一室，你就不怕凤女吃醋吗？"

念冰道："她是我的知己，自然会相信我。木晶，你们朗木帝国急于联合奥兰、冰月两国向华融帝国开战是因为什么？我想，肯定不会是因为华融帝国当初那次偷袭吧。"

木晶道："当然不是。我朗木帝国地大物博，资源丰富，那一次的损失我们还承受得起。但是，你也知道，华融帝国灭了奇鲁帝国，这代表着什么？狼子野心！他们绝不会就此停止的，一旦让他们缓过神来，那么下一个目标就会是我朗木帝国或者奥兰帝国。

"在这种情况下，我们分则两败，合则两利，只有趁现在华融帝国最虚弱的时候发动攻击，才有可能一战而胜。否则，一旦华融帝国整合了奇鲁帝国的势力，那么，还有谁是他们的对手？仰光大陆必然会成为华融帝国一家之地。不是我们想战，是不得不战。"

念冰接着说道："好。如果你是这么认为的，那我们就有共同语言了。你担忧的是华融帝国未来的扩张。那么，我倒想问问，如果现在我们三国联合，向华融帝国发动战争，又有几分胜算呢？

"当初攻陷奇鲁帝国，华融帝国因为战略得当，只付出了很小的代价。虽然现在他们需要一定的兵力来制约那些降兵，但主力部队并没有太大的损失。如果你想战胜华融帝国，至少应该有对付火焰魔龙和火焰狮子这两个超级骑士团的方法。你有吗？你没有。

"我并不熟悉朗木帝国的情况，我只知道华融帝国那个以地龙为坐骑的骑士团绝不是你们所能对抗的。真的打起来，最有可能出现的结局就是两败俱伤，三国联盟出兵根本拿不到任何好处，只能损兵折将，况且，三国即便结成同盟，你敢说三国之间就会绝对信任吗？到时候出现两败俱伤的局面，三国因为不能统一指挥，恢复的速度也比不上华融帝国，到最后依旧逃不开败北的命运。"

木晶冷哼一声，道："你怎么知道我没有对付火焰魔龙骑士团的方法？确实，华融帝国主力部队还在，但合我们三国之力，加上贵国的冰雪女神祭祀大人的神降术，我们多少也有几分把握。难道华融帝国还有能够与神降术抗衡的强者吗？"

念冰笑了，他那奇异的目光看得木晶心中不禁有些发虚。

"公主，你没有说实话。我不相信你们判断不出融亲王已经拥有神降师的实力，我想，你的信心主要来源于你那两个神之大陆的帮手吧？"

木晶心中大惊，骇然看向念冰，虽然她心志坚定，但突然听念冰说出自己真正的靠山，还是无法掩饰内心的惊慌。

念冰淡然一笑，道："你不必多想了，我第一次见到扎木伦的时候，就已经知道了他的来历。但你有没有想过，你们朗木帝国能够找到这样的帮手，难道华融帝国就没有吗？真正的战争拼的是国力。华融帝国的军队最近几年屡屡征战，兵力远不是其他三国可以相比的，所以，我说的两败俱伤是最好的结局，更有可能发生的，是华融帝国大胜。到了那时，你们朗木帝国才是真的没有任何机会。我想，这绝不是你想要看到的吧？

"综合现在三国的实力来看，贵国与我冰月帝国都有一战之力，而奥兰帝国积弱已久，虽然这两年有所变化，但兵力并不强。就算两国都同意与你们一同出兵，最后的结局也绝不会出我所料，你是聪明人，我想，不需要我再多说了吧。"

木晶深深地看了念冰一眼，道："不战又如何？难道华融帝国就会放过我们吗？一旦他们恢复了元气，你们冰月帝国离得虽远，但在我们朗木帝国灭亡之后，你们恐怕也不可能逃脱那样的命运。我倒想听听你是怎么想的，看你的样子，似乎很有把握。"

念冰笑着道："不错，华融帝国吞并奇鲁帝国之后，国力确实大大增强，但是，我们三国也未必就没有优势。从总体面积来看，我们三国依旧要比华融帝国大上一些，尤其是贵国，本就是整片仰光大陆的粮仓。如果三国互通有无，我们冰月帝国与你们朗木帝国一起帮助奥兰帝国发展起来，当我们三国都非常强盛，并结成坚实的联盟后，华融帝国就算变得更强一些，也不敢轻易来犯。

"南北对峙的局面已经不可更改，现在需要的不是战争，而是发展，发展的前提就是和平。所以，我代表冰月帝国愿意与贵国结盟，但是，这次的和谈必须成功。"

木晶深吸一口气，道："你真的就那么有把握吗？念冰，我凭什么相信你？你分明是融家的人。我又怎么知道你这不是危言耸听呢？"

念冰淡然一笑，道："我说过，我很小的时候就脱离融家了。连你都能看出的事，冰月帝国国王又怎么可能不知道？他让我担任冰月帝国的使者前来参加这次和谈，就代表他信任我，难道你就不能相信我吗？你宁可去相信那个对你有所图谋的扎木伦？"

"你——"

木晶猛地站了起来，惊疑不定地看着念冰。眼前这名英俊的青年让她感觉如此可怕，仿佛自己心中有什么秘密他都能看穿。木晶的心在剧烈地跳动，美艳的面庞上多了两团红晕，恨声道："是扎木伦告诉你的？你是不是早就和他认识了？"

念冰神情自若地道："你是不是想问我扎木伦是什么时候背叛你的？其实，你不应该这么问，因为你误会了。我今天确实是第一次和扎木伦见面，也确实是从他口中得知的这一切。可惜，我与他并不是朋友，对于那些自私而卑鄙的神人，就算他们的实力再强大，我也不屑与之为伍。你那扎木伦老师早已失去他最宝贵的生命，或许，他的灵魂已经下地狱了吧。"

"你说什么？你杀了他？不，这不可能，我绝不相信！"木晶看着念冰断然道。

她很清楚扎木伦有什么样的实力。她曾经见识过念冰的魔法，虽然在年轻一代中念冰已经算得上是强者，但她认为，念冰无法与来自神之大陆的扎木伦相比。

念冰叹息一声，道："公主，你太执迷不悟了。不错，扎木伦确实很强，但是，我依旧能够杀了他。神之大陆上所谓的神人也不过是人。他们既然是人，为什么就不能被杀死呢？"

木晶身体一晃，坐回自己的位子上，脸上血色尽去，声音有些颤抖地道："不，这不是真的，扎木伦竟然死了！他怎么可能会死？"

这次她来华融帝国，之所以敢明目张胆地拉拢奥兰帝国，就是因为有扎木伦的存在，她对扎木伦的实力极有信心。虽然她内心深处非常讨厌这个神人，但是她不得不承认扎木伦有着强大的实力。

她认为，即使是冰雪女神祭祀也未必是扎木伦的对手。即使她在华融帝国遇到什么危险，有扎木伦的保护，她也能平安地回国。但是，此时念冰告诉她扎木伦被杀了。

木晶内心深处有些解脱的感觉，毕竟，她又怎么会真正愿意与扎木伦进行那样的交易呢？可是，扎木伦的死使她陷入了危机。没有了强者的支持，她不知道自己该怎么办了。不论是面对念冰，还是面对华融帝国，她发现自己再没有了说话的资格。

虽然她对念冰并不熟悉，甚至有些憎恨这个屡屡破坏自己行动的家伙，但她知道念冰不是一个随便编造谎言的人。况且，这如果是他编造的，那也太可笑，太容易被揭穿了。

木晶的心在这一刻完全乱了，她不知道自己该怎么面对这一切。扎木伦死了，他的同伴却还在朗木帝国。如果自己把扎木伦的死讯带回去，恐怕，朗木帝国皇室要面对滔天的怒火。那是她不想见到的情形啊！

看着木晶惊疑不定的神色，念冰微笑道："公主在担心吗？其实，你大可不必如此。希望你能静下心来仔细想想我说的话。我所做的一切，只是不希望发生战争。我与朗木帝国并没有什么仇恨，又怎么会害你呢？只要你愿意，我们三国结成联盟后，冰月帝国就与你们朗木帝国一起支持奥兰帝国发展起来，到时，我们三国联合，共同对抗华融帝国。如果你是在担心留在你们朗木帝国的另一名神人，我也可以帮你解决。或许，只有真正见识到我的实力后，你才会相信这一切吧。"

七彩光芒出现在念冰眉心处，在那七彩光芒的中央，升起一点金色的星光。皇极穴与天眼穴融合的威压再一次出现。

木晶不是冰雪女神祭祀，念冰根本不需要用出太多精神力，就使木晶失去了抵抗之力。

眼前的念冰在木晶心中更加神秘了，也变得更加强大。那一刻木晶连话都无法说出，却渐渐理顺了纷乱的思路。

光芒收敛，房间中的一切恢复了正常，木晶大口大口地喘息着："你真的愿意帮我除掉那个人？你有什么目的，你想得到什么？"

念冰淡然道："我说过的话一定会算数。我帮你并没有什么目的，也不用你们朗木帝国为我做什么。对于神人，我是没有任何好感的。"

木晶疑惑地看着念冰道："不对吧？在我看来，你每做一件事情都有自己的目的，身为融家人，你这样为冰月帝国出力，难道融家能容得下你不成？坦白说吧，你想从我们朗木帝国得到什么？如果你愿意，很欢迎你加入我们朗木帝国，冰月帝国给你的，我们同样能给你。"

念冰失笑道："为什么说实话你却不相信呢？"

木晶怒道："谁知道你说的是不是实话。"

念冰淡然一笑："我想要的东西我早已经得到了，你们朗木帝国也没有什么能够吸引我的。我之所以愿意帮你除去那个神人，是为仰光大陆着想，也是为我们三国联盟着想。"他总不能告诉木晶，冰月帝国都在我的控制之中，你能把整个国家给我吗？

木晶愣了一下，道："我需要考虑一下你的话。四国公论大会后天才召开，在那之前，我会给你一个答复的。"

念冰站起身，道："那我就先告辞了。木晶，你是个聪明的女孩儿，其实，你何必掺和太多政治呢？好好做你的公主不好吗？"

看着念冰离去的背影，木晶眼中不禁流露出一丝迷惘之色。是啊！参与政治，对自己真的有什么好处吗？这个念冰究竟是什么人？能够杀掉扎木伦，那他的实力岂不是也达到了那样的高度？可是，他还这么年轻啊！

乌卤吃完饭后就回房间继续修炼了，龙灵三人早早跑回了房间。念冰独自一人飞身到国宾馆的房顶上，静静地思索着。

冰雪女神祭祀走了，念冰的心情轻松了一些，毕竟，有她在总会多许多麻烦。只是，冰雪女神祭祀离开前看向自己的眼神似乎有些怪异，她到底想怎么做？会不会回去就对自己的父母下手呢？不，不会的。如果她想要那么做，也不会等到今天。爸爸、妈妈，你们等着吧，再过百天，我就去迎接你们归来。我终于可以让你们享受天伦之乐了，当你们看到自己的儿子长大成人，还有了出色的妻子，一定会很高兴的。你们的苦难就要过去了。我一定会找到一片乐土，带着你们在那里隐居，让你们享受含饴弄孙的乐趣。

一阵疾风吹过，几片阴云飘过，念冰不禁想起了自己在神之大陆时发生的一切。

当他从生命之湖中清醒过来时，卡奥像什么都没发生过一样，又恢复了她那冷冰冰的样子。四大真神，都不应该是属于这个世界的存在。他们的下一战，究竟会是什么时候呢?

念冰躺在房顶上看着天空，他的心很静，眉心处天眼穴与皇极穴合一的能量平稳地运转着，那团金色的实体能量看不出其中蕴含着什么。

胸口处早已开启的戾中穴因为死亡能量完全压缩、凝聚，提升到了终极境界。可惜，也正是因为那庞大的死亡能量，使他无法使用这个窍穴的能力。卡奥和天香曾经告诉过他，如果有一天，他能完全控制自己身体里的死气与生气，那么，他也能达到真神的境界。就算比不上他们四大真神，也不会相差太多。

念冰在修炼中也曾经试探过戾中穴，天眼穴至少还能够调动精神力，只是无法用精神力实体攻击而已，这集中了死亡能量的戾中穴却如同铁板一块，无论他怎么尝试，都无法用精神力感受到里面的能量。每一次试探，都会给他带来一股烦恶之感，后来他索性不再尝试了，一切顺其自然吧。或许开启其他几个窍穴后，这戾中穴中的死亡能量能随之爆发也说不定。

今天木晶虽然没有给他一个明确的答复，但他相信，木晶现在已经没有别的选择，与他合作才是朗木帝国最好的出路。

这次的事情结束后，念冰也不用再掺和到政治中了，只要仰光大陆和平，就算神之大陆的伪神们真的来找麻烦，也不是那么容易成功的。

念冰相信，现在的仰光大陆，绝不会比当初的遗失大陆差，神之大陆就算真有所企图，也绝不会轻易成功。况且，仰光大陆吸引他们的就是天堂般的享受，如果毁灭了人类，那么他们得到的只会是一个环境稍微好一点的神之大陆而已。

想通了这些，念冰反而不怎么为仰光大陆担心了。

念冰微微一笑，望着远处，四国公论大会就要看谈判当天的局面了，从现在的情况来看，一切已经完全在自己的掌握之中。

他计算了一下时间，距离凤族的凤凰涅槃大典应该也没有多长时间了，在与冰雪女神祭祀的百日之约以及召唤默奥达斯封印之瓶的至阴之日前，自己正好有时间随凤女她们走一趟。这样的话，即使凤族有什么麻烦，说不定自己也能帮上一些忙。一想到凤女那兴奋的样子，念冰更加觉得自己的决定非常正确了。

在轻风的辅助下，他从国宾馆外侧飘落而下，虽然国宾馆周围守卫森严，但对于他这样的高手来说，守卫根本就是形同虚设。

没有发出任何声音，念冰已经来到了一扇窗户前。随着精神力的控制，风元素凝聚，悄悄地从里面打开了窗户的插销，念冰伸手一推，窗子已经开启，他犹如一缕轻烟般飘身而入，并顺手带上了窗户。

念冰刚刚落地，心头警兆大生，一道暗红色的光芒从后面搭上了他的肩膀，凤女低沉的声音响起："什么人？"

念冰进入的正是凤女三人居住的房间，他没想到凤女的反应如此之快。一股火焰在凤女另一只手上燃烧而起，那虽然是斗气，但同样有着照明的功效。离天剑上的灼热气息使念冰不敢妄动。他虽然对自己的身体素质很有信心，但也不敢用肉体与这神器级别的利器抗衡。

"我说凤女，难道你想谋杀亲夫吗？"念冰有些尴尬地道。

"啊！怎么是你？"灼热的气息消失，离天剑已归鞘，九离斗气依旧燃烧着，凤女惊讶地看着念冰。

念冰的到来，把本已经进入冥想状态的蓝晨和龙灵同时吵醒，一时间，三双美眸都看向他。

念冰有些尴尬地道："我只是来看看你们。"

凤女笑道："你这话只能骗骗鬼，来看我们你不会走正门吗？鬼鬼祟祟的。"

念冰抬手去拉凤女："我不想惊动别人，从外面进来不是更方便嘛。"

凤女躲闪过念冰的手，转身跑到蓝晨身旁，道："他肯定没安什么好心。"

念冰在凤女的床上坐了下来，苦笑道："我冤枉啊！这些日子我一直没机会和你们好好聊聊天，我这不是特意来找你们吗？"

龙灵扑哧一笑，道："你这话连我都骗不过。好吧，你要和我们聊天，就坐在那里和我们聊吧。"

念冰苦笑道："灵儿，你怎么也不信我？"

"呸，谁要和你交流，灵儿妹妹不要上了他的当。"凤女和蓝晨坐在了一起。

念冰无奈地叹息一声，在凤女的床上躺了下来，不再吭声，他的心不禁沉静了下来。

看到念冰突然没了声息，三人不禁觉得有些奇怪，蓝晨试探着道："念冰，你不是要和我们聊天吗？怎么不吭声了？"

念冰故作无奈，叹息一声，道："你们都不信任我，真是好伤心啊！没心情聊天了。"

说着，他拉起被子蒙在自己头上。他的动作虽然是这样，耳朵却竖起来，听着三人的动静。

通过精神力，念冰发现蓝晨轻轻地碰了碰凤女，低声对凤女道："姐姐，他不是真的生气了吧？"

凤女嘻嘻一笑，故意放大声音道："他会为这点小事生气，那他也不是念冰了。妹妹，你可不要上他的当啊！"

念冰心想，还是凤女最了解自己啊！

第 195 章
凤凰涅槃的奥秘

凤女犹豫了一下，低声唤道："念冰，念冰你睡了吗？"

念冰听到凤女问他话，也不回答，依旧保持着原来的样子。

凤女有些无奈地从被子中钻了出来，坐到念冰这边的床头，撩起他头上的被子。

"喂，不要装死了。"凤女没好气地在念冰头上敲了一下。

念冰一把捉住凤女的手，用力一拉，把凤女拖入自己怀中。

念冰轻声道："凤女，你听我说好吗？"

凤女没好气地轻哼一声，算是答应了。

念冰轻叹一声，道："在你们三人中，我最先认识的就是凤女，然后是灵儿，最后才是晨晨。如果说见面最早，反倒是晨晨了。只不过，那时候我们都还太小了。你们都是那么出色，我真不知道该如何报答你们。"

听着念冰发自内心的话，龙灵和蓝晨不禁都愣了。

念冰道："如果当初我没有死，凤女，你最后的选择只会有一个，那就是因为自己的妹妹而离开我，我说得对吗？"

凤女的身体微微一震，她没有说什么，但念冰能感觉到她在微微颤抖着。

念冰轻轻地抚摩着凤女那粉红色的长发，继续道："委屈你了。如果当时凤女你真的这么选择了，我也绝不会怪你，但是，我知道你对我的爱永远也不会变。在我心中，最爱的一直都是你。

"灵儿，你一直想问我当初为什么拒绝雪静吧。其实，雪静的脾气只是一个原因，更重要的原因是凤女。因为我发现，凤女早已经占据了我的心。"

房间中只剩下四人的呼吸声，念冰心情激荡，他发现，自己的衣襟已经被凤女的泪水浸湿了。

良久，蓝晨轻叹一声，道："念冰，你能不能回答我一个问题。一直以来，我都想问你，如果当时你没有抓我去洞穴，你我会成为朋友吗？能告诉我吗？说实话，我要听实话。"

念冰犹豫了一下，道："晨晨，我恨你的师傅，我恨她夺走了我的父母。所以，在第一次见到你的时候，我虽然吃惊于你的美貌，但我同样恨你。不过，随着后来的相处，我发现你是一个心地善良的好姑娘。我的心是矛盾的，还记得我们一起和猫猫前往冰月城吗？其实，在路上我就开始算计你了，也早已经想好冰月城的事情完成后，就把你抓到一个僻静的地方询问我父母的下落。后来，随着我们的接触，我竟然发现，自己有些不想下手了。当时我很惊讶，那是我在报仇的道路上第一次犹豫。之后，我还是抓了你，我心中的犹豫与仇恨比起来，依旧是仇恨占据了上风。如果当时不是你想报复我，我内心对你的偏见还是会消失。"

哽咽声从蓝晨处传出，她心中一直存在的芥蒂在念冰的话语中终于消失了。

念冰用不同的话语向三人表达了自己的心情，他没有任何掩饰，说的完全是自己的心里话。

此时，念冰的心异常舒爽，依旧轻轻地抚摩着凤女背后的长发，微笑道："从今天开始，我会更加努力，保护好你们的。"

凤女抬手抓住念冰的衣襟，在自己脸上擦了擦，又擦了擦鼻子，抬起头看向念冰的脸，道："你坏死了，非让我们都哭鼻子吗？明天早上我们眼睛都肿着，看你怎么向我妈交代。"她的声音虽然依旧带着几分哽咽，但有种说不出的亲切。

念冰微微一笑，道："我们可都是魔法师，这消肿的办法，我至少能想出十个来。本来，我今天并不想和你们说这些，但是，我发现，我回来以后，你们都有心事，如果不能把你们的心结解开，你们永远不会真的高兴起来。所以，我说了自己的真心话。不知道你们能不能可怜我这颗脆弱的心。"

他故意做出可怜的样子，声音中也多了几分戏谑。可是三人都知道，他所说的一切绝不是开玩笑。

凤女扑哧一笑，道："好啦，别做戏了。"

念冰赶忙嘿嘿笑道："我要重振夫纲，这可不是你说了算的。"

凤女微微一笑，道："不许犯坏啦，这里是华融帝国，你又是来办正事的。你不是说要陪我和妹妹一起回凤族吗？等凤凰涅槃大典结束，再说我们的事情。"

念冰失笑道："险些把正事忘记了，我来一是想和你们聊聊心里话；再一个，就是想问问你关于这凤凰涅槃大典的事。现在四国公论大会我这边已经基本安排妥当，就等真正谈判那天签订和约。等后天开完会，我们立刻就走。你们凤族应该在朗木帝国吧，我们就和木晶公主一起回去，顺便帮她个小忙。凤女，你讲讲这凤凰涅槃大典的具体情况吧，告诉我还有多长时间典礼才开始，这样我也好安排一下。我想，妈是一定会去的，晨晨自然也会一同前往，灵儿和鸟卤大哥也一起去吧，有我们这么多人在，不论出现什么变故，应付起来都会变得容易许多。"

风女道："是啊，也该告诉你凤凰涅槃大典是怎么回事了。这恐怕连晨晨都还不知道呢。我们凤族就居住在朗木帝国西北方的一片大森林中，那里虽然地处西北，但因为森林中央有一座巨大的火山，所以温度比北别的地方要高上许多。那里的泥土很肥沃，促使各种植物茂密生长，因此得名为火木林。而我们凤族就在这片茂密的火木林中的一片梧桐树林内。凤栖梧桐木，想必你也曾听说过，那里才是最适合我们修炼的地方。不论是我，还是母亲，在成为本族的希望之凤后，都在那座火山附近修炼过。那里有一条我们开凿的秘道，能够直通火山内部。在那满是岩浆的地方，火元素极为浓厚，在那里修炼九离斗气有事半功倍之效。而那里也就是凤凰涅槃大典举行之地。"说到这里，风女眼中露出一丝淡淡的担忧，似乎想起了什么。

听了风女的话，念冰心中一动，道："这座火山难道与你们凤族有什么关系吗？或者说与你们那已经去世的凤凰有什么关系？"

风女点了点头，贴紧念冰的胸膛，这才感觉安心一些。她轻叹道："其实，连我们自己也不知道祖先凤凰是否就在那火山之中。在我们凤族的传说中，当年凤凰大人陨灭之时，就落在地面上，形成了这座火山。火山内藏有凤凰真火。凤凰大人虽然去了，但这凤凰火山中的凤凰真火保佑着我们凤族。每过百年，火山中的凤凰真火就会爆发一次，我们凤族也会举行一次凤凰涅槃大典。在典礼上，我们凤族必须集结族内的高手，以九离斗气全力限制，才能使火山爆发不波及整片森林。所以，凤凰涅槃大典既是我们祭奠凤凰大人涅槃的典礼，同时也是我们自我保卫的时刻。为了保护我们凤族的家园，我们必须全力出手，才能将喷发出来的岩浆限制在一定范围之内。再有不到一个月的时间，下一次的大典就要开始了。我想，只要我和母亲及时赶回去，再联合几位长老共同出手，一定能够完成这次典礼。只是，我担心长老们未必会同意我和母亲参加。"

念冰皱眉道："不同意你们参加？那他们怎么应付这次火山爆发？难道他们就眼看着自己的家园被岩浆毁灭吗？"

凤女叹息道："长老们都很固执，明知道没有了母亲的帮助很难应付火山爆发，依然那样选择，否则，当初也不会因为母亲跟了父亲而视她叛族。这次你决定跟我们一起回去，其实我一直都在犹豫，如果你也去了，恐怕事情更难解决了。我怕……"

念冰紧了紧搂住凤女的手臂，道："不用怕，有我在呢。就算那些长老不同意你们返回族中，我们也可以限制那火山爆发啊！我就不信，一个冰系的神降术还不能让那火山安静下来。我明白你对族人的心，也明白你现在心中的矛盾。那些长老虽然固执，但也不是不明事理之人，他们应该懂得孰轻孰重，不会因为自己的固执而使凤族的家园就此毁灭。只要我们真心相助，他们会明白你和妈的苦心的。"

凤女道："其实，这还不是我最担心的。在凤族中流传着'冰凤现，凤凰升'的说法，本族典籍中记载，一旦有冰凤之体出现，那么凤凰真火的爆发就会达到顶点，恐怕，这次的凤凰涅槃大典并不是那么好完成的。晨晨的冰凤之体已经觉醒了，这次她才是关键。"

蓝晨惊讶地道："姐，这件事我怎么没听妈说过？我也算是凤族中人。你放心吧，有念冰在不会出事的。"

凤女转身拉住蓝晨的手，道："妈之所以不跟你说，是怕你心里产生负担，但大典即将开始，我不能不告诉你。妈曾经对我说过，在你出生的那个时候，她就发现你有可能会成为凤族千年不遇的冰凤之体。我们凤族中有规定，一旦有冰凤之体出现，必须在第一时间将其投入凤凰火山之中，祭奠凤凰大人。妈怎么肯让人伤害你呢？所以，她才将你送上冰神塔，拜冰雪女神祭祀为师。一是为了保护你，二是为了保住你身为冰凤之体的秘密。这次我们回去，首先要面对的不是凤凰涅槃大典带来的劫难，而是来自族人的质疑。"

蓝晨身体微颤，一直以来，她都有些不理解为什么母亲会把自己送上冰神塔，一年才能见父母一次，听了凤女的话她才明白，母亲这么做，都是为了保护她啊！

她的眼睛微微有些湿润了，反握住凤女的手，道："姐，你放心吧，不论什么时候，我们母女三人都会在一起，以我们的实力，一定能够渡过这次难关的。况且还有念冰和灵儿在，就算凤族的族人们想伤害我们，也绝不可能。"

凤女道："事情没有你想象的那么简单。在火系魔法中，最强烈的火焰就是紫色天火，而在凤凰升空，涅槃大典开始之时，传说有冰凤现的情况下，火山喷发的将不再是普通岩浆，而是世间至热的凤凰涅槃真火。它的温度远不是紫色天火所能比拟的，想与之抗衡谈何容易？凤凰火山中，有我们凤族血脉的根基，梧桐林是我们生活了千百年的地方，如果典礼无法完成，那么凤族必将走向灭亡啊！"

念冰道："传说毕竟只是传说。恐怕你们凤族现在还存活的族人中，谁也没见识过那凤凰涅槃真火的威力，什么变数都有可能发生，现在你过于担忧也于事无补。我们最好的选择就是走一步看一步，等到了你们凤族之后，总会有办法应付的，别太担心了。"

凤女点了点头，道："希望是这样吧，或许，本族典籍之中会有什么应付的办法。念冰，我今天和妈说过你要与我们一同回去，妈没有出言反对，但也没有赞同，想必她和我一样担心。如果我们的族人看到你，恐怕会更加排斥。况且，这是我们凤族的大事。"

念冰微微一笑，道："你是我未来的老婆，算起来，我也可以说是半个凤族中人了。我可不放心你去面对那些凤族的家伙。"

一直没有开口的龙灵道："是啊！我们一起去，我也想看看你们凤族居住的地方是什么样子。凤女姐姐，你就别担心了。这两年来，你的实力已经达到了那么高的境界，就算那凤凰涅槃真火可怕，可它毕竟源自凤凰的火焰，难道你们的祖先凤凰还会伤害你们吗？"

凤女听了龙灵的话不禁眼睛一亮："对啊！凤凰涅槃真火是先祖凤凰最强的火焰，先祖又怎么会用火焰来伤害自己的后代呢？这其中必定有蹊跷之处，说不定，这不但不是坏事，反而是我们凤族的机遇呢。凤凰九变到现在为止，最强的就是第六变，我和母亲都修炼到了第六变，但是，再怎么修炼，就算斗气提升到了神师的级别，我们也无法突破到第七变。我有种感觉，凤凰九变的最后三变并不是依靠修炼就能达到的，这其中一定有什么秘密。晨晨，你的凤凰变达到第几变了？"

没等蓝晨回答，念冰已经惊讶地问道："晨晨不是冰凤之体吗？她怎么也能修炼这凤凰九变呢？"

凤女微笑道："为什么不能修炼？凤凰九变并不是以九离斗气为基础的，而是只有我们凤族人才能修炼的特殊功法，只要自身拥有王族血脉，并自行开启了凤凰之羽，就能修炼到更深的层次。晨晨上次和你在一起的时候，她的冰凤之翼就出现了，后来我将凤凰九变之法传授给了她。她进步的速度可不比我慢。晨晨，我想现在你差不多达到第五变了吧？"

蓝晨点了点头，道："是啊！我现在已经达到了第五变，最近一直努力修炼呢，如果能像念冰回来前那样集中精力修炼，有天眼穴的辅助，最多半年我就能达到第六变。不过，现在时间不够了，我还只达到第五变，不知道能不能在凤凰涅槃大典上帮上你们的忙。"

第 196 章
四国公论大会

凤女沉吟道："以你的能力，自然是能帮上忙的。据我所知，以往的凤凰涅槃大典都是由五位达到第三变的长老来共同完成的。单论实力来看，你走的虽然是魔法路线，第五变也至少相当于两位达到第三变的长老了，加上我与母亲的力量，虽然我们只有三人，但就算凤凰涅槃大典的火山爆发强上一倍，我们也能应付得了。我现在担心的只有那凤凰涅槃真火，不过，按照灵儿的说法，或许这真的是一个机会呢。"

蓝晨点了点头，道："我同意念冰的说法，我们现在想太多也没什么用，等我们到了凤族之后，仔细翻阅本族典籍，再结合当时的情况，寻找最好的办法就是了。姐姐，如果最后真的需要用我的性命才能抵挡住凤凰涅槃真火的话，我……"

"不要说了。"念冰打断了蓝晨的话，"我绝不会允许有谁利用你的性命做什么事，真要到了那个时候，凤女，你们不要怪我，就算凤族因此而遭受劫难，我也绝不会让晨晨受到任何伤害。"

他的话说得斩钉截铁，没有一丝转圜的余地。本来，念冰以为这凤凰涅槃大典有凤女和玉如烟就足够了，他之所以答应凤女一同前往，是不想与凤女分离，但现在一听这个典礼有可能发生变故，他明白，自己是非去不可了。

保护她们，是他必须做的事，没有谁能够影响他的决定。

"念冰，我……"蓝晨的声音又有些哽咽了。

念冰柔声安慰道："好了，不要想太多了，已经很晚了，睡吧。等开完四国公论大会后，我就和你们一起返回凤族。我就不信，连死亡的关口我都能闯过来，这凤凰涅槃大典能让我为难什么。"

他的话语中充满了信心，这是完全来自实力的信心，他已经不是当初那个从桃花林走出、冰火同源魔法随时都有可能出现问题的念冰了。现在的他，在仰光大陆上早已是强者中的强者，他对自己有绝对的信心，就算事不可为，但保护她们没有任何问题。

念冰回到自己的房间，很快便进入了梦乡。

……

两天的时间很快过去了，四国公论大会就在华融帝国皇宫的偏殿中举行，这次大会的主题自然是和谈，主持会议的就是有仰光大陆第一智囊之称的华融帝国宰相苏越。

一大早，念冰就随同木晶、洛柔一起来到了偏殿之中。按照华融帝国的要求，每个人只允许带一名护卫，跟随洛柔前来的自然是玉如烟，而跟随念冰前来的是矮人鸟卤。原本跟随木晶的应该是神级高手扎木伦，可惜，扎木伦已经被念冰和鸟卤联手干掉了。

昨天木晶又找念冰谈了一次，今天来此之前，念冰给她安排了一个护卫，那就是身背离天剑、修炼到凤凰第六变的凤女。本来木晶对凤女的实力还有所怀疑，在木晶看来，和念冰在一起的三名女子中自然应该是蓝晨实力最强，但当凤女离天剑一出，轻松斩下百丈外的一只乌鸦时，木晶心中的疑惑消失了，她更加觉得念冰深不可测，对于念冰杀了扎木伦的事实再没有任何怀疑。

四张木桌相对而放，显示出华融帝国将四国看成平等的地位。念冰他们并没有等待太长的时间，华融帝国宰相苏越和统率全国兵马的融亲王就已经结伴而来。

融亲王遣退殿中的侍从，和苏越一起坐了下来。苏越虽然年事已高，但看不出丝毫衰老之态，精神矍铄。看着面前的三个年轻人，他不禁微微一笑，道："看来，今后的世界将是你们年轻人的了。我已经老了，能为帝国出力的时日恐怕不多了。"

洛柔微微一笑，道："苏相老当益壮，我们这些后辈远远无法与您相比，这次我代表奥兰帝国前来，更多的是想向您讨教。"

苏越深深地看了洛柔一眼，他与洛柔在奥兰帝国都城奥兰城打过不少交道，深知此女年纪虽轻，但见识广博，智慧非凡，绝不是一个好应付的对手。

他微笑道："诺尔宰相言重了，老夫老则老矣，不过几位放心，苏越还不会做那倚老卖老的傻事。"

说着，他自己先笑了起来，殿中原本有些凝重的气氛顿时显得轻松了许多。

苏越继续说道："今天请朗木、冰月、奥兰三国代表来为的是什么，想必三位已经很清楚了，我想听听你们三国使者的意见，如果我们的意见能够统一，就不用在这里耽搁太多的时间，我也好早点回去休息。不知哪一位愿意先来说说呢？"

看着苏越脸上的笑容，念冰心中暗呼厉害，这位与爷爷齐名的老人果然不好对付，几句话立刻将其他三国推到了前面。

洛柔微笑着道："我弃权。来此之前，我与冰月帝国和朗木帝国的两位代表谈过了，我们奥兰帝国决定，一切唯冰月帝国马首是瞻。"

苏越愣了一下，他自然是见过念冰的，当初念冰在五国新锐魔法师大赛上给他留下了很深刻的印象，此时他听洛柔突然把谈论的事情推到了念冰身上，不禁更对这个年轻人刮目相看。

他早就知道念冰是冰月帝国的代表，也曾与融亲王谈论过念冰的事，但融亲王只是告诉他，念冰在六岁那年已经和他父亲一起被逐出融家，所做之事一律与融家无关。不论苏越怎么试探，融亲王也没有过多的解释。

苏越很清楚化名为诺尔的洛柔有什么样的智慧，这次谈判，他本来是要将重点放在代表奥兰帝国的洛柔身上，因为奥兰帝国与华融帝国接壤之处面积最广，而且一马平川，如果三国想对华融帝国动武，必然要经过奥兰帝国的领土，所以，只要奥兰帝国同意和谈，这次的事就容易解决多了。可是，现在洛柔打出一记太极拳，将一切都推到了代表冰月帝国的念冰身上，显然对他有着充分的信心。难道这个念冰不但在魔法上厉害，在政治上也要比洛柔出色吗？

和谈刚刚开始，苏越不禁感觉到自己已经略微处于下风。他曾经调查过念冰，得到的资料却少得可怜。他当然不知道，作为血狮教的教主，念冰的一切资料早已经成了最高机密。虽然念冰并没有下令，但属下早就做好了部署。

洛柔话音刚落，没等苏越向念冰询问，一旁的木晶先开口了："我们朗木帝国的意思与奥兰帝国一样，一切唯冰月帝国马首是瞻。"

木晶此话一出，饶是苏越老谋深算，脸色也不禁变了一变。一直以来，朗木帝国都冲在与华融帝国对抗的最前线，他不可能想到一向激进的朗木帝国也将事情推到了很少参与仰光大陆征伐的冰月帝国身上，而且木晶在掩饰上明显没有洛柔做得好，她在说话的同时，看向念冰的目光中竟然有着几分尊敬。

这一切都被苏越看在眼中，念冰在他心中的地位自然又高了几分，他原本的思路在这一刻已经完全被打乱了。

听着洛柔和木晶先后决定将话语权交给念冰，融亲王也不禁吃了一惊，看着自己的孙子坦然坐在对面，心中不禁暗暗赞叹，这小子比自己想象中还要厉害得多，血狮教那边都没有他联合朗木、奥兰两国的消息，他是什么时候开始安排这些的呢？这样一来，他已经成了谈判的关键。

苏越脸上笑容不减，目光落在同样是一脸微笑的念冰身上，道："既然朗木、奥兰两国都愿听从冰月帝国的意见，那就请念冰代表说说吧。"

他这"听从"两字用得很好，目的就是要挑拨三国的关系，可惜的是，这对于念冰三人来说已经没有任何作用了。

苏越自然明白现在局势的严重性，朗木帝国和奥兰帝国的表态，显然是在告诉他，三国已经连为一体，在暗中结成了联盟。看来，他去奥兰帝国的行动是白费了。

念冰微微一笑，从容不迫地拿起面前的杯子喝了一口茶水，放下茶杯，道："苏相不必客气，念冰久闻苏相大名，这也算是第二次见到您了。能同时代表冰月、朗木、奥兰三国发表意见，念冰万分荣幸。首先，华融帝国召集四国开这次公论大会的意思，我们都很明白。我想先听听贵国突然攻击奇鲁帝国，且吞并了奇鲁帝国的原因。仰光大陆五国和平相处了上百年，却因为华融帝国的行动而发生了变化。除了侵略以外，我想不出华融帝国还有什么其他目的，而华融帝国在取得胜利之后不久就召开这次公论大会，在我看来，这似乎有些可笑吧。"

苏越看了融亲王一眼，融亲王坐在他身边低着头，仿佛什么都没有听见。

苏越淡然一笑，道："这件事恐怕有所误会，并不是我们华融帝国想要侵略奇鲁帝国，而是奇鲁帝国率先在我国边境附近布下重兵，有蠢蠢欲动之势。我们得到消息，奇鲁帝国有偷袭我国东疆重镇之意，不得已之下，才调兵保卫本国疆土，后因奇鲁帝国过于嚣张，这才攻入他们国境之内，为的只是对他们有所警示而已。各位应该都知道，我们的军队并没有占领奇鲁帝国的城市，也没有破坏他们的国家，至于后来的吞并，那是因为奇鲁帝国甘愿投降，依附于我国。也正是因为如此，我国怕冰月、朗木和奥兰三国误会，才召开这次会议，表明我们爱好和平的立场，以达成这次的和平协议。"

听了苏越的话，木晶忍不住道："苏相这话似乎只能骗骗三岁小孩儿而已，如果不是你们攻占了奇鲁帝国都城，抓住所有奇鲁帝国皇室成员，他们又怎么可能投降？就算您说的是真的，这只是一个误会，那上次贵国融亲王带领大军攻入我国境内抢掠，您又怎么解释呢？"

苏越故作惊奇地道："木晶公主刚才不是说一切唯冰月帝国马首是瞻吗？怎么，现在你已经改变主意了吗？"

木晶脸上怒气一闪，刚要辩驳，脑海中却响起了念冰的声音："冷静一些，不要上了苏越的当。"

她这才勉强压下心中的怒气，坐在那里不再吭声。

念冰微笑道："木晶公主所说的也正是我想问的问题。这几年以来，华融帝国军事调动极为频繁，难道这就是贵国爱好和平的立场吗？"

苏越道："那同样也是个误会，各位也知道，我国与朗木帝国之间隔着大片山脉，交通极不便利，为了能够更好地通商，我们才想办法开辟了一条新路，谁知道，这却引起了朗木帝国的误解，他们误以为我们要发动战争，结果他们负责守卫边疆的部队向我们发动了攻击，我们的军人只能奋起抵抗。

"你们应该都知道，我国军队在反击的时候，并没有伤害一个平民，甚至在击退朗木帝国的部队后就立刻撤回了我国领土内。至于木晶公主所说的抢掠，更是不知从何说起，我并没有得到这方面的消息，或许那只是误传而已，也有可能是贵国境内的盗匪趁机横行吧。如果那一战给朗木帝国带来什么影响，我在这里代表华融帝国向贵方表示歉意。"

木晶心中怒气大盛，刚要反驳，念冰的声音又在她心中响起："事情都已经发生了，你跟他在这方面争论得不到任何好处，忍耐吧。毕竟我们今天本就是要来和谈的。我想，你能明白我的意思，发怒于事无补，你们的损失也不可能找回来。"

木晶深吸一口气，平复着激荡的心情，冷哼一声，没有回答苏越的话。

苏越确实是想激怒木晶，因为他发现面前这个念冰并不好对付，以木晶为突破口显然要容易得多，可刚才还与自己争论的木晶听到自己否认上次与朗木帝国一战的事，竟然没有发怒，他顿时感觉，今天的谈判会变得更加艰难。

念冰道："过去的事情都已经过去了，眼前的局面已经形成。苏相，既然华融帝国想与我们三国和谈，那么，我希望贵国能够拿出一些实质的诚意来。"

他也不想再拖延下去，直接进入了主题。由于奥兰帝国和朗木帝国已经表示了对自己的支持，现在苏越应该明白己方三国联合的局面，而苏越的挑拨也没有任何成效，现在该是摊牌的时候了。

苏越点了点头，道："既然是和谈，我们当然是有诚意的。只要冰月、朗木、奥兰三国愿意，我们可以签下一个二十年内互不侵犯的协议。如果哪一方违反，那么，其他三国可以共同讨伐它。"

念冰笑了："苏相刚说了有诚意，却提出如此条件，您的诚意我没有看到。我们打开天窗说亮话吧。华融帝国之所以提出和谈，就是怕我们三国联合起来向华融帝国发动战争。而今后如果华融帝国想要再发动战争的话，那么，必然就要与我们三国为敌，那这一纸协议也只是废纸而已，还有什么效果呢？

"苏相，今天我们坐在这里，既然我能够得到其他两国的支持，就是很有诚意想与您议和。我希望华融帝国也能够拿出些真正的诚意来，别让我们白来一场。如果现在就发动战争，我想，不论对华融还是对我们三国都没有什么好处。刀兵不可轻动，但是，我们也绝不怕以武力应对现在的局面。"

苏越脸上的笑容逐渐消失了："那我想听听，念冰代表有什么好的提议呢？"

念冰微微一笑，道："提议谈不上，不过，这次和谈最重要的一点，就是华融帝国要让我们三国感觉出你们不会再对我们构成威胁，至少是如协议上所说的二十年内不会构成威胁。这样的话，我们才能放心地在协议上签字。"

苏越沉吟了一下，道："这恐怕很难，要怎样你们三国才会有安全感？你们的标准未必就是我们的标准，希望念冰代表不要过于刁难。"

念冰摇了摇头，道："我绝没有刁难的意思，否则，我也不会这样与您谈判了。我只是希望您能明白，现在开战，对华融帝国的危害绝对要大过对我们三国的危害。首先，在兵力上，虽然我们三国兵力分散，可能在开战初期处于劣势，但是，我们冰月帝国以出产装备而著称，朗木帝国以盛产粮食著称，如果我们联合起来，那么，援兵将不断出现在贵国的边界上。或许，贵国的两个顶级骑士团是您引以为傲的，但是，在神降术面前，再强的骑士团也只有覆灭的结局。我们冰月帝国并不是像你们想象的那样只有一位神降师那么简单。"

苏越心中一惊："哦？我倒没听说贵国什么时候又出了一位魔法高手。"

念冰微笑道："高手说不上，但如果没有神降师的实力，我又凭什么能当上冰月帝国的首席宫廷魔法师呢？"

"你……"苏越吃惊地看着念冰，他自然不会相信眼前这年轻人所说的一切。

他曾经见过念冰出手，虽然念冰在年轻人中已经是佼佼者，但如果说念冰是一位神降师，恐怕谁也无法相信。

念冰微微一笑，眉心处的天眼渐渐闪亮。这一次，天眼亮起的光芒直接就是金色的，庞大的威压顷刻间弥漫于整个会场。他的威压是向周围发出的，在威压范围内，所有人的身体同时一震。木晶脸色大变，绿色的光芒从她身体周围升腾而起；玉如烟和凤女身体周围则升起了红色的光芒；黑色的斗气护住鸟卤。他们都在这突然出现的巨大压力下跌坐于地，不断地提升着自己的力量。但是，念冰的威压是以精神力为基础发出的，连冰雪女神祭祀都无法抵挡，更别说是他们了。

在念冰这一边，除了念冰以外，就只有洛柔坐在原地没有受到任何影响。而在苏越和融亲王一边，融亲王脸色大变，他本来想护住苏越，但是，达到神降师境界的他骇然发现，在这巨大的压力下，自己的实力也很难发挥出来。

苏越有些发愣地看着这一切，他与洛柔一样，并没有感受到威压。但是，他对融亲王的实力太熟悉了，看着融亲王身体周围的紫色光芒正在不断萎缩，心中不禁一阵惊骇。

这念冰只是坐在那里不动，就能带给在场所有人这么大的压力，这代表着多么强大的实力啊！神降师，这绝对是神降师才有可能达到的实力，甚至超过了神降师的境界，否则，自己的老兄弟融亲王不可能脸色大变。

压力出现得快，消失得也快，只不过短短数息之间，众人全身一轻，都恢复了正常。念冰微微一笑，向苏越点了点头，道："苏相，晚辈失礼了，但是，如果晚辈不有所表示的话，想必苏相也很难相信我的话。现在，我想您没有什么疑惑了。"

压力消失，第一个站起来的是乌卤，然后恢复的才是融亲王、凤女、玉如烟，木晶则全身瘫软地坐在自己的座位上大口大口地喘息着，眼神一阵迷惘，显然依旧沉浸在那恐怖的威压之中。

这一次，念冰为了产生威慑作用，催动皇极穴、天眼穴融合的金球全力发动了自己的精神力，虽然表面上他没有任何变化，但他自己的大脑中也是阵阵虚弱。

实力往往能够证明一切，如果只是冰雪女神祭祀一人，苏越并不如何忌惮，但此时又出了一个深不可测的念冰，他不得不多想一些。

正如念冰所说，不论多么强大的骑士团，在神降术面前根本没有任何侥幸可言。他在犹豫着，现在他有两个选择：一个，就是将在场包括念冰在内的使者全部杀掉，然后立刻向三国开战；另一个，就是在和谈中有所让步。

想着，苏越的目光转向了融亲王，向他发出询问的信号。

融亲王向苏越摇了摇头，手在桌下向苏越比画了几个手势。苏越顿时明白了他的意思，心中暗叹一声，道："好，那我们就商量一下和谈的细节吧。本来我们华融帝国就很有诚意，既然冰月、朗木、奥兰三国已经结成同盟，我们华融愿与你们和平相处，互不侵犯。"

在实力的威慑下，之后的谈判就进行得顺利多了。融亲王在桌下向苏越比画的手势，是告诉他对方这几人中没有一个好对付的，从先前念冰的精神威压就能看出对方的实力，同时融亲王还告诉苏越，以自己的实力也无法对付念冰，这样，就相当于告诉苏越，只要这几个人想走，就算是自己手下的融家亲卫也无法拦阻。况且这是在华融帝国，一旦三国使者遇到袭击，那就相当于逼三国立刻向华融帝国发动攻击了。

双方经过讨价还价，逐渐达成了一致意见，在这个时候，就能看出能力的高下之分了。木晶只是偶尔能插上几句话，三国主要负责谈判的就是念冰和洛柔，两人每每提出问题和质疑都会恰到好处，与苏越斗了个旗鼓相当。

同时，随着谈判的进行，念冰越来越佩服这位与自己爷爷齐名的宰相苏越了。洛柔与苏越比起来，虽然智慧并不逊色，但在经验和考虑问题的全面性上还有着不小的差距，洛柔和念冰联手才勉强能与苏越斗个平手。

经过近四个时辰的谈判，双方最后终于达成一致。三国同意签署和平协议，规定双方在二十年内互不侵犯。而华融帝国为了表示诚意，在协议有效的二十年内，不得在奇鲁帝国与奥兰帝国的边境范围五百里内修建任何防御工事，同时，华融帝国必须打开与朗木帝国相连的那条山道，允许两国通商。而且，由于当初对奥兰帝国的进犯，华融帝国还需要赔偿奥兰帝国紫金币一万枚，本来木晶还想争取多要些好处，却因为苏越坚持己见，最后也只要到了这些好处。其中，最重要的自然是在原奇鲁与奥兰边境五百里内不建防御工事这一项，同时，也不许在五百里内驻守军队。在这片空旷的土地上，三国各派一支千人中队监督，华融帝国的防御必须放在五百里之外。也就是因为这一项，谈判才会持续这么长时间，在念冰和洛柔的努力下，两人最后终于探到了华融帝国的底线，取得了谈判上的优势。

在三国代表离开偏殿后，华融帝国宰相苏越不禁感觉到大脑一阵眩晕，刚刚站起的身子一晃，不禁向一旁倒去，幸亏有融亲王扶住他，这才没有摔倒。

融亲王关切地问："阿越，你没事吧？是不是有什么不舒服的地方？"

苏越叹息一声，道："老了，不比当年了。与这几个小辈斗了一天智，实在太累了。老融啊，你是对的，他们几个都太出色了。只要有那个念冰和洛柔在，恐怕我们华融帝国想要统一仰光大陆，就几乎是不可能完成的事。不行，明天我就要向陛下谏言，今天签下的二十年协议必须遵守。老融，你知道吗？我突然发现了一个问题，一个错得离谱的问题。我们都太依靠自己的能力了，在培养下一辈的任务中落后了太多，一旦到我们百年之后，这华融帝国要由谁来支持呢？老融，你不后悔吗？那个念冰小小年纪就有了这样的成就，如果他能为我们所用……"

融亲王摇了摇头，道："我从不因为已经发生了的事情而后悔，阿越，我们确实也该培养接班人了。"

这次谈判从表面上来看，获得利益最大的是奥兰帝国，但从更深的层面看，朗木帝国和冰月帝国也获得了不少利益。

念冰并没有跟众人返回国宾馆，而是独自一人去了血狮教的秘密地点，直接让血狮七老派人将这边已经达成的协议传到冰月城交给雪魄，并且让雪魄转告燕风，自己短时间内不会回冰月城。四国公论大会完全按照念冰的设想结束，他明白，只要苏越还在，那么，华融帝国侵略的脚步就会暂停。

由于凤凰涅槃大典已经临近，为了争取时间与凤族更好地沟通，念冰一行人并没有多做停留，在谈判结束后，当晚就离开了都天城。

当他们走出都天城北门之时，夕阳给远方的天际带来一片绯红。三国使者聚集在一起，朗木帝国的数百人将几辆马车围在中间。

此时，三国使团并没有再赶路，而是停了下来，念冰等人从马车上下来，来到奥兰帝国使团前，玉如烟和洛柔也从马车上走了下来。

第 197 章
七大窍穴的作用

"我要回去了，阿姨，祝你们一路顺风。"洛柔虽然是微笑着说出这句话的，但在她那双充满智慧的眼眸中，多了几分离别的悲伤。

玉如烟拉着洛柔的手，道："柔儿，一路小心，这次我带来的人全部都是银羽骑士团的精英，他们一定会平安将你送回去的，阿姨那边事情一了，立刻就会返回奥兰城。丫头啊，你要注意自己的身体，这两年以来，你太过操劳了，这样下去可不行，阿姨教你的心法你要经常修炼。"

洛柔点了点头，道："阿姨，您放心吧，奥兰帝国有我，我的身体没什么大碍。我在帝国等您早日归来。念冰，别忘记我们的约定啊！"

念冰微微一笑，道："当然不会忘。"

洛柔给他的那颗宝石，现在就在他的空间之戒内，而宝石的链子已经给了血狮七老，有他们来安排，他并不需要担心什么。

洛柔看向念冰的眼神似乎有些异样，念冰也没有多想什么，上前一步拉起了她的手。洛柔不禁被他的动作吓了一跳，羞得满面通红，一旁的玉如烟也是脸色一变，凤女瞪大了眼睛看着他。

柔和的光芒从念冰身上散发而出，先是圣洁的乳白色光华，通过念冰握住洛柔的手传入她体内，紧接着，一股生命气息从念冰体内弥散而出，乳白色的光华渐渐转变成了墨绿色，那完全是生命气息凝聚的。

在那墨绿色的光的包围下，洛柔微微地颤抖着，庞大的生命气息刺激着她的生命磁场。

受益的不仅是洛柔，就连周围三国使团的侍从，也能感觉到自己的身体是如此舒适。

刚从马车上走下的木晶看到念冰身上散发的墨绿色光芒不禁全身一震，一层淡绿色的光华从她体内散发而出。此时此刻，她眼中充满了复杂的神色，只有修炼自然魔法的她，才能真切地感觉到念冰发出的生命能量是多么强大。那澎湃的生命气息滋养着在场每一个人的身体。

木晶感受着这与自己完全相合的庞大生命能量，生命女神领域大幅度地增强着，念冰散发出的生命气息是完全无私的。

木晶用最快的速度来到念冰背后，充分地感受着那生命能量带给自己的快感。她发现，自己更加不能看轻这个男人了，他不但拥有深不可测的实力，居然还有比自己强大不知道多少倍的庞大生命能量。

墨绿色的光是从念冰胸口处透出的，并没有持续太长时间。光华收敛，当初从生命之湖中摄取的庞大生命力以及与卡奥合体后生命气息变异产生的生命能量，也同样凝结成了一颗绿色的珠子，就停留在他的戾中穴旁边，每时每刻都围绕着戾中穴缓慢旋转着，压制着戾中穴内的死亡之球，同时，也给念冰提供无比庞大的生命力。

念冰刚见到洛柔的时候，就发现她因为操劳过度，生命力消耗巨大，如果得不到有效的治疗，恐怕她很难活过三十五岁。

对于这充满智慧的女子，念冰不但有着几分怜惜，同时也有着几分敬意，马上就要分别了，他自然不能放过这个机会。

他自身的生命力因为生命能量球的凝结早已经达到了一个难以名状

的高度，只需要散发一点生命气息来滋养洛柔的身体，就足以帮她恢复消耗的生命力，甚至还对她的身体有巨大的好处。

墨绿色光华从出现到消失，受益最大的自然是洛柔，其次才是修炼自然魔法的木晶。在那生命气息的滋养下，洛柔产生了一种全新的感受。她从未感觉到身体如此舒适，体内的每一点每一滴都充满了生命气息，周围的一切看起来都变得清晰了许多，因为身体的极度舒适，她不禁发出一声低低的呻吟。

念冰微微一笑，松开了洛柔的手："好了，做什么都不要太执着。我刺激你的生命磁场，并补充了你最需要的东西，今后你不要再过于劳累了，多空出些时间修炼斗气，对你的身体会更有帮助。你要尤其注意饮食，现在我注入你体内的生命力处于培养期，在差不多一个月的时间里，你要尽量多修炼斗气，这样才能将这些生命力完全收归己用，以后也就不会再出现虚弱的感觉了。切记，不要太过操劳。"

洛柔低下头，没有人能看清她现在脸上的神色。

"谢谢你。"她只说了这短短的三个字，就转身上了马车，发出一声命令，在银羽骑士们的护卫下渐渐远去。

一直目送着奥兰帝国使团消失在远方，念冰才收回了目光。帮洛柔恢复生命力，他自己也很开心。

凤女走到念冰身旁，传音道："你需要给我一个解释，你和洛柔到底约定了什么？"

念冰这才反应过来，回头看向凤女，苦笑着用精神力传音道："我会给你一个解释的，别误会。"

这几天让他最兴奋的并不是四国公论大会谈判成功，而是可以每天与心爱的人朝夕相对。此时见凤女向自己发出疑问，他赶忙向凤女解释了一句，唯恐她多想。

木晶眼神复杂地看了念冰一眼，想要说什么，却始终没有说出口，低低地叹息一声，回自己马车上去了。

念冰一行五人加上玉如烟坐在一辆宽敞的马车上，在朗木帝国使团的簇拥下，踏上了去朗木帝国的旅程。

一上马车，凤女就问出了自己的疑问，由于有玉如烟在，念冰隐瞒了血狮教的事，只是将洛柔向自己提出的请求告诉了她们。

凤女没好气地在念冰大腿上掐了一下，疼得他倒吸一口凉气。

念冰苦笑道："我冤枉啊！洛柔说以后想让我们隐居的时候留一间房给她，我能不答应吗？"

玉如烟有些幸灾乐祸地看着念冰，笑道："唉，你这傻小子是真不懂还是假不懂，如果洛柔对你没有情意，又怎么会送信物给你呢？那可以是约定的信物，同样也可以是定情的信物。你们这些年轻人啊！"

一听玉如烟的话，凤女的目光变得更加不善，念冰只觉得身上一痛，刚要叫出声，却被凤女伸手捂住了嘴。

"我和洛柔真的没什么，我只是当她是朋友啊！放过我吧，我真的冤枉啊！"念冰装出一副可怜的样子看着凤女，想博取一些同情，但好像没什么用。

蓝晨幽幽地道："现在没什么，不代表以后没什么。姐姐，你说你该怎么给他提个醒，让他别拈花惹草呢？"

凤女强忍着心中的笑意，道："这个还不容易，我自有办法。你们可不许被他装出的样子迷惑，不能心软哦。"

不用问，念冰也知道凤女要做什么，刚刚开始的美好时光恐怕今天就要终结了。他无奈地看着凤女，心中暗想，洛柔，你可是害人不浅。

朗木帝国使团出了都天城后先朝东北方向行进，从天狼山脉东侧绕过，五天后，已经进入了朗木平原。

一路上，他们并没有遇到任何麻烦，到了平原，前进的速度顿时快了起来，顺着朗木帝国官道直奔朗木帝国都城枫林城而去。

念冰问过凤女，凤女告诉他，凤族所在的火木林就位于枫林城西方六百余里处，因为凤凰火山的原因，火木林附近少有人烟。他们先到枫林城再去火木林并不会耽误太长的时间。

离开都天城八天了，接近傍晚时分，使团已经抵达了距离枫林城只有两天路途的红木城。木晶与念冰和玉如烟商量了一下，决定在这里休息一晚，第二天一早再全速赶路，争取早些回到枫林城中。

以木晶公主的身份，他们很快就入住了城中最豪华的一家旅店，自有手下人安排好一切。

八天以来，赶路的大多数时间他们都是露宿在野外，今天住进这豪华的旅店，众人也能好好休息一下。

晚饭后，念冰主动找到木晶。木晶身为朗木帝国公主，自然住在最豪华的一个房间内，光是大厅就足有上百平方米。

木晶将念冰让在沙发处，亲手给他泡上一杯香茗，微笑道："找我有什么事吗？"

念冰道："还有两天就到枫林城了。这次我们跟你前来，只是要帮你处理一下你们朗木帝国内部的问题，不过，以神之大陆神级高手的实力，如果在城中打起来，恐怕会对枫林城产生极大的破坏，也会使枫林城中的民众产生恐慌，所以，我觉得杀那个家伙，必须在城外。"

木晶点了点头，道："你说得有理，你的意思是，想让我把他骗出城，在城外行事吗？"说着，她端着一杯茶在念冰身旁坐了下来。

念冰向旁边挪动了几分，道："公主是聪明人，诱那个神人出城并不是什么困难的事，我们就在城外动手，帮你解决了这个麻烦后，也该是我们分道扬镳的时候了。"

木晶拿着手中香茗轻饮一口，看了一眼身旁的念冰，不禁流露出一丝幽怨之色："你就那么急着离开吗？我愿意和你履行之前跟扎木伦的那个交易，我别无所求，只是希望，如果有一天朗木帝国遇到危难之时，你能帮上我们几分。"

说着，她靠近念冰几分。她是朗木帝国皇室下一代中最出色的一个，年纪轻轻已经达到了魔导士的境界，她没有犹豫，愿意为了自己的国家做出这样的选择。不过，当她真的要面对念冰时，心中极为忐忑。

她知道，今天是最后一个机会了，如果能用自己换来朗木帝国今后的和平，她觉得是值得的。当念冰在四国公论大会上显露出强大的威压时，她就有了这个想法，到念冰为洛柔治疗时，她才决定真的要这么做，不论是念冰的实力还是他对冰月帝国、奥兰帝国的影响力，她觉得自己这么做绝对是值得的。

木晶因为修炼自然魔法，又是先天灵木之体，她体内蕴含的特殊生命力对念冰自身的气机有着很大的吸引力。念冰没想到木晶居然会如此选择，自然也明白她这样做的目的，感受着木晶激烈的心跳声，他心中不禁生出几分怜惜。

念冰将手中的香茗放在面前的茶几上，轻叹一声，道："公主，你觉得这样做值得吗？以你的资质和出身，又怎么会找不到真爱呢？我很佩服你的勇气，但是，这样做，最后受伤害的只会是你自己。其实，我对朗木帝国从没有敌意，我也并不希望自己卷入政治的旋涡之中。只不过，为了我的朋友和亲人，我不得不进入这旋涡之中尽自己的一份力，我不值得你如此看重啊！不错，我从来没有认为自己是什么好人，也不愿意做那样迂腐的好人，但是，我还没有卑鄙到用自己的力量为诱饵，来伤害一个女孩子。你是一个好姑娘，你的执着都是为了自己的国家，如果你不是生在帝王之家的话，或许，你能快乐幸福地过上一生。"

念冰的声音充满磁性，木晶在决定时曾经想到过许多种可能，唯独没有料想到，他会如此温和地和自己说这些。

她抬起头，眼神有些迷茫地看向念冰，凄然一笑，道："是啊！生在帝王家，我没有选择的权利。你知道吗？你是第一个没有把我当作工具的男人。在皇宫里，不论是父皇还是哥哥，他们看重的都是我的能力和可能带给他们的利益，我从没有在他们身上感受到亲情的温暖。你和扎木伦不一样，我从没有拿你和他做过比较。我做这个决定，并不完全是为了朗木帝国，同样是为了自己，我是心甘情愿的，即使你不答应帮助我国，我依旧会这样选择。我只是希望给自己留下一个美好的回忆，或许，也只有这样美好的回忆，才能支撑着我活下去。念冰，你信得过我吗？"

听着木晶如泣如诉的声音，如果说念冰一点都不动心，那是不可能的。但是，他对木晶只有怜惜，却没有丝毫男女之间的感情。

念冰拍了拍木晶的肩膀。

木晶有些惊讶地睁大眼眸，美眸中雾气涌动，凄然道："你真的不愿意吗？我只是希望能留下一段记忆而已。"

念冰看着两滴清泪从木晶脸旁滑落，轻叹一声，抬手擦掉她眼中的泪水："不值得的。短暂的回忆只会让你陷入更加痛苦的深渊，我能感觉到你心中的痛苦，所以，我又怎么能雪上加霜呢？况且，男女之情只有建立在爱的基础上才会是完美的，否则，与禽兽何异？我有一个小妹妹，叫猫猫，她天真可爱，我和我的朋友都很喜欢她。我的爱已经给了我的爱人，你愿意做我另一个妹妹吗？洛柔曾经与我有过一个约定，她说，希望在我隐居之后留一个房间给她，等奥兰帝国事了之后，她愿意与我们一起隐居。如果你愿意的话，我也可以留一个房间给你。我不会帮朗木帝国，一个连亲情都没有的皇室不值得我帮，但是，我愿意帮你，帮你脱离那痛苦的深渊，如果你愿意的话，就叫我一声哥。"

木晶的身体颤抖得更加剧烈了，看着念冰的眼睛，她仿佛回到了幼年之时，一直隐藏在心底的种种情感爆发出来："哥——"

她猛地扑入念冰怀中放声大哭。感情得到释放，她感觉内心放松了许多。她能感受到念冰那真切的关怀，他的怀抱是如此温暖，如此安全。

念冰并没有阻止她哭泣，任由她那晶莹的泪水沾湿了自己的衣襟，轻轻地抚摩着她那一头长发，安慰着她的心。

良久，木晶的哭声渐渐收歇，她依旧没有离开念冰的怀抱，心中的积郁完全消解，她抽泣着发现，自己的世界再也不像以前那么灰暗，而是如此精彩。眼前这个温暖的怀抱是如此亲切，她实在不愿意离开，如果可以的话，她宁可永远保持着现在的样子。

念冰拍拍木晶的肩膀，扶着她坐好，道："好了，哭出来心里舒服多了吧？晶儿，我说话一定算数，等我完成自己要做的事情后，确定了隐居的地方，一定会命人送信给你。你要勇敢地面对一切，抛弃那些本不该由你来承担的事情，重新找回自我。当有一天你需要帮助的时候，就到冰月帝国去，只要你告诉国王燕风你是我的妹妹，他一定会帮你的。现在，你该告诉我另一个神人的情况了，我也好做些准备。"

木晶深深地看了念冰一眼，道："哥，谢谢你，虽然你并不是我的亲哥哥，但是你给我的感觉比亲哥哥好得多。我永远都会记住你的话。你知道吗？自从我懂事以来，我都不知道自己是为什么而活着。后来，随着才华逐渐展露和生命女神领域觉醒，我渐渐成了朗木帝国皇室中最出色的一个，但我毕竟是一个女孩子，能做的也只是辅助我那亲哥哥成为新一代的帝王。今天你带给我的一切，晶儿永远都会记得。"

木晶深吸一口气，她眼中的情感渐渐收敛，除了那依旧有些红肿的眼眸外，仿佛又变回了那个精明强干的公主。

"和扎木伦一起的神人叫西伦，他的实力绝不在扎木伦之下。哥，你应该也知道人体七大窍穴的事吧？与扎木伦不同的是，这个西伦开启了三个窍穴，这是他在一次酒后无意中吐露的，当时，他还有些不屑地说扎木伦根本就不是他的对手。

"西伦修炼的是火属性斗气，实力确实非常强大，你与他对抗时一定要小心，这个人比扎木伦还要狡猾几分，虽然贪图享乐，但随时都处于警惕之中。可惜我不知道他开启的是哪三个窍穴，否则对付他就更有把握了。"

三个窍穴！

念冰不禁皱了皱眉头，他从卡奥那里基本知道了七大窍穴的作用，七大窍穴中，天眼穴和皇极穴具有不确定因素，天眼穴根据程度不同和修炼方法不同，所体现出的能量也截然不同，而皇极穴根据所处位置的不同，产生的效果和威力也不一样。

另外五个窍穴都有着自身特殊的功效。足心处的地灵穴代表的是速度。卡奥曾经告诉过他，同一个等级的神人，开启了地灵穴的，速度是没有开启的两倍。如果是修炼风系斗气的人开启了地灵穴，那么，对他的帮助就是最大的。地灵穴修炼到终极，一旦全速运转，连影子都无法看到，就如同无形一般，只能用感觉辨别其所在的方位。

耳后的听云穴与地灵穴一样，都是双穴，一旦开启，就会出现两个。听云穴代表的是听力，也称为辨别之力。开启了听云穴，听力会增强数倍，可清晰地辨别出周围的一切响动，而且还可以根据使用者的意愿来控制听力大小。听云穴达到了终极境界，可以捕捉到周围百里内的任何动静，说是顺风耳也不为过。

到了那样的境界，耳朵已经不是完全用来听的，使用者还可以通过耳朵去感觉周围的能量波动。这种感觉可以令使用者对周围的一切了如指掌，在对敌之时更容易做出有效攻击。

戾中穴主能量聚集，拥有了戾中穴，对压缩自身能量有巨大的好处。修炼者都知道，能量凝聚度越高，人类有限的身体才能产生越多的能量，而且凝聚压缩后的能量威力会成倍地增加。所以，不论对于武者来说还是对于魔法师来说，戾中穴都是极为重要的。只要有了戾中穴，就相当于进入了另一个修炼境界，修炼起来就会容易得多。所以，戾中穴也是除了天眼穴和皇极穴之外最重要的一个窍穴。

可惜，念冰的戾中穴就像他的天眼、皇极融合穴一样，因为储存了异常庞大的死亡气息，现在的作用只是压缩着那些死亡能量，使其不外泄，而失去了本来的能力。

当卡奥告诉念冰，他的戾中穴因为压缩死亡能量已经达到终极境界，但也因为死亡能量而失去了原本的能力时，念冰格外郁闷。

西经穴位于脐下三寸，与戾中穴有些类似的是，这个窍穴也是用于凝聚能量的，只不过，它凝聚的不是修炼者自身修炼的能量，而是天地间的先天之气。

在神之大陆上与卡奥、天香修炼的时候，念冰才真正明白先天之气的妙用，先天之气越强，人体就越接近自然。

人类本身就像一个容器，有一定的容积，而这个容积并不是那么容易变大的。先天之气的作用，就是使人类在更接近自然的情况下，更好地控制外界的一切能量。在自身的能量饱和后，修炼者如果能更好地控制外界能量，就能够发动更强大的攻击和防御。

念冰虽然并没有开启西经穴，但不论是他庚中穴内的死亡之球还是围绕着庚中穴旋转的生命之球，都是最纯净的先天之气，也是截然相反的先天之气。

当初天眼穴在提升到中阶的时候，念冰通过天眼穴吸收了星月精华带来的生命气息，后来在神之大陆上天眼穴变异，又得到了庞大的死亡能量和生命能量，使他对先天之气的控制达到了巅峰。也正因为如此，他才能够在不念咒语的情况下使用各阶魔法，而将自身的消耗降到最低。

念冰有些期待西经穴的开启，如果自己能够开启这个凝聚先天之气的窍穴，不知道会有什么样的效果。可惜，窍穴开启不但和自身能力有关系，和机缘也有很大关系，只有在特殊情况下，才有可能开启这些夺天地造化的窍穴。念冰现在只能在修炼中摸索，试探着去开启这些窍穴。

背部的方甲穴是七大窍穴中唯一一个主防御的窍穴，这个窍穴开启后，人体自身会散发出一层如同斗气的防御屏障。

这层屏障是以先天之气为基础，辅以自身能力而形成的，一旦遇到外力立刻就会自行出现。

方甲穴与西经穴是一对因缘之穴，只有先开启了能够凝聚先天之气的西经穴，才有可能开启方甲穴。

这两个窍穴也是神人们最希望开启的。戾中穴的修炼太过困难，而且有很大的危险性，而西经穴和方甲穴相对就要容易得多了。如果方甲穴能够达到终极境界，那么，它强大的防御力足以使人在不使用任何其他能力的情况下，在十三阶以下的攻击中存活。

第 198 章
计划

　　回想着七大窍穴的妙用，念冰不禁猜测起这个叫西伦的神人究竟开启的是哪三个窍穴，又达到了什么阶段。不论西伦开启的是什么窍穴，对他都会有不小的威胁。

　　冰雪女神祭祀开启的应该是戾中穴和西经穴，再加上右手的皇极穴。她的戾中穴和西经穴都已经达到了中期，所以念冰才断定她已经有了十三阶的实力，凌驾于七大龙王之上。

　　上次念冰吓退冰雪女神祭祀只是虚张声势，如果真是一对一地与她战斗，念冰并没有多少把握能够制胜。凝聚能量的戾中穴和凝聚先天之气的西经穴，使冰雪女神祭祀不需凭借咒语就能够发动十一阶的禁咒。只不过，在这方面她绝对比不上自己轻松，可惜，在施展魔法的绝对强度上，自己还是要逊色于她。十二阶与十三阶绝不是一个概念，幸好自己还有七件超神器，这才将差距缩小，在真正的拼斗中能够多几分胜算。

　　而这次要对付的西伦，开启的三个窍穴如果已经达到了中期，那么，无论这三个窍穴是什么，都会给他带来很大的麻烦。看来，还是要联合鸟卤才能将其击杀。神人本就不应该存在于这个世界上，他们的实力太强大了，又都是自私之辈，或许，只有将他们一一毁灭，才是保持仰光大陆现状最好的办法吧。

木晶见念冰半天没有说话，以为他在担心什么，不禁问道："哥，这开启了三个窍穴的神人真的很难对付吗？窍穴究竟是什么？"

念冰回过神来，道："窍穴，是人类通往极限的瓶颈，七大窍穴可以说就是七个瓶颈。如果人类能够将七个窍穴完全开启，说不定真的能够成为神。你知道我为什么实力提升得这么快吗？就是因为我在机缘巧合之下先后开启了三个窍穴。可惜，我开启的这三个窍穴与普通人有些不同，我现在无法真正使用它们的能力，如果我能再开启其他四个窍穴中的任意一个，那么，我的实力一定会有一次飞跃。可惜，窍穴并不是想开启就能开启的。晶儿，你有着得天独厚的优势，努力修炼你的自然魔法吧，我相信，你一定也能够开启窍穴的。"

木晶点了点头，道："西伦和扎木伦都曾对我说过，如果我能够开启一个合适的窍穴，立刻就能达到魔导师境界。扎木伦本来答应我，等我履行了跟他的约定，他就想办法帮我开启那个合适的窍穴。只是我对他没有几分信任，一直拖延着，没想到他却死在了你手上。"

念冰不屑地哼了一声，道："扎木伦修炼的方法很特殊，他自己都没有开启窍穴，又怎么可能帮你？他不过是在骗你而已。他所说的合适的窍穴，指的是戾中穴或者西经穴。对于我们魔法师来说，这两个窍穴极为重要，只要开启任意一个，确实可以在短时间内将你推到魔导师境界。

"七大窍穴中，适合魔法师和武士的各有三个，如果开启的是不适合自己的窍穴，虽然也会对自己有所帮助，但帮助就要小一些了。相对来说，窍穴开启对武士反而更加有利。

"你要记住我下面说的话，在今后修炼中会对你很有好处。七大窍穴除去号称最强一点的皇极穴，对我们魔法师来说，最有用的是天眼穴、戾中穴和西经穴。天眼穴的作用是最大的，但到现在我也没能完全摸清它的规律，因为每一个开启天眼穴的人，得到的效果都不相同。但是，我可以告诉你，天眼穴是真正可以让你不断提升的窍穴。它不但能够让你辨别出一切能量的特性，同时，也会大幅度增强你的精神力。精神力增强，魔法控制力自然会增强。在魔法修为达到一定程度后，精神力将是魔法师们努力的重点。而戾中穴和西经穴，则分别有着凝聚能量和凝聚先天之气的作用。

"或许，是我想得太多了吧，七大窍穴应该还是均衡的，毕竟，天眼穴的作用要远远大于其他几个窍穴。而更适合武士的，就是能够提升听力的辨别之穴听云穴、能够提升速度的地灵穴以及增强防御的方甲穴。

"我在这里所说的适合只是相对而言，真正说起来，开启任意一个窍穴，对我们都是有好处的。你今后的修炼，就要开始向七窍穴发展，否则，到了魔导师境界后，你就会进入一个瓶颈期，不开启窍穴，就很难向上突破了。扎木伦那样的人毕竟只是少数，而以他那样的修炼方法也不可能达到最强。"

木晶感激地看着念冰，作为一名魔导士，她当然明白自己这个境界获得高手的指点有多大的好处。

念冰无私的指点使她更加明白他对自己真的没有利用之心，她感到他更加亲切了："哥，我一定会努力的。努力修炼能更好地保护自己。"

念冰微微一笑，揉了揉木晶的脑袋，道："好了，晶儿，我要回去了。西伦的事你今晚就吩咐人去做，我们在城外把他解决。"

木晶幽幽一叹，道："凤女真是幸福啊！哥，如果我能早认识你几年该有多好。"

念冰只是向木晶温和地笑笑，便转身离开了她的房间，随手带上房门。

念冰心中不无感叹，天香曾经对他说过，人性本恶，而卡奥告诉他的则是人性本善，现在，看起来应该更多信卡奥一些吧。每个人背后都有着自己的故事，不知道那些神人是否能够改变呢？几千年养成的习惯，恐怕不是那么容易改变的，况且，以自己的力量，也很难去改变他们。

念冰没有回自己和鸟卤的房间，而是直接来到蓝晨和龙灵的房间之中。因为有玉如烟同行，现在她们已经不是三个人挤在一个房间了，凤女和玉如烟住，蓝晨则和龙灵一起住。

这八天，龙灵三人大多和玉如烟在一起，因为有自己的干妈在，念冰也不好有太多的干涉，只能由着她们了。

在房门上敲了几下，门开，龙灵从门内探出头来，一看是念冰，不禁嘻嘻一笑，将他让了进去。

念冰见蓝晨正靠坐在床上，似乎先前正在和龙灵聊天。念冰不由得关切地问道："连续赶路，你们累不累？"

蓝晨微笑着摇头，道："累什么，你不在的那段时间，我们每天都不断修炼，赶这点路不算什么。你刚才干什么去了，怎么吃完饭就消失了？"

念冰道："我刚才去和木晶谈了谈，我觉得咱们还是不要到枫林城去比较好，你们凤族的事不能耽搁，我们早一天到，多了解些情况也能更有把握。况且，对付实力高达十三阶的神人，在城里动手必定会伤及无辜，所以我让木晶把他从城里诱出来，我们就在城外动手。"

龙灵关心地道："这几天你也累了，早点回去休息吧，明天一早不是说还要全速赶路吗？"

念冰道："确实要好好休息一下了。"

龙灵道："快回你自己房间去。"

念冰接着道："还想说说话。"

蓝晨轻笑一声，道："你还是快回去吧，万一姐姐或者妈过来看到你在，我看你怎么解释。"

念冰点了点头，道："晨晨，你说得很有道理。"

说着，他不禁轻叹一声，最终还是站了起来，走了出去。

寂静的一夜，却又并不平静，当曙光逐渐照耀红木城之时，又一天的清晨来临了。

蓝晨打开门探出头向外面看了看，不禁又缩了回来，朗木帝国使团的人都起来了，正在整理行装。

念冰来到蓝晨和龙灵房间门外，轻声道："晨晨。"

蓝晨把他拉进来，没好气地道："干吗？"

她有些惊讶地发现，自己一碰到念冰，体内能量立刻就会有变化。她并不知道，念冰因为与卡奥合体，后又吸收了那么庞大的生命能量，身上的生命气息已经达到了巅峰。自从念冰回来以后，他身上无形中散发出生命气息，自然而然地就能引起众人注意。而蓝晨自身的生命气息与念冰的生命能量沟通，由于念冰的生命磁场过于庞大，对她的生命气息就会产生庞大的吸引力。念冰的生命能量在不断改变着她的生命能量，也改变着她的身体。

念冰道："没什么，过来看看。"

敲门声突然响起，念冰转身一看，来人既不是玉如烟，也不是凤女，而是他昨天晚上刚认的妹妹木晶。

木晶看到念冰并没有感到奇怪，轻笑一声，道："哥，我们该走了。"

念冰问道："你怎么知道我在这里？"

木晶低声道："是凤女告诉我的。"

念冰目瞪口呆，他知道自己现在解释什么也没有用了，只能苦笑着道："好了，你先去吧，我们这就出来。"

木晶轻笑一声，道："好，我们在外面等着你。"

重新踏上旅途，坐在马车上，念冰再一次受到了凤女的"拷问"，并不是因为他昨天去了蓝晨和龙灵的房间，而是因为木晶那一声"哥"。念冰向凤女解释了木晶的身世和想法，好不容易才"脱身"。令他有些奇怪的是，凤女今天看上去特别爱脸红。

路上，木晶告诉念冰，昨天晚上她已经派人前往枫林城，以扎木伦受伤为由，骗西伦来与他们会合了，按照时间计算，双方最早明早就能遇到。

当夜幕降临之时，使团并没有找到住宿之处，只能又露宿在野外。如果是坐着，马车可以容纳八个人，但如果是睡觉，却只能容纳四个人。念冰和焉卤自然把马车让给了玉如烟和蓝晨三女，两人和使团中大多数人一起，在篝火旁取暖。

此行一路向北，温度变得越来越低，虽然这并不能对念冰和焉卤造成什么影响，但寒风吹拂的感觉毕竟不是很舒服。

"念冰，我真的很羡慕你。"焉卤将最后一块卤肉塞入口中，有些含糊地说道。

在长生刀的作用下，他的身躯看上去比念冰还要伟岸几分。

念冰微微一笑，道："羡慕我出生在仰光大陆，还是羡慕我有凤女呢？其实，以爲卤大哥你的人品和实力，定能找到适合自己的姑娘。"

爲卤摇了摇头，道："不，我绝不会找人类为妻的，你们人类又怎么看得上我们矮人呢？我羡慕的是你的亲情和友情。你知道吗？我活了这么大，到现在也只有你一个朋友。虽然我依旧会因为母亲的死而悲伤，但我不得不承认，母亲的选择是对的。只有走出来，我才知道以前自己的见识是多么少。跟你来到仰光大陆的这段时间，我学到的东西比以前数百年学的还要多，念冰，谢谢你。"

念冰拍了拍爲卤的肩膀，道："让我再好好想想吧，我现在真的很难决定是否帮你让遗失大陆回归，这件事毕竟牵连太广了。"

爲卤微微一笑，道："没关系，你不必为难，这件事我已经决定了，也是我必须做的。你没有这个责任，毕竟你不属于遗失大陆。"

念冰道："我心里其实很矛盾，爲卤大哥，我和你一样，也非常讨厌那些神人，不论对错，单是他们自私、卑鄙的行为，就已经令我无法忍受了。可是，神之大陆现在毕竟还有封印在，我们这个世界总体上还处于和平之中，我不想打破这份和平。如果遗失大陆归来，对仰光大陆的影响是不可预计的。这么多年过去了，谁知道遗失大陆变成了什么样子呢？我们还有些时间，让我再多想想吧。"

爲卤刚要说什么，突然，一声长啸从远方传来，啸声激昂尖锐，盛气凌人。念冰脸色微微一变："在三十里外。"

三十里外传来的啸声居然能够如此清晰，不用问，他已经知道来人是谁了，只是没想到，西伦居然来得这么快。

念冰与爲卤对视一眼，两人同时站了起来。

木晶从她的马车上跳了下来，站在距离念冰和舄卤十丈的地方向他们点了点头，凤女、龙灵、蓝晨和玉如烟也先后下车。

念冰和舄卤一闪身，来到她们身前，念冰道："这个神人就由我和舄卤大哥对付。妈，你们在旁边守着，如果那个家伙要逃跑的话，一定要拦住他。"

由于不知道这个叫西伦的神人开启的是哪三个窍穴，念冰不得不做出万全的准备，否则，如果西伦开启了地灵穴，又决意逃跑的话，几人恐怕很难阻拦。

第 199 章

龙魔法师

木晶跑到念冰身前，道："哥，让我帮你们吧。"

念冰摇了摇头，道："不，十三阶的高手如果临死反扑，战斗力会非常强大，你留在这里。焉卤大哥，走，我们迎上去。"

说着，他和焉卤同时纵身而起，两个起落，便消失在众人的视线之中。

玉如烟向蓝晨三人点了点头，两蓝两红四色光芒分别出现在她们身上，她们分开朝四个方向而去。

当木晶和她的使团无法再看到她们的身影时，除了龙灵以外，玉如烟她们都释放出了自己的王族之羽，玉如烟奔向北方，凤女和蓝晨分别飞向东西两方，龙灵则留在距离使团最近的南方。她们明白念冰的意思，这是绝杀之阵。

念冰和焉卤来到一块空旷的平地上，停了下来，黄色光芒闪耀，长生刀与焉卤脱离，回到念冰手中，七彩光芒从念冰的天眼穴中释放而出，精神力在他的控制下呈扇形向北方扩散着。

很快，他就感觉到一个人以惊人的速度，朝自己这边而来。这一次，念冰决定使用另一种方法来对付这个神人。七色光芒同时闪耀，以黑武皇为首的七个影傀儡同时出现，带着七柄神刀又相继隐入漆黑的夜空之中。

在精神力的感觉下，那个人距离他们越来越近了，念冰向鸟卤点了点头，鸟卤的灭神斧已经握入手中，因为他穿着黑色的矮神铠，在夜晚并不明显，黑色的斗气在他身体周围闪耀。鸟卤整个人竟然缓慢地沉入了地面的泥土之中。

一时间，周围变得十分空旷，只剩下念冰一人。

火红色的光芒在夜晚分外显眼，那光芒如同流星一般在空中弹跳着，从念冰发现他，到他来到念冰面前，只不过用了短短几次呼吸的时间。

精神力收敛，念冰身体周围同时散发出七色光华，顿时吸引了那火红色身影的注意。在一声轻咦中，火红色的身影在距离念冰三十丈的地方停了下来。

虽然是夜晚，来人身体周围又布满了火红色的斗气，但念冰还是能够看清他的样子。

此人身穿暗红色铠甲，胸前两块巨大的胸铠是一种不知名的红色宝石所制；肩铠极为宽阔，从肩膀两侧向外延伸出一尺；胸铠下方的腹铠如同鱼鳞一般，显然是为了不影响灵活性。

这身暗红色的铠甲覆盖着他脖子以下的躯体。他的头上戴着一个红色的头箍，头箍中央镶嵌着一颗菱形宝石，这颗宝石也是红色的，只不过看上去比胸铠那两块大红宝石还要晶莹得多。

整套铠甲就像燃烧着的火焰一般，虽然念冰对护具并不很懂，但也能看出这身铠甲的不凡之处，心中不禁暗暗赞叹，神之大陆上的矿石果然不少啊！这铠甲不知道是如何制作出来的。

就在这时，鸟卤有些急切的声音在念冰耳中响起："兄弟，我们一定要夺下这身铠甲，这是当初我们矮人族制作的十二神器之一，名叫火云铠。它不但防御力极强，而且对火属性斗气有极大的提升效果，最大的特点就是可收缩，只要稍加改造，就可以适应任何体形的人。"

念冰没有回答舄卤，他的目光从来人身上的铠甲转到此人的脸上。此人看上去三十多岁，脸形很长，一双小眼睛眯成一条线，同样在打量着他；对方最有特点的就是那个鹰钩鼻，鼻骨向上隆起，看上去阴鸷之气极重。

"你是什么人？是木晶派来迎接我的吗？我以前怎么没见过你？"来人看着念冰的眼神中多了几分疑惑。听到他的问话，念冰知道，自己肯定没有找错人。

念冰淡然一笑，道："你虽然不认识我，但我认识你，你应该是叫西伦吧？"

"大胆！"西伦冷哼一声，周围的温度明显升高了几分，"敢直呼本国师之名讳，足以让你死上十次了。你是不是木晶的手下？"

念冰摇了摇头，道："当然不是，不过，我确实是在这里等你的。别说是你，就是你们神之大陆上的主神见到我，也不敢如此放肆。"

七彩光芒瞬间变成了金色，庞大的威压弥漫于空地之上。错愕中，西伦顿时后退一步，脸色微变："皇极穴。"

念冰微微一笑，道："算你还有几分见识。你的好兄弟扎木伦已经去地狱等你了，现在，你可以随他一起去了。"

威压瞬间增强，七色身影同时从西伦周围亮起，七柄神刀带着凝聚的七属性能量，从不同方位瞬间向西伦发起了攻击。

数十道暗红色的掌影以西伦为中心同时向周围爆发，暗红色的气息使空气仿佛燃烧起来了一般，荡起一片水样波纹。

七个影傀儡一击即退，并没有与那暗红色的掌影接触，当掌影刚刚有所消散之时，七道身影再一次前冲，七色光芒带起的锋锐之气犹如实物般直奔向西伦身体的要害。

西伦冷哼一声，双手在身体周围挥舞，设下一道密不透风的屏障。如果仅是七个影傀儡，除了黑武皇能够带给他一些威胁以外，其他的影傀儡根本无法破掉他的护体斗气。

但是，七个影傀儡手中的七柄神刀令他不得不防备，作为一个生存了数千年的神人，他自然看得出七柄神刀的威力。对于自己身上的火云铠，他异常珍惜，唯恐铠甲在这些神刀下受到什么破坏。

影傀儡中，只有黑武皇能够发挥出十二阶的攻击力，而其他六个影傀儡就算加上神刀，最多也只有十阶的攻击力而已，面对十三阶的西伦，一时间陷入了缠斗的局面。

念冰与黑武皇交流过，在死亡之湖中，由于大量死亡能量的滋养，黑武皇的灵魂彻底复苏，但因为失去了实体，他很难恢复到巅峰状态，所以只能保持十二阶的攻击力。

黑武皇也告诉念冰，自己一直修炼一种适合能量体的特殊功法，在噬魔刀的作用下，需要一定的时间才能有所突破。此时，面对强大的敌人，黑武皇的战意越来越强，噬魔刀每一次攻击，都会耗费西伦大量的精力。

西伦本身就拥有十三阶的实力，再加上有火云铠辅助，虽然不能与主神相比，但也是神之大陆上的候补主神之一，实力并不在当初击败圣师的那个风神之下。这次来到仰光大陆，他是三名首脑之一，这是念冰没有想到的。

七个影傀儡的联合攻击虽然强大，但想伤害西伦极难。如果不是因为他更加忌惮念冰的存在，并且在念冰释放出的威压下只能发挥出九成实力，恐怕七个影傀儡早已经拦不住他了。

念冰的精神力与自己的影傀儡们完全相连，通过影傀儡们的攻击，天眼穴迅速分析着西伦的实力。

很显然，西伦现在并没有用全力，他的实力比那个扎木伦强多了。扎木伦虽然已经接近十三阶，但并没有真正达到十三阶，即使是乌卤，在一对一的情况下，拼着受伤也可以将扎木伦毁灭。可眼前这个西伦明显强悍多了，先不说他身上的火云铠，单是每击出一掌，凝结的斗气就令念冰大为惊讶。因为，他的斗气用来攻击，流失得极少，在不与影傀儡们接触的情况下竟然还可以收回，将消耗降到最低。

现在，念冰可以断定，眼前这个神人绝对开启了戾中穴，而且最少达到了中期。

有了这些判断，念冰全身散发的金光骤然收敛，眉心处凝结一道七彩光芒，呈直线射向西伦所在的方位。

西伦心中一惊，刚要有所动作，却见那道七彩光芒瞬间扩散，化为一个巨大的光罩将自己周围百丈笼罩在内，威压瞬间增强，他的火斗气竟然在刹那间削弱了几分。而一直缠着他攻击的七个影傀儡速度骤然加快了一倍，七柄神刀上的光芒也变得更加耀眼了。

西伦有些紧张，心中不禁暗呼一声：领域外移，天眼穴！

他心中惊骇，手上不禁弱了几分，被黑武皇手中的噬魔刀划破铠甲外的防御，在火云铠上留下了一道浅浅的痕迹。

皇极穴、天眼穴，这两个窍穴代表着什么西伦当然非常清楚，他心中的怒气瞬间平息，眼中光芒闪烁，右手一挥，一柄火焰长刀瞬间出现在他掌中，绕体一周，暗红色的光芒将七个提速的影傀儡逼退。他双手握刀朝黑暗影傀儡斩去。

黑武皇的实战经验绝不会比西伦少，不论是以前还是现在，面对敌人，他从来都不会退却，噬魔刀上黑光大放，悍然迎上了西伦的攻击。

斗气的碰撞带起一声尖啸，黑武皇闷哼一声，身体带着噬魔刀被震飞到十丈之外，身体顿时变得有些虚幻。

西伦同样不好受，因为全力攻击黑武皇，他的身体被另外六柄神刀划过，护体斗气只能削弱六成攻击，六柄神刀袭来，他身上散发出一层乳白色的光华，光华闪烁间，将六个影傀儡震退，但他自己也踉跄了一下。

六种不同的魔法元素在彼此纠缠中侵入他的身体，如果不是火云铠过滤了大部分攻击，单是这一下，已经足以令他受伤了。

一时间，他不得不聚起自己全部的斗气与这些魔法元素相抗衡，试图将它们逼出体外。

念冰仰天长啸一声，高呼道："奥斯卡！"

修长的身体高高跃起，一声嘹亮的龙吟响起，灰色的光点在念冰身下凝聚。当念冰的身体升到高处时，空中凝聚的灰色光点现出身形，一条身长七丈的灰色巨龙出现在念冰身下，念冰落下时，正好骑在巨龙背上。

巨大的龙翼展开，顿时带着念冰升入高空之中。灰色的巨龙身上闪着一层金色的光泽，在咆哮中灰色鳞片大张。

灰色巨龙的身体与普通巨龙相似，但在灰色巨龙的头顶，仅有一只长达半丈的独角，独角呈暗金色。

念冰的身体似乎与巨龙连接在了一起，身上的衣服消失了，皮肤上生长出一层与巨龙同样的灰色鳞片，仿佛他本身就是巨龙的一部分。

七系魔法如同冰雹一般从天而降，目标只有一个，就是西伦。

奇异的一幕发生了，那些明明只有六阶、七阶的魔法在进入七色光罩后，立刻就会提升一阶，由于数量多，顿时打了西伦一个措手不及。

虽然这些魔法并不足以真正伤害到他的身体，但是与侵入他体内的七种魔法元素产生了联系，那似乎是来自先天之气的联系，引发着即将被驱除的七种魔法元素在他的身体里疯狂地肆虐起来。

西伦失声惊呼："龙魔法师！"

西伦心中怯意更盛，手中火焰长刀挥舞成无数刀影，将从天而降的魔法纷纷化解。

联想起念冰说扎木伦已经下了地狱的话，西伦已经不打算再战斗下去了，毕竟，还有什么比自己的生命更重要呢？

就在西伦既要面对从天而降的魔法，又要对抗体内的魔法元素，内外交困之时，一道黑影无声无息地从他背后跃起。

黑影跃起之处，泥土纷纷消失，黑色的斗气在寂静的黑夜中成了他最好的掩饰。当西伦发现背后出现的危机时，那巨大的黑色战斧距离他的身体已经只有一丈了。

危机之中，西伦数千年以来积攒的战斗经验发挥了作用，一圈红色的光晕从体内爆发而出，将空中落下的魔法瞬间瓦解，手中火焰刀从左侧画出一个弧线，将逼上来的七个影傀儡同时震退。

当火焰刀从左到右画出的弧线达到极限之时，西伦用腰背之力带动手中长刀，力量瞬间积蓄到巅峰状态，轰上了乌卤的战斧。这个时候，他已经顾不上去压制体内爆发的魔法元素了。

空中的奥斯卡在念冰的提醒下振翼高飞，紧接着，下方出现了一个白色光点，光点瞬间放大，巨大的轰鸣声带着冲击波和无数翻飞的泥土眨眼间蔓延到周围五百丈内每一个角落。

刺目的白光竟然是碰撞产生的火花，如果念冰没有天眼，恐怕已经在这白光的作用下暂时失去了视觉。

光芒闪耀，下方传来狂暴的能量波动，使他产生了又回到神之大陆的错觉。

舄卤的身体以比来时更快的速度被震飞了，但是，他那接近十三阶的实力配合超神器灭神斧的一击又怎么会差呢？

念冰的七个影傀儡在接到他精神力通知的刹那，已经化为七道光芒消失在空中，这还多亏了空间影傀儡的能力，七道光影及七柄神刀瞬间被传送到半空之中，这才避免被波及。

舄卤的身体落在地面时已经失去了控制，在暗淡了许多的黑色光芒包裹中，他的身体足足在地面拖出三十余丈。

矮神铠在这一刻起到了至关重要的作用，护住了他本就强壮的身体，使他免受外伤。但当舄卤停下时，还是张口喷出了鲜血。

与舄卤相比，西伦更加狼狈不堪。他使用的火焰长刀并不是用斗气凝结而成的，而是用一种能够释放烈焰的特殊矿石打造而成的。

此时，被他视为至宝的火焰长刀已经变成了星星点点的碎块，散落在远处，冒着微小的火苗。

西伦的身体矮了至少一半，鲜血从他口中流出，腰部往下完全陷入了地面。

以他为中心，周围的泥土完全变成了焦土，细密的裂缝从下陷三丈的地面传向远方。

火云铠不愧是矮人族制作出来的神器，表面没有丝毫破损，但是，连矮神铠那样的超神器都无法完全化解能量碰撞产生的冲击波，又何况是火云铠。

在舄卤狂暴的全力一击下，西伦头上的头箍已经飞到数十丈外，一头漆黑的长发披散在肩膀上，如同鬼魅一般。他那古铜色的脸变得煞白，仔细看去，鲜血不是只从他口中流出，而是从他七窍同时流出。他的右手已经有些抬不起来了，胸口不断地起伏着，似乎在喘息，他那双细长的眼睛中凶光连闪。

谁都看得出，现在的他，只不过是色厉内荏而已。他的身体内部已经受了严重的创伤。

淡淡的七彩光芒不断从他身上亮起，体内的七系魔法元素他都无法逼出，还从皮肤上显现出来，可见他现在的情况有多糟糕。

念冰骑着奥斯卡飘浮在半空之中没有动，他当然知道先前那一击有多么侥幸，如果不是自己先吸引了西伦大部分的注意力，又凭借着天眼领域配合影傀偏伤了西伦，恐怕舄卤的一击未必能产生这样的效果。

十三阶的神人果然强大啊，更何况是开启了西经、方甲和庚中三穴的神人。

第一次看到西伦身上散发出乳白色的光芒时，念冰就已经断定了西伦开启的窍穴是什么。

乳白色的防御能量明显是方甲穴带来的，而有方甲穴的前提就必须是有西经穴，只是念冰没有想到的是，在天眼领域作用下，西伦和外界先天之气的联系几乎已经被切断了，他的方甲穴竟还能发挥出那么强大的防御作用。而西伦用来凝聚能量的庚中穴，也因为舄卤的全力一击再不可能有什么保留。

念冰现在注意的是西伦身上若隐若现的红光。作为一名高达十三阶的强者，西伦的实力是扎木伦远远无法比拟的。

念冰隐隐感觉到，这个西伦并不会那么容易完蛋。所以，他在等待，等待着西伦的变化出现，也等待着乌卤回过气来。

论攻击的强度，念冰知道自己还不能与乌卤相比，如果没有乌卤的攻击力，仅仅凭借自己的实力，就算能够困住西伦，也不可能给西伦带来致命伤。

奥斯卡低低地咆哮着，金灰色的气流围绕着奥斯卡的身体弥散。奥斯卡现在的身体完全是用能量凝结而成的。当奥斯卡的龙神心诀终于突破第五层境界时，奥斯卡就已经能够做到这一点了。

以能量为身体，再辅以自身的灵魂，奥斯卡虽然还不是一条真正的巨龙，但实力绝对不会比普通的龙逊色，更何况，奥斯卡还有着得天独厚的条件，那就是"无"的能量属性。

乌卤摇晃着从沟壑中站了起来，眼中露出一丝赞许之色。西伦的实力让他有些钦佩，怪不得当初自己的祖先在神人手上吃过大亏，单是这一个神级的高手已经令拥有两件超神器的他很难应付了，如果再多一个和西伦实力相当的对手，恐怕他和念冰不是毁灭对方，而是先要逃跑才行。二对一，毕竟不是什么光彩的事，但为了自己的心愿，为了自己的祖先，他不得不这样选择。

西伦的喘息声逐渐变得轻微了，他的目光集中在乌卤身上，火云铠的光芒已经比先前暗淡了许多，毕竟，再强的神器也需要主人本身拥有的力量才能开启。

"矮人，没想到在这里居然见到了一个矮人。"他那有些尖锐的声音显得很从容，一点也不像他的外表这么狼狈。

乌卤冷哼一声，迈开坚定的步伐，一步步向西伦走去："我们矮人族永远都会为了追求自己的信念而生。你们神人可以来到这片美好的大陆，难道我们矮人就不行吗？西伦，你认命吧，你体内经脉至少被我的斗气震断了三成，你已经没有任何机会了。"

西伦有些诡异地一笑，抬头看向天上的念冰："不错，这确实是一个很好的杀局。好一个木晶，我现在相信，扎木伦确实已经死在你们手上了。可惜，我不是他。你以为，断了三成经脉的我就一定会死吗？那么，你也太小看我们神人了。"

说着，他的手突然拍出，并不是拍向乌卤，也不是为了对付空中的念冰，而是带着一团暗红色的光芒，直接拍向自己的小腹。

念冰之所以飞到空中，是因为他对局势有着良好的判断，像西伦和乌卤这样的武者，并不是没有飞的能力，只是使用斗气飞行极为耗费元气，所以，不到万不得已之时，武者们都不会用斗气飞行。

魔法师凭借魔法飞行的速度确实比不上武者，但是，念冰不仅仅是一名魔法师，正像西伦先前惊呼的那样，当奥斯卡觉醒之时，他已经是一名龙魔法师了。人凭借斗气飞行的速度再快，也不可能与天空的霸主飞龙相比，所以，坐在奥斯卡背上的念冰在升入高空之时，就已经使自己立于不败之地。

红色的光芒瞬间闪亮，念冰心中骤然一紧，他终于明白西伦要做什么了，西伦所拍下的地方，正是人体七大窍穴中的西经穴。

红色的火焰又一次燃烧起来，只不过，这一次的红色中多了一分金色的光彩，火焰比先前燃烧得更加剧烈了，斗气覆盖的范围骤然增大了一倍。整套火云铠此时都变得如同宝石一般剔透，不单是地面上的乌卤，就连空中的念冰都被这如同太阳一般的光芒照得闪亮。

"乌卤大哥小心，这个家伙疯了，他毁灭了自己的西经穴。"

毁灭窍穴，也可以称为窍穴爆发，一旦毁灭窍穴，对人体的伤害是无法弥补的，不但元气会随着破损的窍穴大量溢出，而且窍穴一经损坏就不可能再愈合。

一个窍穴爆发，修炼者将再不可能开启其他窍穴，严重者甚至有可能死亡。但是，窍穴爆发能够带来巨大的好处，就像念冰当初所用的诅咒生命之法一样，这是一种饮鸩止渴的方法，效果却很好。

修炼者用自己的元气为代价，以自己的身体为基础，使自身已经开启到中期以上的窍穴爆发，可以在瞬间使该窍穴的终极能量变成两倍。也就是说，现在西伦的西经穴爆发了，那么，他就能够得到两倍终极境界的西经穴能力。虽然这个时间不会很长，但所带来的力量绝对是毁灭性的。

鸟卤前行的身体停了下来，可是，他眼中的战意丝毫没有减弱。他双手缓缓举起灭神斧，黑色的斧身上出现了一行金色的小字。

"巴巴图里鲁。"

一声古怪的咒语在鸟卤口中响起，鸟卤的身体开始发生变化，原本健壮的身体骤然增大了一圈，连身高也比原先高了一头。黑色的短柄战斧在黑色光芒中变成了长达三丈的巨大战斧，斧柄粗如手臂，斧面如同门板一般宽大，黑色的斧刃上散发着一层幽蓝色的光泽。

鸟卤的双眼顷刻间变成了白色，黑色的气流如同旋涡一般围绕着他的身体快速旋转着。

西伦仿佛并没有看到鸟卤身上发生的一切，骤然毁灭西经穴令他身上数十处血管爆裂，给他带来了巨大的痛苦，庞大的先天之气疯狂地从他身上涌出。

念冰先前发出的天眼领域已经在西伦和鸟卤上次的碰撞中消失了，就算天眼领域还在，也不可能阻止如此疯狂的先天之气。

念冰冷哼一声，七柄神刀又一次出现，只不过，这一次七个影傀儡并没有伴随而来。由于先前的能量爆发，这七柄神刀的刀魂都受到了一定的创伤，念冰现在依靠的，只能是他自己。西伦的疯狂和乌卤的变异刺激着念冰心中升起澎湃的战意，空气中七系魔法元素在七柄神刀的作用下不断朝他身体周围凝聚着，七彩光芒逐渐变得强烈起来。

念冰双手探出，分别抓住冰雪女神的叹息——晨露刀和火焰神的咆哮——正阳刀，双刀在身前闪电般各画出一个三角，冰火六芒星顿时出现在他面前。其余五柄神刀开始围绕着念冰的身体转动起来。

念冰胸口处冒出一层柔和的绿色光芒，湛蓝的双眸瞬间变成了金色，身体完全进入了战斗状态。

一个神人、一个矮人以及一个普通人类，三个人的力量都在疯狂提升着。在那滔天的能量作用下，大地的裂缝在扩张，一道道深深的沟壑逐渐出现了，地面似乎在震动，周围的一切能量都随之汹涌澎湃。

火红色的光芒围绕着西伦的身体不断升腾，他在那火红色光芒的包裹中飘浮在半空之中，满头散乱的黑发变成青烟消失不见，他的右手依旧在小腹部位，而他手下的火云铠正散发着比先前头箍上宝石还要明亮的红色光芒。

火属性斗气依旧是十三阶，空气中的火元素在先天之气的作用下，在他身体周围形成一圈耀眼的光轮。

以毁灭窍穴为代价，西伦已经得到了自己想要的力量。火云铠发出咔嚓声响，被西伦膨胀的肌肉撑得似乎随时有可能爆裂，近乎透明的铠甲在周围那澎湃的火元素刺激下，发挥出超过以往任何一次的能力。

"亵渎神明，结果只会是毁灭。"

西伦的声音变得异常阴沉。他冷冷地注视着身前的乌卤，双手合握在胸口部位，金红色的火焰从他手中升起，一柄完全由火焰凝聚而成的长刀出现在他面前，手中长刀轻挥，地面上的泥土已经化为青烟，留下一道深不见底的裂缝。

第 200 章
窍穴爆发的强悍

此时此刻，念冰心中产生了一个奇怪的想法，西伦以破坏西经穴为代价换来了巨大的先天之气，西伦本身修炼的能力是火属性的，所以，现在西伦的斗气可以在先天之气的作用下引来庞大的火元素。看西伦那刀上散发的热度，应该远远超过了天火，那么，这金红色的火焰，比起凤族即将举行的典礼上有可能遇到的凤凰真火又如何呢？

焉卤动了，他的能力在那简单的咒语中提升到了极致。矮神铠作为超神器，明显比火云铠更胜一筹。虽然他的身体比先前膨胀了许多，但矮神铠也伴随着他的身体成长，依旧完全覆盖着他的身体。

巨大的战斧高高举起，焉卤双脚在地面上用力一跺，顿时，一个直径十丈、深十丈的大坑出现了，而他的身体也如同炮弹一般升入了高空之中。

战斧在空中抢出，黑色的斧面带起一道长达十五丈的斗气在空中划过，那幽光闪烁的斧刃上，光芒瞬间扩大，一个平面出现在念冰眼中，而平面的尽头则是一道幽光。

这个面是由无数光点叠加组成的，当焉卤的身体上升到高空时，念冰从他口中听到了三个字："屠——神——斩——"

西伦在焉卤跃入空中那一刻也动了，他的身体带起一片火焰般的幻影，骤然升起，在空中留下一道绚丽的金红色光焰，迎向燏卤的攻击。

机会永远会留给有准备的人，念冰自然不会放过眼前的机会。他并不是信不过燏卤的实力，只不过，他不希望自己这位憨厚的大哥受到伤害。

冰雪女神之龙在西伦腾起的一刹那，出现在西伦升空的必经之路上。瞬发禁咒，念冰已经比第一次使用时从容多了。

金红色的光焰从冰雪女神之龙的身体中一冲而过，那十一阶的禁咒就那么消失了，连冰屑都没有留下一丝，但是，等待着西伦的并不只是这一个禁咒。

念冰已经变成金色的双眼，完全凝聚精神力，在短时间内，凭借七柄超神器的作用，瞬间又凝聚出了五个禁咒，分属于土系、风系、空间系、黑暗系和光明系。

这五个禁咒的能量是如此狂暴，尤其是最后的黑暗系禁咒与光明系禁咒。在西伦穿过前面几个禁咒之时，光明系禁咒与黑暗系禁咒就已经碰撞在一起，爆发出的能量呈几何级数暴增。

这一记攻击，已经达到了十二阶神降术的程度，或者说，这光明系禁咒与黑暗系禁咒的双双爆发，更超过了十二阶的程度。

这也是念冰现阶段所能发出的最强魔法。如果不是因为西伦的火元素太过庞大，念冰选择的一定是冰火同源禁咒——合璧。

可惜，西伦破坏西经穴后得到的火元素实在太庞大了，庞大到念冰使用正阳刀都无法吸收到足够产生禁咒的魔法力，所以，禁咒一共只有六个。

如果这时的西伦是战斗开始时的西伦，这六连环禁咒就算不能将他毁灭，要重创他还是有可能的。但是，西经穴爆发后的他，已经强到了一个令人不可思议的程度，连他自己都不知道自己的实力究竟有多强。

六连环禁咒，只是让西伦的身体缓了一缓，身体周围的金红色光芒暗淡了一些而已，并没有阻止他那飞冲入天的势头。

焉卤的屠神斩到了，不论是念冰还是焉卤，他们都相信，这将会是对西伦的必杀一击，就算西伦爆发窍穴后的实力再强，也不可能在抵挡了六个禁咒后，再拼过焉卤的拼命一击。

但是，事实往往与想象中不同。

眼看焉卤的战斧就要劈上西伦之时，一颗银色的水晶出现在西伦面前，迎上了焉卤的战斧，水晶在顷刻间破碎，就在这一瞬间，先前还猛得仿佛无物可挡的西伦突然消失了。

金红色的光芒再次出现时，已经在五百丈之外。

焉卤的全力一击根本没有可能收回，他在发动这一击的时候不但锁定了西伦，而且没有一丝保留。在西伦的身体突然消失那一刻，他已经感觉到了不妥，但他的屠神斩还是毫无保留地劈了下去。

念冰同样没有停留，当他发现西伦消失那一刻，意念已经与身下的奥斯卡相通。

西伦是绝对不能放跑的，如果他跑了，那么，必然会引来其他神人，甚至有可能引起神人对人类产生仇视和报复心理。所以，他必须死。

奥斯卡双翼用力地拍动一下，身体带着念冰如同幻影般冲了出去，直追西伦而去。而就在这时候，屠神斩已经到了地面。

急追西伦而去的念冰有些奇怪，以焉卤那样庞大的能量，轰击在地面的声响必然是难以想象的才对，可是，直到他追出千丈之外，逐渐缩短与西伦之间的距离时，依旧没有听到背后传来轰鸣之声。

此时此刻，他已经顾不得想太多了，击杀西伦才是第一要务。

西伦逃跑的方向，负责守卫的是蓝晨。先前念冰、焉卤与西伦交手，不论是守在四方的哪一女子，都清晰地听到了，也能够感觉到那庞大能量的波动。她们心中都很紧张，因为从能量强度上判断，这一次念冰遇到的对手绝不是好对付的。

背后的冰凤之羽轻轻拍打着，蓝晨飘浮在那里静静地等待着，手中拿着当初冰雪女神祭祀传给她的冰神之杖。当她看到远方一个金红色光点飞速朝自己的方向而来时，她没有犹豫，念动了咒语，同时发动了她的冰雪女神领域。

原本平静的夜空，顷刻间变成了一片冰雪世界。在念冰的帮助下开启天眼穴，再加上这一年多以来的刻苦修炼，蓝晨的冰雪女神领域已经进入了成熟之境。领域瞬间释放，比当初对付念冰时不知道强了多少，覆盖的面积是当初的百倍以上，鹅毛大雪从天而降，凛冽的寒风带着大片的雪花不断旋转。

冰冷的感觉令蓝晨非常舒适，由于早有准备，她蓄势已久的魔法很快就完成了。冰系魔法禁咒中，最好控制、威力又极大的，自然就是冰雪女神祭祀和念冰都施展过的冰雪女神之龙。这个魔法可以说是冰系魔法中"性价比"最高的一个，所以，冰系魔法师在达到魔导师境界后，只要使用禁咒，必然会选择这个魔法。

金红色的光点不断扩大，通过天眼穴，蓝晨已经看清了来人的样子，同时她也清楚地看到在那金红色光点背后，念冰正骑着奥斯卡飞速追来，不断接近那金红色光点。

蓝晨绝没有小看西伦，连念冰和焉卤联手都没有留住西伦，她又怎么会有战胜的把握呢？她想得很清楚，自己要做的，就是阻挡一下这个人，只要坚持几次呼吸的时间，等念冰追上来就足够了。

所以，她用出了自己最擅长的冰系魔法——冰雪女神之龙。在冰雪女神领域的作用下，冰雪女神之龙的威力提升了许多，冰天雪地中布满了鹅毛大雪，掩饰着低声咆哮的冰雪女神之龙。

也算西伦倒霉，如果他选择的是其他三个方向，都不会遇到这么强的抵抗。龙灵的魔法毕竟还弱一些，而且也没有属于自己的先天领域，就算用出能够克制火的冰系魔法，对西伦也不会产生多大的威胁。

而同属于火系的玉如烟和凤女虽然强大，但在西伦爆发西经穴后，不但很难阻挡住西伦，恐怕还会被他吸取不少火元素补充自身。

可惜的是，西伦选择的是西方，是蓝晨镇守的一方，迎接他的，是在冰雪女神领域中腾起的冰雪女神之龙。

西伦此时的情况绝不像他表面上那么风光，他冲过念冰全力释放的六个禁咒，看起来实力强大至极，但只有他自己知道，好不容易吸收在身体周围的火元素，抵挡那六个禁咒后已经消耗过半。

他的身体本就已经在鸟卤先前的一击中受到了重创，现在虽然以毁灭西经穴为代价大幅度提升了实力，但自身的消耗成倍地增加，每过一秒，他体内的元气就会多流失一分，伤势也会加重一分。

更何况，他当时并没有完全躲过鸟卤的屠神斩。屠神斩作为鸟卤极强的几种攻击之一，虽然在他使用一块珍贵的空间传送晶石的情况下被卸到一旁，但是瞬间产生的破坏力已经使他受到了巨大的创伤。他的左臂骨寸寸断裂，就连手臂上的火云铠也变成了碎块。勉强依靠身体周围的火元素，他才没有丢失这条手臂。

当他感觉到前方的寒冷使自己身体周围的斗气剧烈波动时，他不禁有些绝望了，他万万没有想到，在念冰和鸟卤这样的实力配合下，竟然还留有后援，如果这个后援的实力也有那么强大，那自己将没有一点机会。

在面临生死危机之时，西伦没有别的选择，为了生存，他只能做最后的挣扎。

火红色的光轮以西伦的身体为中心快速向周围扩张，每扩张一分，蓝晨的冰雪女神领域就会收缩一分。周围的寒冷被灼热驱除，由西经穴爆发得来的能量在这一刻被西伦毫无保留地释放。

蓝晨飘浮在半空之中，背后羽翼轻轻地拍打着，她没有轻敌，既然对方能够从念冰和鸟卤的攻击中突围，实力自然不会差到哪儿去。

从一开始她就没有奢望自己能比来人更强，所以，当西伦与她的冰雪女神领域接触的一刹那，周围的雪花顿时混合着大量的冰凌飘飞而上，千变万化的冰雪景象出现在西伦面前。虽然这些幻象并不能迷惑他、伤害他，但是确实起到了延缓他前进步伐的作用。

此时，念冰距离西伦还有三百丈，而念冰释放的黑暗禁咒死神镰刀已经静静地出现在他背后。

前后夹击，至少从表面看去，西伦完全处于被动状态。

不论是谁，在选择爆发窍穴时，一生只会有一次机会，一旦爆发了一个窍穴，今后的修炼不但再难寸进，其他窍穴也不可能再开启。

西伦选择爆发西经穴自然是有原因的，如果选择的是庚中穴，那么，他就算逃走了，实力恐怕连三成都不会剩下，而西经穴爆发，可以凝聚先天之气，使他的实力瞬间提升到最强。

凄厉的长啸从西伦口中发出，他的身体瞬间加速，背后乳白色的光华升腾到极致，有着西经穴爆发得来的庞大的先天之气支持，虽然他已经是重伤之体，但与西经穴关联的方甲穴还是爆发出终极的防御力。

死神镰刀与那乳白色的光芒硬拼一记，结果却让西伦前冲的速度加快了几分，黑色的气流几乎瞬间瓦解，巨大的死神身影也同时消失了，而西伦前冲的身体也是一阵剧烈地颤抖。

真正的终极方甲穴自然不是一个十一阶禁咒所能伤害的，但是，西伦现在体内的能量正在快速流失，元气大伤之下，他的方甲穴也仅能护住身体这一次而已。

蓝晨在刚开始跟冰雪女神祭祀学习魔法的时候，冰雪女神祭祀就教导过她，在施展魔法的时候，一定要找到最佳时机，只有那样，才能使魔法发挥出最好的效果。

蓝晨从没有忘记过师傅的指导，所以，就在西伦方甲穴与念冰发出的死神镰刀硬拼后的刹那，隐没于冰雪女神领域中的冰雪女神之龙出现了。

伴随着冰雪女神之龙的吐息，嘹亮的龙吟响起，剧烈的冲击中，西伦"哇"的一声喷出一口鲜血。

从他被冰雪女神领域拦住的那一刻起，他就是时刻小心的。冰雪女神之龙在西伦最虚弱的时候出现，西伦的双眼红了。为了最后的一分生机，他选择了拼命一搏。

原本散发在他身体周围的火红色光芒瞬间凝聚成一柄长达五丈的巨大火焰刀。西伦的身体在这个时候已经没有任何防御，西经穴带来的先天之气瞬间凝聚，他没有停留，挥出了手中的火焰刀。为了避免在气机牵引下再受到波及，他全力斩出的火焰刀脱手飞出。

念冰疾飞之中眼看西伦拼命，心中顿时大急，此时，奥斯卡刚刚喷出的一口灰色吐息距离西伦的身体还有百丈距离，时间明显来不及了。他现在只能寄希望于蓝晨的实力足够支撑到自己赶至。

蓝晨隐藏在冰雪女神领域之中，冰雪不但不会成为蓝晨的阻碍，反而是她的眼睛。通过与冰雪的接触，她能够清晰地感觉到周围的一切。

当那火焰刀出现的一刹那，蓝晨就明白，那是自己释放的冰雪女神之龙无法抵挡的，所以，她以最快的速度做出了变化。

"凤——影——三——分——"

蓝晨原本的身体突然出现了变化，不论是背后的羽翼还是她的身体，在这一刻都变得虚幻起来；三道身影同时出现，她那蓝色的眼眸瞬间变成了金色，背后的蓝色羽翼也散发出一层金色的光彩。

天眼穴给凤族带来了什么？带来的就是能够在瞬间达到自己所能达到的凤凰九变任何一变，而省去了中间的过程。

第四变凤影三分的出现，使蓝晨身体周围的气息顿时变得澎湃起来。周围的冰雪瞬间凝固，她的身体从原本的冰雪女神领域中消失。

轰——

在西伦的全力攻击下，冰雪女神之龙连带着冰雪女神领域完全化为了满天冰粉，下一刻，满天冰粉在灼热的气流中瞬间汽化。

西伦如同炮弹一般从周围的水汽中冲出，利用自己所能利用的最后能量向远方逃逸。因为他突然加速，背后奥斯卡的吐息的攻击触碰不到他了。

奥斯卡虽然把速度提升到了极致，但短时间内也不可能追上牺牲西经穴凝聚先天之气的西伦，除非西伦西经穴爆发的能量无法再继续支撑下去。

可是，就当西伦全身一轻，感觉自己脱困之时，冰冷的声音在他耳旁响起。

"凤——凰——振——翼——五——彩——动——"

绚丽的五色彩光静静地出现在他身前不远处，三个闪烁着五彩光芒的近乎虚幻的身体静静地飘浮在半空之中，一面巨大的镜子出现在这三个身影前面。镜子中，西伦只能看到自己。周围的空气仿佛凝固了，他的身体变得异常迟钝，他只能眼睁睁地看着自己向那面镜子撞去。

在那三个五彩身影出现的时候，低沉的咒语吟唱声就没有停顿过，三个身影同时在吟唱着不同的咒语，如果仔细听，就会发现她们吟唱的咒语衔接得如此巧妙，三个声音几乎没有任何停顿。而那面巨大的镜子，在这时候已经成了西伦的噩梦。

"纯洁的冰之少女，通晓波涛翻涌之理的、美丽的女皇，苍蓝的冰之极啊！我伟大的盟友，遵循血的神圣契约，以我族血脉之始为始，以我族血脉之终为终，回应我的召唤，冻结我面前的所有敌人。冰之世界出现于永恒的世间，禁·永恒裂冻波。"

三个身影同时吟唱咒语，只花了原本三分之一的吟唱时间，而蓝晨自幼修炼冰系魔法，她的吟唱本就比普通魔法师快得多。

一个禁咒的咒语，在她以冰凤血脉为引的情况下，几乎只是三次呼吸的时间就完成了。

感觉到西经穴爆发得来的能量正在急剧减弱，身体周围火元素逐渐消失，西伦知道，自己现在所能依靠的就只有身上的这套神器火云铠了。前冲之势不变，他的身体在冲势中快速扭曲，竟然如同蛇蜕皮一般，从那火云铠中缩了出来。

"去——"

火云铠如同一块陨石般冲向那面巨大的镜子，而西伦的身体则跟随在火云铠之后，闪电般冲了过去。

他已经将自己最后的家底都抖了出来。

就在火云铠即将轰上那巨大的光镜时，异变突然发生了。

巨大的光镜不再反光，直径五丈的蓝色光芒爆发，光芒闪耀，瞬间将面前的火云铠吞噬，同时命中了全身被防护能量包裹的西伦。

以蓝晨的实力，本来无法做到如此快速地释放两个禁咒，但因为凤凰第五变，她对魔法元素的凝聚和释放速度大幅度加快。

在这一瞬间，相当于三名魔导师同时向西伦发动攻击，而控制权则完全掌握在蓝晨手中。

冰是火的天敌，与冰雪女神之龙相比，蓝晨此时释放的冰系禁咒在攻击强度上要高许多，但灵活性和控制力要差不少。

不过，现在西伦已经没有能够帮他瞬间移动的空间晶石了，先后多次消耗能量，他再也无法用自己那强大的火属性斗气发动有效攻击与蓝晨对抗。

脱离了西伦控制的火云铠虽然是神器，但在这个时候也无法完全发挥出神器的效果，被冰冻起来朝地面坠去，而那巨大的蓝色光柱只是稍微迟滞了一下，就准确地命中了西伦的身体。惊恐的惨叫响起，西伦飞行的身体从天而降，方甲穴最后的防御瞬间瓦解，西经穴爆发吸收的先天之气也消耗殆尽。

空中的冰元素收敛，蓝晨的脸色有些苍白，冰雪女神领域被破，又瞬间用出凤凰第五变强行发动禁咒，她的身体已经达到所能承受的极限。三个身影重新归一，背后的冰翼展开，控制着她的身体飘浮在半空之中，眼看着西伦向下坠落。

此时，念冰距离西伦和蓝晨战斗的地方还有一百丈的距离，就在这时，从空中坠落的西伦展现出如同蟑螂般顽强的生命力，一口鲜血从他嘴中喷出，封住他身体的冰冻结界瞬间破碎。他急坠的身体突然缓了一缓，一颗球状的红色晶石出现在他的手中，灼热的气息从晶石中散发而出，将他的身体包裹住。

元气大伤的西伦拼命吸收着晶石提供的能量，下坠的身体突然一个斜冲，朝空中现出本来面貌的蓝晨冲去。速度之快，似乎比先前还要强上几分。就在他上冲的同时，手中那颗红色晶石已经化为了齑粉在空中飘散，与他身体周围重新出现的火焰相融合。

蓝晨原本以为西伦已经没有了抵抗能力，再加上接连施展两个禁咒产生了巨大的消耗，她正在吸取空中的冰元素恢复着，突然看到西伦朝自己冲来，她已经没有什么好的抵挡方法，只能勉强凝聚出大片冰锥朝西伦冲去。

她毕竟不是念冰，没有咒语的支持不可能用出强大的魔法，而西伦显然也正是看准了这一点。冰锥在火斗气中融化成水，顺着他的身体向下飘散，就在念冰抵达前的瞬间，他已经来到了蓝晨背后，火焰灼热的光芒将他和蓝晨的身体笼罩在内。

他已经没有了飞行的能力，一只手抓在蓝晨的肩膀上，另一只手捏上了蓝晨的脖子，凭借着蓝晨背后的羽翼勉强控制着自己的身体不再跌落。

此时此刻，西伦眼中闪烁着凶光，看着骑在奥斯卡背上的念冰快速接近。

念冰原本看到西伦被蓝晨发动的禁咒击落心中大喜，瞬间发生的变化却令他的兴奋变成了恐惧。

如果说西伦最怕的是死亡，那么，念冰最怕的就是自己的亲人朋友受到伤害。他赶忙传信给奥斯卡，巨大的金灰色龙翼舒展，奥斯卡的身体经过短暂的直立减速后，在距离蓝晨和西伦三十丈的地方停了下来。

念冰冷冷地看着西伦，沉声道："放开她。"

他宁可放西伦离开，也不愿意看蓝晨受到一丝伤害。

西伦不断地喘息着，除去火云铠以后，他里面穿着一身红色的武士服，此时武士服已经变得破败异常，鲜血不断从他的七窍中溢出，从蓝晨背后露出的脸显得异常狰狞。

虽然他已经接近油尽灯枯，但要杀死蓝晨是轻而易举的事。此时，他的细眼中除了凶光以外，剩余的则是强烈的恨意。被念冰等人逼到如此境地，数千年苦练而来的修为大幅度削弱，他怎么能不恨呢？就算活着离开这里，别说恢复神级的实力，恐怕连半神级别都很难达到。他没有了西经穴，方甲穴也相当于瘫痪，剧烈的疼痛正从小腹处不断传来，眼前的一切都变得有些模糊了。

"放开她？小子，你在做梦吗？不错，真是不错，在临死时还能拉上这么一个美女垫背。"西伦一边冷冷地说道，一边紧了紧卡住蓝晨脖子的手，蓝晨的脸色顿时变得苍白了许多，她体内的魔法力在西伦卡住她脖子的那一刻已经被暂时封印了，整个人完全处于被动状态。

她不断向念冰使着眼色，示意他不要管自己，先杀了西伦再说，但是，念冰又怎能不顾她的生死呢？杀死西伦固然重要，蓝晨的生命却更重要。

"放开她，我让你走，绝不拦阻。"

念冰翻开了自己的底牌。其实，不光西伦是强弩之末，念冰此时也并不好受，先前他接连施展领域和六个禁咒，虽然大部分是借助先天之气联动天地之力引发的，但对他也有很大的消耗。

念冰体内的魔法力大幅度削弱，精神力也因为对六个禁咒的不间断控制损失不少，毕竟，魔法不同于斗气，在一瞬间释放六个十一阶的禁咒，就算是神级魔法师也很难做到。

如果念冰没有开启皇极穴，情况反而会好得多，但现在他的情况并不乐观，尤其是他之后又释放了一个死神镰刀。

"放我走？你当我是三岁孩子吗？我凭什么相信你？恐怕我刚放开她，你的攻击马上就到了。"西伦有些讥讽地看着念冰，作为一个自私的神人，在他的思想中，任何人都是不可信任的。

第 201 章
神人之死

不过，西伦听了念冰的话后，更明白手中的美女对面前这个强大魔法师的重要性，也看到了一分生机。

他抓住蓝晨脖子的手松了几分，冷冷地道："丫头，用你的翅膀带我走，听到没有，快！小子，如果你敢追来的话，那么，我就与她同归于尽。"

听着西伦的话，念冰心中不禁有些慌张，如果蓝晨被西伦带走，结果是可想而知的，但现在如果他不同意，恐怕西伦立刻就会杀了蓝晨。

就在念冰犹豫着不知该怎么办的时候，他突然看到了蓝晨眉心处那银色的光点，心中重燃希望，他顿时想到了一个办法，朗声道："好，我让晨晨带你走，不过，你要答应我不能伤害她，否则，就算追杀你到神之大陆，我也不会放过你的。"

念冰声色俱厉，狠狠地看着西伦，仿佛要将他吃了似的。看到念冰这个样子，西伦心中反而轻松了许多，念冰的表现明显告诉了他，他的选择是正确的。

可惜，现在西伦在蓝晨背后，看不到蓝晨眉心处那代表着天眼穴的银色光点亮了起来，将蓝晨的双眼也染成了银色。

蓝晨背后双翼展开，拍打着朝西方飞去，就在西伦以为自己已经得逞，心神稍微放松的一瞬间，他突然感觉到大脑如同被针扎一般疼了一下，抓在蓝晨脖子和肩膀上的手顿时一松。

蓝晨的身体如同幻影一般闪烁，眨眼间已经飞出十丈之外。她眼看着西伦的身体向下落去，无数冰锥飞射而出。

念冰的动作比蓝晨更快一些，当她的身体与西伦脱离的一瞬间，数道充满腐蚀性的黑影如闪电般射出，西伦在半空中的身体瞬间分解，并散发出一层幽绿色的光芒，在噗噗声响中快速腐蚀着。

当冰锥到达时，射中的只是一堆绿色的液体，十三阶的西伦终于被毁灭了。

念冰一闪身，与奥斯卡脱离，在风的托举下来到蓝晨身前，一把将她抱住。

先前这一瞬间，对于他们来说却像过去了一个世纪。

原来，念冰在看到蓝晨眉心处的天眼穴时，顿时想起了精神攻击。一般情况下，蓝晨刚到初级的天眼穴发动精神攻击，对西伦来说根本不会有什么作用，受到伤害的反而会是被反噬的蓝晨。刚才却不一样，西伦在先后受到念冰、鸟卤和蓝晨的全力攻击后，已经虚弱到了极点，勉强靠求生意志支持才能威胁念冰和蓝晨，蓝晨的初级天眼穴不能做到精神力实体攻击，却可以实现精神波冲击。

念冰在声色俱厉地威胁西伦的同时，通过灵魂传音教给蓝晨精神力攻击的方法，这才令蓝晨脱离了西伦的控制，使西伦毁灭在他的九阶黑暗腐蚀魔法下。

念冰安慰蓝晨道："没事了。不怕，不怕。都是我不好，没有拦住他，险些害了你。"

蓝晨扑哧一笑，道："不是我怕，是你怕吧？这个家伙真厉害，接连受了我两个禁咒竟然还能反击，怪不得你对神人那样忌惮呢。"

念冰轻叹一声，道："这个西伦在神人中还是二流货色，还有比他更强的存在。啊！我们快回去看看，刚才焐卤大哥发动攻击被他闪过直接轰在了地面上，不知道怎么样了。"

说着，他手一挥，正阳刀的刀魂——火影傀儡飘然而出，火元素将落在地面上的火云铠外层的冰化掉，火影傀儡变成西伦身体大小，穿上火云铠。

念冰带着蓝晨一起回到了奥斯卡背上，为了不在身上鳞片消失时赤身裸体，念冰没有再与奥斯卡的身体融合，而是先解除了鳞片的保护，重新穿上一身衣服，这才让奥斯卡驭着自己和蓝晨往回飞去。

当念冰和蓝晨回到他和焐卤先前与西伦战斗的地方时，凤女、玉如烟和龙灵都已经赶来了，就连木晶也带着手下高手来到这里。

焐卤正坐在地上喘着粗气，除了焐卤以外，所有人都被地面上发生的一切惊呆了。念冰看到的是一个巨大的峡谷，通过天眼穴的判断，峡谷宽约五丈，深达三百丈，一直延伸到数千丈之远。

没有灰尘，漆黑的峡谷如同一张巨大的吞噬之口一般，横亘在平原之上。

屠神斩，焐卤发动的屠神斩竟然拥有如此威力！最受震撼的是木晶，因为她很熟悉这里的地理情况，表面看，这里是一片肥沃的平原，但其实地下十丈往下，都是各种坚硬的岩石。

焐卤已经恢复成原本矮人的样子，木晶并没有认出他的身份。这不可思议的一幕令她深受震撼，这是人力所能达到的吗？她有些庆幸，如果不是念冰的提议，这巨大的峡谷出现在朗木帝国的都城枫林城中，恐怕就不是引起恐慌那么简单了。可就是如此强度的攻击，也没能毁灭西伦，神人的可怕深深地印在了木晶的脑海之中，对于以前引狼入室的行为，她不禁感到深深的后怕。

念冰骑着奥斯卡出现，同样让木晶和她的手下震撼不已，那是什么？灰色的巨龙？那绝不是普通地龙可以相比的，而是一条真正的巨龙啊！

眼看着念冰和蓝晨坐在巨龙上缓缓落下，宛如天神一般，木晶和她的手下都张大了嘴，毕竟，眼前的一幕实在太不可思议了。

灰光闪烁，奥斯卡的灵魂重新回到念冰体内寄居，而念冰自己则落在了焐卤身旁，一道柔和的白光笼罩在焐卤身上，治疗着焐卤的伤。

好强大的屠神斩！

念冰看到眼前的峡谷，心中同样吃惊，他知道，如果先前屠神斩迎面劈上爆发了西经穴的西伦，恐怕西伦别说逃跑，能不能留住性命都很难说。

焐卤在瞬间爆发出的强大攻击力，连念冰也是第一次见识到，他隐隐感觉到，那已经是超越十三阶的强大攻击。

在念冰的光系魔法作用下，焐卤长出一口气，身体有些摇晃地站了起来，矮神铠微微晃动，抖落身上的尘土，问道："那家伙怎么样了？"

念冰道："已经死了。没想到一个十三阶的神人能够带给我们这么大的麻烦。这个西伦的实力比我想象中还要强大得多。如果他不是执意要逃走，先后受到我们多次重创，恐怕就算杀了他，我们也要受重伤。"

他的判断没错，到了他们这样的级别，在对战之时，心中的战意能够起到决定性的作用。

西伦从一出现就被念冰散发的精神力威慑住，高估了念冰的实力，在心底产生了怯意，他根本没有发挥出自己的全部实力。

即便如此，他还是给念冰和枭卤带来如此大的麻烦，最后还险些以蓝晨为人质逃脱。经过这一战，念冰不得不重新估计神人的实力。

西伦已经被灭，枭卤平安无事，念冰心头不禁一松，身体微微一晃，蓝晨赶忙搀扶住他。

念冰摇了摇头，道："放心，我没事，只是消耗有点大。晶儿，答应你的事我已经做到了。回去以后你要管好你属下们的嘴，不要将曾经有神人来到你们朗木帝国的事情泄露，以免招来其他神人。"

木晶几步走到念冰身前，关切地道："哥，你没事吧？没想到那个西伦如此强大。快回去休息一会儿。"

念冰点了点头，道："枭卤大哥，这火云铠是你们族中之物，现在物归原主了。"

火影傀儡来到枭卤面前，光芒一闪，消失在念冰体内，略有破损的火云铠呈现在枭卤面前。枭卤抚摸着那滚烫的甲胄，眼睛有些湿润了，他想起了自己的祖先制作十二件神器的事迹。得回这件神甲，更证明了传说的真实性。

兄弟之间不需要说"谢"字，他深深地看了念冰一眼，大手一挥，矮神铠胸前的黑色晶石亮起，将火云铠收入其中。

众人回到营地之中，此时，朗木帝国使团中的成员看着念冰和枭卤的神色都已经不一样了，有畏惧，也有尊敬。

虽然杀了西伦，但念冰和枭卤都消耗极大，两人一回到营地之中，就在凤女她们的搀扶下回到马车上，开始通过修炼来恢复，凤女她们则守在马车外为他们护法。

蓝晨将之前杀掉西伦的过程简单说了一遍，听得玉如烟和凤女她们一阵心惊肉跳。虽然念冰也曾向玉如烟提起过神人，但这一次她才真正认识到了神人的强大，同时也明白了念冰要在四国公论大会上维护各国和平的原因。

念冰盘膝坐在马车之中，体内由魔法力形成的光球飞快地转动着，吸收空气中的各种魔法元素补充自身。

他体内的生命之球和死亡之球都是最纯净的先天之气，就算戾中穴无法使用，他凝聚魔法元素的速度还是远远超过普通魔法师，失去的魔法力快速恢复着。

同时，他那天眼穴和皇极穴融合后形成的金球虽然在使用威压时精神力消耗得极快，但恢复起来速度也十分惊人。

他修炼一个时辰之后，虚弱感已经消失。

这些天以来，念冰虽然天天修炼，但因为事情太多，修炼的时间明显没有在神之大陆上长了。他发现，仰光大陆上的先天之气比神之大陆的庞大许多，而且也柔和许多，吸收入体后，几乎只需要经过简单的过滤就能收归己用。

精神力逐渐恢复后，念冰惊讶地发现，自己体内的先天之气似乎有些怪异。自从有了死亡之球和生命之球后，他在修炼时吸收先天之气，先天之气都是在生命之球外围凝聚，形成一圈淡淡的白色光环，就像生命之球守护着死亡之球那样守护在生命之球外围。

由于念冰有生命之球，他与外界魔法元素沟通非常容易，所以这些日子以来，念冰并没有刻意追求对先天之气的修炼，一直都是顺其自然。

而此时，他体内的先天之气在逐渐提升，竟然脱离了生命之球的范围，形成一个白色的小旋涡，在生命之球下方三寸处快速旋转着。

念冰感觉到，这个白色旋涡出现之后，自己的头顶和尾椎都变得非常清凉，压缩的先天之气分别从这两个地方钻入体内，比平时修炼的速度要快得多。

就在他不明白是怎么回事之时，那白色的旋涡开始逐渐向下移动，而且旋涡本身也越转越快。根本不用念冰刻意控制，体内的先天之气已经变得异常充沛。

绿色的生命之球散发出一层生命气息融入那白色的旋涡之中，生命气息化为一个绿色的光点直接射入旋涡正中，在它进入之后，白色旋涡瞬间停顿了一下，紧接着，旋转的速度骤然提升了三倍，念冰的头顶和尾椎更加清凉了。

就在这一刹那，念冰瞬间明悟。他想起了当初自己吸收星月精华的那一幕，现在头顶和尾椎在清凉中传来的纯净先天之气，应该就是天地精华啊！

看着旋涡所去的方位，他心中大喜，顿时开放身心，抛弃一切顾虑，让自己的身体更好地吸收着那庞大的先天之气。小腹脐下三寸，那将是旋涡的归宿，而那里，也正是西经穴所在的位置。

其实，念冰在神之大陆上吸收的死亡之球和生命之球，才是最庞大的天地元气，也是最极端的两种能量，任何一个都要比终极的西经穴强得多。但是，正因为这两股力量过于庞大，现在的念冰根本无法真正使用它们的能力。

在卡奥和天香的合力之下，这两个浓缩的能量球可以说是她们在念冰身上种下的种子。生命能量与死亡能量在念冰体内处于微妙的平衡状态，既不会被念冰使用，也不会损害他的身体。

这两个能量球的存在使念冰能够与天地间纯净的先天之气产生共鸣，在神之大陆清醒后他又修炼了半年的时间，这半年并不是白费的，不单他的魔法力提升了，他的先天之气也发生了质的变化。

如果不是因为念冰没有刻意去修炼先天之气，他的西经穴应该早已开启。而今天，西伦爆发西经穴的时候，无形中引起了先天之气的异常波动，这种波动影响了念冰的身体，准确地说，应该是感染了他体内的先天之气。

他杀死西伦之后进行恢复修炼，自身的先天之气在这种波动的感染下，玄妙地沟通天地精华，将他推向了新的境界。

当那奇妙的旋涡来到念冰小腹处时，旋涡的尖端在脐下三寸处停滞，念冰全身剧烈地一颤，就在旋涡尖端处，他感觉到有什么东西破开了。

紧接着，原本旋转着的白色旋涡开始挤压，小腹处充满了胀痛的感觉，身体仿佛要爆炸一般。

念冰经历过太多的痛苦，这点痛苦对于他来说根本不算什么，他的精神力都没有因为痛苦而产生波动。他只是仔细观察着，眼看那股白色气流不断地在自己小腹处凝聚。

就在这时，他突然感觉到自己大脑很清醒，一道金色光芒从天眼、皇极融合窍穴处飘然而下，直接笼罩上了压缩中的乳白色先天之气光团。

胀痛的感觉消失了，念冰眼看着那乳白色光团在金色光芒的照耀下快速收缩着，一会儿的工夫，就在脐下三寸处凝聚成一个白色的光环，光环中央是黑色的，像无底深渊一般，他所吸收的先天之气疯狂涌入那黑洞之中消失不见。

念冰发现，自己身体周围的气息完全不一样了，他能够察觉空气中每一丝先天之气的变化，而这些先天之气似乎都在以自己刚刚开启的西经穴为中心旋转着。七系魔法元素也在这些先天之气的带动下呈带状整齐地分布在自己身体周围，仿佛在等待着自己的召唤。

西经穴！果然是引动先天之气的西经穴啊！

虽然说不出为什么，但念冰能感觉到自己的西经穴并不是初期，而是直接进入了中期。

西伦凭借西经穴控制身体周围先天之气的能量波动时，念冰通过天眼穴观察得很清楚，他发现自己现在利用西经穴控制先天之气的凝聚、收缩、释放，丝毫不比西伦差。

一个窍穴刚刚开启就达到了中期，这意味着他今后修炼能够节省无数时间，可这是为什么呢？啊！是了，是自己那天眼、皇极融合穴的作用！一定是的，正是在它发出的金光的照耀下，西经穴才瞬间发生了变化，连自己经历痛苦的过程都省去了。

天眼穴和皇极穴一定是在融合的过程中产生了变异，才会出现这样的情况，如果今后自己每开启一个窍穴都能够直接达到中期，就算天眼穴的能力不能使用了，也有很大的好处啊！

想到兴奋处，念冰只觉得心潮澎湃，不禁张口长啸出声，声浪滚滚而上，全身每一道经脉似乎都活跃起来，连血液也随之沸腾。

长啸足足持续了一顿饭时间才停止，念冰睁开眼睛，惊讶地发现，自己不知道什么时候已经坐在了地上，而那豪华马车已经变成了一地碎片。

不论是乌卤、玉如烟等人还是木晶和她的手下们，此时都站在远处，像看怪物一样看着自己。念冰低头看去，松了一口气，幸好自己的衣服还在，否则就要出丑了。

意念一动，他站起身来，感受着空气中排列整齐的魔法元素和充沛的先天之气，他知道，自己的实力又提升了。

"别这么看着我好不好？我不是怪物。"看到众人依旧保持着原本的目光，念冰不禁有些好笑地说道。

说着，他脚下一动，来到众人身前。如同武者般强健的身体加上强大的魔法和连他自己都不清楚到了什么境界的精神力，他已经成了一个真正的强者。

燍卤嘟嚷道："还说自己不是怪物，还好我发现得早，否则，你这一爆发，恐怕我也要像那马车一样分解了。"

念冰失笑道："我还没有那么强的能力吧，大哥，你的身体有多大的强度难道我还不知道吗？"西经穴开启，他心情大好，周围的一切仿佛都变得比以前更加绚丽了。

此时他才发现，昨天晚上燍卤劈出的那道峡谷的尾端竟然一直蔓延到了使团驻扎地附近，幸好威力已经小多了。

木晶走到念冰身前："哥，你真的不跟我去枫林城了吗？"

念冰点了点头，道："答应你的事我已经做到了。晶儿，你要多保重，记住我当初对你的承诺。"

木晶轻叹一声，道："你不去也好，到了枫林城，一切就不是我所能控制的了。哥，你们多多保重，祝你们一路平安。"

虽然心潮澎湃，但她并没有过多地表露。她对念冰真的只是兄妹之情吗？这只有她自己才清楚，但是，不论她怎么想，她都不希望念冰为难。

在她心中，念冰的地位已经没有任何人能够相比，还有什么比一个真正对自己好的人更重要呢？即使他只将自己当成妹妹。

木晶带着她的使团离开了，临走时那凄然的眼神瞒不过念冰的眼睛，自然也瞒不过凤女她们。不过，凤女和玉如烟现在的情绪明显有些低落，谁也没有多提什么，只是静静地目送木晶的车队远去。

"妈，您在担心吗？"念冰走到玉如烟身边站定。

玉如烟轻叹一声，道："虽然我和凤女都没想过要脱离凤族，但是，我们的帮助能够得到族人们的同意吗？他们还会接受我们吗？"

"为什么不呢？妈，有件事我一直想跟您说，或许，正是因为身在其中，您才没有想明白。"

玉如烟一愣，道："什么事？你说。"

念冰微微一笑，拉起凤女的手，道："妈，您想过没有，如果您的族人真的不再认您，或者说是恨您，那么，您还能和自己的亲生女儿重聚吗？凤女，我问你，那些凤族的长老对你如何？重视你吗？"

凤女道："长老们对我很好，族里每一位长辈都对我非常好，他们毫无保留地传授我凤族的绝技，而且还在同族竞争中确认我为希望之凤。长老们的养育之恩我一刻都没有忘记，这正是当初我不敢接受你感情的原因，也是我现在必须回去的原因。"

念冰点了点头，道："这就够了。妈，您还不明白吗？如果当初长老们没有原谅您，恐怕凤女早就已经死了。这些长老对凤女这么好，就证明他们从没有忘记过您，也没有因为凤女是您和人类所生的女儿而对她不好。希望之凤在凤族应该有着很高的地位吧？凤女能成为希望之凤，证明凤族的长老早就已经原谅您了。他们对凤女所做的一切，证明他们是善良的。在危难之时您能和凤女回归，他们只会高兴，又怎么会为难你们呢？退一步说，就算他们真的将你们驱逐出凤族，为了帮助自己的族人，难道您不会暗中出手吗？所以，您现在根本不必担心什么，我相信那些长老并不是不明事理的人。"

听了念冰的话，玉如烟原本有些黯淡的眼睛顿时变得明亮起来。是啊！如果长老们没有原谅自己，又怎么会让自己的女儿成为希望之凤呢？

念冰看了一眼旁边不远处的蓝晨，道："现在我们要担心的反而是晨晨。原本，我相信以您和凤女的实力应该足够应付一切了，但是，听凤女说晨晨的冰凤之体会对凤族这次大典有很大的影响，所以，我必须跟你们一起去。"

蓝晨的冰凤之体也是玉如烟一直担心的主要问题，看着念冰坚定的目光，玉如烟终于露出一丝微笑："念冰，看来凤女的选择是对的。"

念冰微笑道："那是当然。我会守护着她们。好了，妈，咱们也该上路了，早些抵达你们凤族的居住地，也好有更多的准备时间。"

没有了使团的拖累，众人重新上路，念冰凭借风系魔法带着乌卤飞行，凤女辅助龙灵，一行六人朝着朗木帝国西北方向而去。

飞行比走路自然要快得多，短短两天的时间，他们就接近了此行的目的地。远远地，大片茂密的原始森林出现在下方，就连空气也明显清新了许多。

念冰这六人的组合，可以说是仰光大陆上最强的组合。接近神降师的蓝晨、冰系魔导师龙灵、无限接近神师境界的玉如烟和凤女，以及达到神级的矮人战士乌卤和达到神降师境界的冰火龙魔法师念冰，这是一个多么强大的组合啊！

在飞行的路上，念冰曾经笑言，如果大家组成一个冒险团队，恐怕仰光大陆所有佣兵团都要失业了。

即将抵达火木林的边缘时，玉如烟道："我们下去吧。"

龙灵奇怪地问道："阿姨，我们不直接飞到凤族的居住地吗？这片原始森林未经开发，恐怕会耽误时间。"

玉如烟温柔地一笑，道："这是出于对我们族人的尊敬。我们凤族，只要是拥有王族之羽的核心成员都可以凭借羽翼飞翔，但是，从没有人在这片森林上空翱翔，那将会被视为亵渎祖先凤凰。"

众人在火木林边缘落在地面上，玉如烟道："念冰，如果我的族人们为难你，我希望你能尽量隐忍，就算是为了凤女和晨晨，好吗？"

她已经见识过念冰的强大，如果凤族人的挑衅激发了念冰的怒火，恐怕自己也阻拦不住，所以她才提前向念冰打招呼。

念冰微微一笑，道："妈，您放心吧。为了您，我也不会与凤族争执的。我已经不是当初那个小孩子了。"

看着玉如烟一点也没衰老的脸，他不禁想起第一次与玉如烟和蓝晨见面的情景，心中一片温馨。

焉卤在念冰长生刀的帮助下又变成了普通人类的模样，闻言道："我族的典籍中有记载，凤族的祖先凤凰应该也是出现在遗失大陆上的，而他也正是在当初的神遗大战中死亡。凤族是一个爱好和平的种群，同时也是一个非常排外的种群，念冰，我们此行恐怕不会一帆风顺。"

念冰微微一笑，道："打不还手，骂不还口，我还做得到。大哥，你就和我一起忍耐忍耐吧。"

焉卤点了点头，道："只好如此了。那我们可以启程了。"

焉卤跟着念冰来到仰光大陆后，虽然也接触到了许多人类，但他从来不会与其他人多说话，即使是蓝晨她们也不例外。如果念冰不开口，他就一直默默地跟随在念冰身边。

如果不是那天他那震天撼地的一击，恐怕玉如烟她们还无法看出他真正的身份。知道了焄卤是矮人，以及见识过他的实力后，玉如烟明白这个矮人的年纪远在自己之上，路上对他始终很恭敬。

火木林的名字是由林中那座凤凰火山而来，火山每百年就会喷发一次，这片原始森林却始终没有遭到破坏，这都是凤族的功劳。普通人类之所以不会到这里居住，不仅是惧怕火山，也是因为在这片火木林中，还生活着大量凶猛的野兽。

凤女一边在茂密的树林中行进，一边给念冰等人介绍树林中的各种动物。

第 202 章
火木林的遭遇

“姐，你说这些动物那么凶猛，为什么它们没有打扰咱们呢？”蓝晨问道。

六人走了半天，感觉行进了不短的路，但火木林依旧无边无际。

凤女听到蓝晨的询问，微笑道：“动物虽然没有人类的智慧，但也都是非常有灵性的。在这片森林中，我们凤族是森林之王。不论什么动物，一感受到我们身上的气息，都会远远避开，自然不会过来冒犯了。”

龙灵嘻嘻一笑，道：“原来动物也会欺软怕硬啊！凤女姐姐，我们还有多久能到你们凤族所在的梧桐林啊？”

凤女微微一笑，道：“马上就要到了，我们赶路的速度很快，这片原始森林不知道生长了多久，虽然会让人觉得没有边际，但其实，在巨树背后，就是我们那一片梧桐之林。”

凤女正说话间，念冰突然神色一动，目光朝前方看去，沉声喝道：“什么人？”

三道身影在树林中闪烁，几次起落便已经出现在众人身前十丈外。

那是三名年轻人，都是男性。为首者身高与念冰相仿，剑眉星目，一身普通的粗布衣难掩其英挺之气，一头火红色的短发根根竖立。

当他落地站定之时，目光已经落在凤女身上，眼神变化，其中有渴望，也有一些难以名状的负面情绪。

凤女也有些呆住了，看着这英俊的青年，她的脸色显得有些僵硬："凤鹰。"

凤鹰神色复杂，将目光从凤女身上移到其他人身上，声音有些颤抖："凤女，你回来了，你终于回来了，我还以为，永远都不可能再见到你了。"

凤女勉强一笑，道："凤凰涅槃大典即将开始，作为凤族的一员，我怎么能不回来呢？麻烦你们向族中长老通禀一声，就说我和我的母亲一起回来了。"

凤鹰一愣，道："你的母亲？你不是自幼就父母双亡吗？"

"不，她不但有母亲，也有父亲。看你的年纪或许不知道我，但你的父辈一定知道。你回去告诉几位长老，就说凤烟携女蓝晨、凤女以及几位朋友回来参加凤凰涅槃大典了。我们就在这里等着。"

说话的是玉如烟，看着面前这三个年轻的族人，呼吸着火木林中熟悉的气息，她的眼睛有些湿润了。

阔别数十载，终于回到了自己的家，她的感触比凤女更深。

凤鹰此时已经从刚见到凤女时的狂喜中清醒过来，他有些疑惑地看着似乎并不比凤女大多少的玉如烟，眉头微皱，在身旁伙伴耳边低语几句，一名凤族青年快速后退，眨眼间没入树林之中。

凤鹰眼中此时只有凤女，虽然凤女一行足有六人，但其他五人在他眼中也只不过能够分辨出性别而已。

伙伴刚一走，他就一闪身来到凤女身前，抬手去拉凤女："你终于回来了，你知道这些日子我有多想你吗？凤女，别担心，不论你犯了什么错，我都会帮你的。不要再走了，你知道我的心意，你的历练早就该结束了，我不知道有多少次想出去寻你，但我父亲始终都不允许。"他那深情的眼神已经告诉了众人很多事，不过他那一拉，却被凤女不着痕迹地避开了。

"凤鹰，你不要这样，我自己的事我自然会找长老们解决。"凤女心中有些忐忑地看向一旁的念冰，念冰脸上神色并没有什么变化，但眼神阴沉，令凤女心中一阵不安。

凤鹰脸色微变，再次抬手向凤女的手拉去，可是，这一次凤女退得更明显，一个后退已经让出一丈之外。

凤鹰眉头微皱，看着她，道："凤女，你这是怎么了？我们早就已经订婚了，就等你这次历练回来以后结婚。我听爷爷说，你在外面喜欢上了别的男人，我不相信。我们从小青梅竹马一起长大，你不可能喜欢别人的，对不对？"

如果说刚才念冰的眼神是阴沉的，那么，这一刻他的眼神已经变得冰冷了。他没有开口，也没有任何动作，就那么站在那里。这个时候，他在等待凤女的回答。

"凤鹰，你听我说。"凤女有些急切地道，她自然也发现了念冰眼神的变化，"凤鹰，这次我回来有两件事，一件是参加凤凰涅槃大典，帮助我凤族渡过难关，另外一件就是要和你解除婚约。虽然我们从小一起长大，但是，我一直都只当你是朋友，而不是爱人。对不起，凤虚长老说得对，我确实已经爱上了别人，他才是我的爱人，这次大典结束之后，我就会跟他离去，做他的妻子。"

凤鹰全身一颤，顿时变得激动起来，踉跄着后退一步："不，我不相信这是真的，你一定在骗我对不对？我们早已经有婚约了，你怎么可能再喜欢上别人！你是骗我的，你一定是骗我的！"

凤女是凤族年轻一代中的第一美女，而凤鹰则是年轻一代中最出色的男子，两人从小青梅竹马一起长大，凤鹰一直都将凤女视为自己未来的妻子。

与激动的凤鹰恰恰相反，站在一旁的念冰目光重新变得柔和了，自嘲地摇了摇头，心中暗道：我这是怎么了，我竟然会怀疑凤女对我的感情。虽然她没有告诉自己她早就有了未婚夫，但只要她的心在自己这里，那么，以前的一切又算什么呢？

凤女低下头，道："对不起，凤鹰，我知道你对我很好，可是，我真的已经爱上了别人。他将会是我的丈夫，我这一生也只会爱他一个。我知道这样说对你很残忍，但长痛不如短痛，既然刚回来就见到了你，那我就先和你说清楚，省得你再有所误会。对不起，凤鹰。"

"对不起？对不起有什么用？难道你不知道我所有的感情都放在你身上吗？族中那么多女孩子向我表白过，我从没有答应，因为我的心中已经有了你，在我眼里，没有谁能比得上你。对不起？我对你的爱就是这三个字可以弥补的吗？"凤鹰状若疯狂地朝凤女咆哮着。

念冰动了，他缓步走到凤女身边，伸出坚定有力的臂膀搂住凤女的肩头："爱是不能用任何其他东西来衡量的，希望你能尊重凤女的选择，不要再让她为难了。"

凤鹰的神色逐渐冷了下来，冰冷的目光落在念冰英俊的面庞上："她爱的就是你吗？"

念冰点了点头，道："不错，我就是她的爱人。"

凤鹰深吸一口气，勉强控制着似乎要爆发的气血："好，我要和你决斗。"

凤女脸色一变，赶忙一闪身来到念冰身前："不，凤鹰，不要这样好吗？"

她的眼圈已经有些红了，虽然她并不爱凤鹰，但从小到大，凤鹰关心她、照顾她，她又怎么能忘记呢？她一直将凤鹰当作自己最好的朋友。

没等凤鹰开口，念冰在凤女肩头轻轻拍了拍："凤女，这是我们两个男人之间的事。"

凤女全身一颤，扭头看向念冰，念冰向她轻轻地点了点头。

凤女眼中流露出一丝悲伤："对不起，念冰，我、我……"

念冰微微一笑，抓住她肩头的手紧了紧："不用说了，你刚才对凤鹰说的话已经告诉了我一切，放心吧，我不会伤害他的。爱没有错，可惜，他爱的是并不爱他的人。"

凤女轻轻点了点头，转身朝一旁走去。如果说她最信任的人是谁，那念冰无疑排在第一位。作为一个男人，面对这样的挑战，念冰永远不会退却。

凤鹰险些气炸了肺，看念冰的样子，显然没把他看在眼中。他一向自视甚高，在凤族中，只有他和凤女是最有可能成为下任长老的。

念冰抬头看向凤鹰，道："就在这里吗？"

凤鹰冷冷地盯着念冰的眼睛，他突然惊讶地发现，从念冰眼中，他竟然捕捉不到任何东西，那双眼睛如同大海一般深邃。

可是，这个时候他已经因为强烈的嫉恨而失去了理智，他沉声道："就在这里。你胜了，我就和凤女解除婚约，如果你输了，请你离开凤女。"

从小受到的良好教养使他在这个时候依旧能够保持几分清醒。

念冰淡然一笑，道："好，那就在这里吧。不过，有些话我要说在前面。首先，我应战，并不是为了争夺凤女，因为那根本不需要争夺。凤女不是货物，她是一个人，她有选择自己所爱的权利。我跟你战，是要让你明白，我比你强，比你更有资格成为凤女的爱人，也更有保护她的能力。其次，我还要告诉你，你是不可能胜过我的。"强大的自信使念冰气势大盛，他就站在那里看着凤鹰，身体如同山岳一般稳定。

与凤鹰同来的凤族人以为念冰疯了，他当然知道凤鹰的实力有多么强大，但是，与念冰同来的玉如烟等人丝毫没有惊讶，因为他们明白念冰有这样说话的资格，也有这样的实力。

这是一场男人之间的战斗，他们谁也不会插手，因为这关系到双方的尊严。

念冰并没有召唤出自己的七柄神刀，而是悠然站在那里，看着面前的凤鹰。

为了能在心爱的凤女面前击败情敌，凤鹰一上来就用出了自己的全力，九离斗气澎湃而出，在破帛声中，一对巨大的王族之羽已经出现在他身后。

当初凤女外出历练的时候，他还无法使用这样的能力，但这几年，他的实力已经有了很大的提升。随着王族之羽出现，金色的凤凰火焰澎湃而出，周围的温度明显升高，植物随之枯萎，一片空地出现在两人之间。

念冰依旧没有动。看着凤鹰，他心中异常平静。不论面对任何对手，念冰都不会轻视，淡淡的七彩光芒已经出现在他身体周围。

凤鹰并没有抽出背后的长剑，他的身体在王族之羽的作用下飘浮在距离地面一尺处。他沉声道："既然你不用武器，那我也不用。"

身影一闪，他已经在空中带出一串残影来到念冰面前，毫无花哨的一拳向念冰脸上打去。这看似威力十足的一拳其实只用了三成功力，进入战斗之中，作为凤族最出色的战士，他已经冷静下来，所以，这一拳只是试探。

念冰没有动，也没有发动魔法来防御，眼睁睁地看着凤鹰那一拳打在自己脸上。

砰的一声，念冰踉跄地向后退出三步才站稳，头因为那一拳偏向一旁。他被凤鹰打中是在场所有人都没有想到的，凤女、龙灵和蓝晨几乎同时发出一声惊呼。

念冰缓缓回头，向凤鹰点了点头，道："不用手下留情，来吧。"

凤鹰看着念冰的目光凝重起来，他当然知道自己刚才这一拳有多大力度，虽然不足三成功力，但足以将一块巨大的花岗岩轰成碎块，而对方只是退了几步就停了下来。

在拳头与念冰的脸接触的那一刻，他感觉到念冰并没有任何护身斗气，但是念冰的皮肤非常坚韧，原本实实在在的一拳在接触到念冰皮肤的那一刻力量被削弱了三成以上，而且，他那九离斗气中的火属性似乎并没有起到任何作用。

凤鹰再次冲了上来，这一次，他攻击的威力提升到了七成，漫天掌影几乎覆盖了念冰身体周围所有可以闪躲的方位。

这是凤鹰很擅长的一招，名为凤影掌，攻击力虽然分散，但一旦接触到对手的身体，分散的斗气就会瞬间凝聚在一起，给对手重创。

念冰依旧没有躲闪，凤鹰那些数不清的掌影全都落在空处。

而凤鹰的右掌正击在念冰的胸口处。轰的一声，念冰被庞大的九离斗气轰飞了出去，远远地撞在一棵需要两人合抱的大树上才停了下来，他的胸口处已经变得一片焦黑。

从树上滑落，念冰并没有摔倒，他站在地上，看也不看自己胸口处的焦黑，一步步向凤鹰走去，冷冷地道："再来，你就这点实力吗？"

念冰超强的防御力激起了凤鹰心中强烈的战意，他猛地厉喝一声，身体在空中一晃，瞬间变得虚幻了，如同一片火云一般朝念冰冲了过去。

凤幻魔身，凤凰九变中的第三变。

眼看着朝自己扑来的凤鹰，念冰这一次再没有白白挨打，七色光芒从身体周围亮起，光芒瞬间扩张。

当凤鹰幻化出的红云刚进入这片七色彩光之时，他身体周围的红光瞬间削弱。他来到念冰身前时，已经恢复了他原本的形态，一拳击在念冰胸口上。只不过，这一次念冰并没有再被他击退，只是冷冷地看着他："你明白了？"

凤鹰面如死灰般看着面前的念冰，他明白了，同时，他也不明白。他不明白的是念冰凭借什么破了他好不容易才修炼成的凤凰第三变，他明白的是自己根本不是面前这个男人的对手。对方只是凭借防御，就破掉了自己三次攻击，如果他向自己发动进攻，那么，自己能够抵挡吗？

凤鹰眼神复杂地看着念冰，收回自己的拳头向后退出三步，深吸一口气，用力地点了点头，道："我明白了。或许，凤女的选择是对的。或许，你真的比我更适合她。"

念冰道："你明白了实力的差距，却始终不明白女孩子的心，一个女孩子，或许会被实力强大的男人所吸引，却并不是说谁的实力强，谁就能得到她的真爱。爱，是没有理由的。你对凤女的爱没有错，所以，我始终没有向你发动攻击，如果你想再向我挑战，我随时恭候。不过，那恐怕要等到你突破了凤凰九变中的第七变以后，才会有机会。"

凤鹰有些颓然地看着念冰，看上去，念冰的年纪并不比他大，但是，两人实力的差距为什么会如此之大呢？他不知道，念冰能有今天的成就，不知道吃了多少苦，不知道多少次在生死边缘徘徊。

凤鹰的天资极好，但是，没有真正经历过风雨，他又怎么能与念冰相比呢？

就在念冰与凤鹰对战之时，凤族梧桐林中，两位凤族长老正在担忧地看着彼此。

凤空道："二哥，我们真的要这样开始典礼吗？虽然鹰儿已经有了第三变的能力，但是，恐怕这次典礼……"

凤虚长叹一声，道："那你让我怎么办呢？不这样去参加又有什么办法？凤族没落的责任就由我来承担吧，如果不是这些年族中一直没有优秀的人才，我们又怎么会沦落到如此境地呢？或许，当初我是错的，如果烟儿还在，一切都不会变成这样。"

凤空有些沉默了，在他的印象中，凤虚一向是个倔强的兄长，兄长竟然会这样承认自己的错误，这一切的变化都是因为即将举行的大典啊！

凤虚看上去比以前又苍老了许多，每天琢磨着该如何完成这次的大典，他有些心力交瘁。

凤虚看了凤空一眼，道："现在已经没有别的好办法了，我们能做的只有这些，好了，你也不用过于担心。或许，我们的祖先凤凰能够体谅我们的难处，这次火山的爆发不会那么强烈呢。其实，你知道吗？当初我在赶走凤烟的时候，我的内心做了很大的斗争，但是，那个时候，当着所有族人的面，我不得不那样做。"

凤空微微一笑，道："别人不明白，难道我还会不明白吗？你带队追杀她其实是保护她啊！到了后来，你发现他们有自保之力才离开。唉，不论是凤烟还是她的女儿，都是那么出色，比我们想象中还要出色得多。如果族中没有那么多规矩，或许，这次我们迎接大典的心情将是无比轻松的。连我都没有想到烟儿的实力竟然会进步那么大，已经达到了第五变。多少年了，我们凤族好不容易出了一个人才，却被我们赶走了。"

"报。"

一个年轻的声音在外面响起，房间中的凤虚眉头微皱："什么事？"

"回禀两位长老，外面来了几个人，凤女和他们在一起，他们中有一个人说，凤烟携女儿蓝晨、凤女和几位朋友前来参加族里的大典了。"

凤虚和凤空同时流露出惊愕之色，凤空经过短暂的失神后，脸上顿时充满喜色："烟儿回来了，凤女也回来了，太好了，这真是太好了！她们始终都没有忘记凤族啊，终于还是在最关键的时候回来了！二哥，她们这一回来，我们所有的问题就都解决了啊！"

凤虚与兴奋的凤空不同，他眉头深锁，似乎在思考着什么，听了凤空的话，道："不，恐怕没那么简单。如果她们回来是来帮助我们的，那怎么还会带外人一起回来？走，我们去看看，如果她和凤女真的迷途知返了，那我们才能放心啊！"

凤鹰靠在一旁的大树上，双眼无神地看着天空，短暂的战斗将他的信心完全粉碎了。他从没有想过自己会这样输给别人，也从没有想到过，世界上竟然还有这强大的存在。但是，事实摆在眼前，念冰的实力带给他全新的认识。

念冰也站在一旁，与玉如烟等人等待着回去报信的凤族人。凤女拉着念冰的手，低着头站在那里一声不吭，就像犯了错的小孩子，不敢看念冰的眼睛。

龙灵和蓝晨都站在一旁，玉如烟则在给枭卤介绍这片森林中的各种植物，似乎没有注意念冰和凤女这边的情况。

"有话对我说吗？"念冰拉着凤女的手，送到自己面前，看着那修长纤细的玉手，他的脸上露出一丝温柔的笑容。

"对不起。"凤女似乎鼓足勇气才说出这三个字。

"不用对不起。今天你说这三个字说了太多次。我只是想知道，你为什么不告诉我？当初，你不肯接受我的感情，除了你们凤族的规定，还有这个婚约的原因吧？"念冰的声音很平静，但听在凤女耳中，就像是质问一般。

凤女轻轻地点了点头，道："我和凤鹰从小一起长大，在族人们眼中，我们是天造地设的一对，我们还只有十岁的时候，凤虚长老就做主给我们订立了婚约。那时候的我，以为夫妻与朋友并没有什么区别，也没有人给我讲过外面的世界。我当凤鹰是兄长，是朋友。但是，当我真的走出去，开始自己的历练时，我逐渐发现自己错了。尤其是遇到你之后，我更发现自己错得那样厉害。友情和爱情是截然不同的，但是，我知道自己在族中的责任，所以，我不敢也不能接受你。可是，后来发生了那么多事，连我自己也没想到事情会发展成那样。

"那时，我才知道，原来真爱来临时，逃避是没有任何作用的。所以，我才成了你的凤女。在你变成僵尸去了神之大陆后，我甚至忘记了自己还有婚约在身。你知道我为什么不告诉你吗？其实，在我心中，你是一个很容易冲动的人，或许那是因为你从小父母就被冰雪女神祭祀迫害的缘故吧，所以，我不敢告诉你。虽然我并不爱凤鹰，但是他是我最好的朋友。我既怕你来到凤族和我们的族人发生冲突时受到伤害，也怕你伤害他。念冰，谢谢你，你比以前成熟了，你再不是以前那个因为仇恨而容易冲动的念冰了。"

念冰微微一笑，道："刚开始的时候，我确实有些生气，因为你向我隐瞒了如此重要的一件事。但当你向凤鹰说出你喜欢的人是我时，我心中的怒气便一下子消散了。过去的都已经过去，只要我们之间的感情不变，不论有多大的风雨，我们都可以一起去面对，不是吗？

"凤鹰确实值得你把他当作朋友，从他出现，到后来我和他战斗，我一直在观察着他。坦白说，他嫉妒我，我也同样嫉妒他啊！我嫉妒他能同你一起长大，一起成长。但是，从他的举止上我发现，他的性格淳朴，并没有受到任何污染，这样的人，我怎么会伤害他呢？好了，过去的都已经过去了，现在，我们要面对的，就是你们族中的长老。"

话音刚落，念冰分散的精神力已经锁定快速前来的十余道身影，虽然对方还在数百丈外，但念冰的精神力清晰地判断出了他们的动向。从为首两人的气息来看，正是凤虚和凤空两位长老。

十余道身影在几次呼吸之后来到了附近，从那茂密的树林中走出。第一个出现的，正是凤族长老凤虚，凤空紧随其后。剩余的都是一些念冰以前没有见过的凤族人。他们的打扮几乎相同，都是再普通不过的粗布衣，但一个个目露精光，显然都是高手。

凤族果然没有一个平庸之辈啊！

玉如烟看到两位长老出现，顿时停止了与鸟卤的谈话。

凤虚和凤空自然也看到了她，同时，也看到了旁边的凤女、蓝晨、龙灵、舄卤和念冰。

当两位长老看到手拉着手的凤女和念冰时，脸色都不禁微微一变，停下了脚步。

玉如烟上前几步，在距离两位长老还有五丈的地方停了下来，恭敬地向两位长老鞠躬行礼："凤烟携女蓝晨、凤女前来参加族中大典。"

凤虚淡然道："我还以为，你永远也不会踏足这片土地了，没想到，你还是回来了。你回来，仅仅是为了参加族中大典吗？"

玉如烟轻叹一声，道："对不起，长老。我知道我当年的选择让你们很痛心，但是，我不得不那样选择。凤虚长老，我以前误会您了，谢谢您把我的女儿养育成人，虽然我和女儿分散了二十年，但我的女儿还活着，我们以前的恩怨就一笔勾销吧。"

凤虚不但在玉如烟的成长中起到了重要作用，对她有养育之恩，对她的女儿凤女同样也有着养育之恩啊！

虽然凤虚的做法使她们母女分离了二十年，但玉如烟已经抛弃了心中的一切憎恨，她这次回来，只想帮助凤族完成这次大典。

凤虚有些惊讶地看着玉如烟，再看看一旁的凤女，道："你都已经知道了？"

玉如烟点了点头，道："是的，长老。您瞒得我好苦啊！"

凤虚冷然道："如果你的女儿当初真的死在我手里，恐怕你今天也不会出现在这里了。"

玉如烟摇了摇头，道："不，就算凤女真的死了，我还是会回来的。我会先帮族中完成大典，然后，我会向您发起挑战。"

一旁的凤空这次没等凤虚开口就抢着道："一切以大局为重，烟儿，你不愧是本族曾经的希望之凤，我们都没有看错你。好孩子，回来就好，回来就好。"说着，他不禁拉了拉凤虚的衣袖。

凤虚依旧板着脸，冷冷地道："他们是怎么回事？你应该知道，这里是本族的禁地，你和凤女归来竟然还带来了这些外人，公然藐视族规，难道这就是你对族中的贡献吗？"他这话虽然是在呵斥玉如烟，但无疑已经承认玉如烟是凤族成员了。

第 203 章
凤凰展翼大阵

玉如烟看着刀子嘴豆腐心的凤虚，不禁感到有些好笑。从凤空的表情可以看出，现在凤族的情况显然很不乐观，但凤虚长老依旧为了族中的规矩假意难为自己。这位凤虚长老其实是一位可敬的长者，就是有时候太倔强了。

玉如烟知道，这次归来第一个要面对的问题已经解决了，第二个需要他们一起面对的问题，却并不像第一个问题那么容易解决。

毕竟，她从小是在凤虚、凤空的照料下长大的，凤女也是。那份感情在她们重新回到凤族时自然会起到关键作用，但是，这第二个需要面对的问题关系到凤族的存亡啊！

玉如烟犹豫了一下，还是决定说明一下现在的情况。她知道，越拖下去，反而越不利，想渡过这第二个难关，需要所有人共同努力才行。

想到这里，她抬头看向两位长老道："我这次回来，不但带回了凤女，同时也带回了我另一个女儿，这就是蓝晨。"

说着，她向蓝晨招了招手。蓝晨走到母亲身旁，看着面前这些母亲的族人，她心中并不平静。

凤虚和凤空的目光落在蓝晨身上，这相貌丝毫不逊色于凤女的女孩子比起凤女来更像玉如烟一些，只是，她身上那清冷的气息令两位长老感觉到有些不妥。

凤空不禁说道："这既然是你的女儿，那么，她也有着我们凤族的血脉，你带她回来合情合理，可带那些外人回来干什么呢？"

玉如烟叹息一声，向蓝晨点了点头。

在众人的注视下，一层蓝色光晕从蓝晨身上升起，光晕向外飘散而出，冰冷的气息让这些火属性的凤族人不禁都皱起了眉头。

就在这时，一声嘹亮的凤鸣从蓝晨口中发出，那巨大的蓝色羽翼从她背后出现。绝美的蓝晨在那对巨大的王族之羽作用下飘身而起，静静地飘浮在空中。

凤虚和凤空同时吃惊得瞪大了眼睛，两人对视一眼，用有些颤抖的声音异口同声地道："冰凤！"

冰凤代表着什么凤族小辈们可能不清楚，两位长老又怎么会不清楚呢？两人好不容易才燃起希望的心顿时跌入了谷底，看向玉如烟的眼神也变了。

玉如烟叹息一声，道："两位长老明白了吧？我带晨晨回来，就是要告诉你们这些，让你们早有准备。至于他们三个外人，是我不得不带回来的，因为，以他们的实力，很有可能帮助我们渡过这次难关。希望两位长老能够抛弃族中的成见，让他们也参加我们的凤凰涅槃大典。"

凤虚的眼神变得异常冰冷，凤空刚要说什么，却被他抬手阻止了："凤族所属，围。"

在他那苍老而低沉的声音中，十余名凤族高手闪电般占领了最有利的位置，九离斗气外放，包括凤鹰在内，都抽出了自己的长剑。

在凤族，长老的话就是命令。

凤虚看着玉如烟，冷冷地道："作为族中曾经的希望之凤，冰凤代表着什么，我想你不会不清楚。'冰凤现，凤凰升'，这个典故代表着凤族已经处于毁灭的边缘。按照族中规矩，凡是冰凤出现，必须第一时间将其毁灭。在我族的历史上，曾经出现过三个冰凤，为了凤族的生存，无一例外都按照族规处死了。凤烟，如果你还自认是本族中人，就知道该怎么做。"

玉如烟脸色微变，道："长老，您能放过凤女，难道就不能放过我另外一个女儿吗？"

凤虚看着玉如烟，叹息一声，道："烟儿，这么多年了，我又一次这样叫你。你应该明白，这一次和那次不同。冰凤出现，威胁的是我们全族数千条性命，为了凤族，我不得不这样做。哪怕你因此不肯帮助我们渡过这次难关，我也必须这样选择。"

念冰大步上前，来到玉如烟和伸展着冰凤之羽的蓝晨身旁，道："凤虚长老，难道这冰凤出现就一定是坏事吗？或许，冰凤出现同样也是凤族的一个机缘。"

凤虚冷哼一声，道："或许？难道我要拿全族数千条性命来赌你这一个或许吗？"

念冰淡然一笑，凝视着凤虚的眼睛："长老，那您觉得，就你们十几个人能当着我们的面杀了晨晨？"

凤虚冷冷地看着念冰："你也太小看我们凤族了，只要我一声召唤，顷刻之间，我凤族就能摆下由千人组成的凤凰展翼大阵，就算你们实力再强，也将插翅难飞。为了我族的生存，我宁可让这片火木林遭受一次劫难。"

"爷爷，不可。或许他说得对。"

凤鹰突然飞身到凤虚身旁，低声在凤虚耳边说了几句什么，虽然他的声音念冰能够通过天眼穴听到，但他的语言却是凤族所特有的。

听着凤鹰的话，凤虚脸色微变，断然道："不行，我不能冒这个险。烟儿，你到底如何决定？"

玉如烟的目光逐渐变冷："凤虚长老，那我只能向您说声对不起了。晨晨是我的女儿，作为一个母亲，我怎么可能让自己的女儿去死呢？

"长老，我们凤族之所以逐渐衰败，就是因为我们从外界得到的东西太少，故步自封才会有今天的结果。凤凰展翼大阵确实是我们凤族最强的阵法，集合千人之力所得的威势也足以与神降术媲美，但是，对我们来说是没用的。在凤凰涅槃大典即将来临之时，难道您要先让我们族中内乱吗？"

念冰道："妈，您不用说了。这也不能怪凤虚长老，他们有他们的难处，或许，换成其他人，同样也不可能为了一个可能性而让全部族人来冒险。凤虚长老，我有一个提议。"

凤虚沉声道："什么提议？"

念冰道："您既然对贵族的凤凰展翼大阵有很强的信心，那我倒想试一下。如果我能从这个大阵中闯出来，就证明你们没有阻拦我们离开的力量，晨晨也就不会被你们所杀。到了那个时候，您也没有理由不和我们冒险一试。

"这次我们来到凤族，是真心想帮助凤族渡过难关的。如果我成功闯出了大阵，那么，就请您让凤族的族人们暂时先离开火木林，由我们这些人和几位长老一起面对凤凰涅槃大典，这样，即使我们失败了，贵族也只是换一个居住地而已。"

凤虚看着念冰，有些不屑地道："你？凭你一个人要闯我族的凤凰展翼大阵？你的提议我可以答应，但是，如果你输了该怎么办？"

念冰还没有开口，蓝晨清冷的声音已经响起："如果他输了，那么我就自裁于此。"

"晨晨。"玉如烟急道。别人不知道凤凰展翼大阵的厉害，难道她还不知道吗？

蓝晨微微一笑，道："妈，您不觉得这是最好的解决办法吗？我并不想让您为难，我知道，您从没有忘记过凤族的一切，连念冰都愿意为了凤族的未来而冒险，我又怕什么呢？我对念冰有信心，他一定能够从阵中闯出来的。"

"兄弟，让我和你一起闯这什么阵吧。"枭卤突然道。

念冰摇了摇头，道："不，我要自己闯这凤凰展翼大阵。"

他当然知道这其中的凶险，但是，他绝不能让枭卤参与。枭卤的武技极为霸道，这次念冰要做的不单单是闯阵，同时，还不能伤害到凤族任何一个族人，否则，就算成功闯阵，也将与凤族结下仇怨。所以，一切只能依靠他自己。

念冰拒绝了枭卤，上前几步来到凤虚长老面前："长老，这凤凰展翼大阵我只要能闯出去，是不是就行了？"

凤虚傲然道："当然，如果你真的能从大阵中闯出，就证明你有破阵的能力。我要提前警告你，一旦大阵摆出，阵中之人如果不能闯出，结局只有一个，那就是死亡。"

念冰点了点头，道："那好，我明白了。您开始命人布阵吧。"

凤虚从怀中摸出一支红色的长笛，放在嘴边轻吹，尖锐的笛声在空中飘荡，产生各种不同的变化。

一旁的凤空向凤鹰使了个眼色，道："大阵由你主持。"

凤鹰答应一声，目光落在念冰身上，道："或许，这是你我之间另一种较量，虽然这是不公平的，但我想看看你究竟能强到什么程度。"

念冰微微一笑，道："你会看到的。"

说完，他径自向后走去，盘膝坐在地上，感受着空气中浓郁的先天之气，开始调息。

就在这时，一缕缥缈之音传入念冰耳中："保持你的姿势不要动，听我说，凤凰展翼大阵是我凤族中最强的法阵，也是最强的联手合击之阵。其威力之大，就算是号称大陆最强的火焰魔龙骑士团恐怕也无法抵挡。

"这个大阵最大的特点，就是能将我凤族所特有的九离斗气联合在一起。上千人的斗气凝聚，发挥出类似于火系魔法的效果，具体有多强，连我也没见识过，但可以想象得到，大阵一旦展开，威力绝不会比火系神降术差。大阵的威力根据阵中千人的综合实力而定，现在两位长老并没有参加，已经是给我们留了几分情面。

"你想破这个阵，就需要以点破面。希望你能明白我的意思。妈不要求你别的，一定要活着从阵中冲出来，为了你自己，也为了晨晨。"

玉如烟的声音中带着几分沉重，她既希望念冰能够成功破阵，又不希望自己的族人受到任何伤害。但是，以点破面之法，所需要做的就是从包围中冲出，念冰要怎么做到这一点呢？

念冰盘膝坐在那里没有动，中期的西经穴使周围的先天之气不断与他的身体相融合，每一丝魔法元素的波动，都毫无遗漏地出现在念冰的感知之中。

神降术级别的大阵吗？那好，就让我见识见识吧。

一片红色的云出现在火木林上空，如果能够看清的话，就会发现，那片红云是由一个个全身散发着红色斗气的人所组成的。

一共四十排，每一排二十五人，最上方的一人展开了凤族的王族之羽，而在他下方，每个人都抓住上面一人的双脚，使身体悬浮在半空之中。

骤然看去，以一人之力承受其他二十四个人的重量有些不可思议，但是，这些凤族高手长期修炼九离斗气，自身的实力都很强，在斗气的作用下，他们完全可以使自己变得身轻如燕。

虽然没有羽翼无法飞翔，但是他们可以最大限度地减轻自己的体重。因此，飞行中的四十名拥有王族之羽的凤族人所要承受的重量其实并不大。

看到这漫天的红色斗气，玉如烟的脸色有些变了。她没想到，自己离开这些年，凤族竟然出现了这么多个拥有王族之羽的高手。虽然拥有王族之羽并不代表一定拥有武圣级别的实力，但是这也足以证明，眼前的凤凰展翼大阵是凤族所能摆出的最强之阵了。

念冰从地上站了起来，随手掸了掸身上的灰尘，神色依旧是那么轻松，似乎一点都没有因为空中那一千名凤族战士而有什么压力。

凤虚看向念冰，道："你现在后悔还来得及。这些年以来，我们仔细研究过凤凰九变。我们发现，凤凰九变的前两变有特殊的功法可以触动，拥有凤族王族血脉的族人利用特殊的功法可以在较短时间内达到第二变。虽然他们的实力远比不上凤女，但是合千人之力，你觉得你还有机会吗？"

念冰微微一笑，道："不试试怎么知道自己行不行呢？连晨晨都对我有信心，我又怎么可能退缩？"

凤虚看着眼前的年轻人，有些不明白这个年轻人的信心是从何而来。刚才凤鹰虽然已经告诉凤虚，他输给了念冰，但是，一个凤鹰又怎么能与由整个凤族战士组成的凤凰展翼大阵相比呢？

从一开始，凤虚就不觉得念冰会真的去闯阵，他摆出这最强的凤凰展翼大阵，不单单是要威慑念冰，更重要的是要告诉玉如烟，凤族确实有将他们留在这里的实力。

"那好，我就让他们下来。"凤虚的眼神有些冷，一个外人的生死对他来说本就算不了什么。

玉如烟、乌卤、凤女、蓝晨和龙灵都来到了念冰身边，五个人的目光都集中在他身上。念冰没有说什么，只是用自己坚定的目光看着他们，环视一圈后，才向凤虚道："长老，我想您不需要让他们下来了。既然是凤凰展翼大阵，那就在空中施展吧。这样也不会破坏这片美丽的原始森林。"

凤虚有些惊讶地看着念冰，念冰的话让他对念冰有了几分好感，他点了点头，用手中长笛吹出一个音符，原本准备降落的千名凤族成员重新恢复了先前的样子。就在凤虚和凤空以为念冰会使用魔法升入空中之时，念冰口中发出一声长吟。

清亮的长吟声直冲九天，他双脚点地，突然高高跃起。

修炼武技多年的凤虚和凤空都能感觉到，这并不是什么魔法，而是人自身的力量。念冰居然能跳那么高。

眼看着念冰的身体冲起十丈后居然还在上升，两人都产生了同样的想法：这个人难道不只是魔法师，还是一名武士吗？

念冰用行动带给了他们答案，就在他的身体即将上升无力之时，灰色光点在他身下凝聚，一声嘹亮的龙吟与他的长吟声相和，灰色身影冲天而起，气势瞬间大盛，丝毫不弱于空中那正在变形、九离斗气弥漫的凤凰展翼大阵。

在凤虚和凤空的注视中，身长达七丈的灰色巨龙奥斯卡骤然出现在念冰身下。念冰的身体刚刚开始下落，就稳稳地坐在了奥斯卡背上，一人一龙的长吟声同时停止，奥斯卡那巨大的龙翼骤然展开，带着念冰冲天而起，目标，就是凤凰展翼大阵的中央。

凤虚色变道："龙？他竟然能够驱使一条龙！"

凤女摇了摇头，道："不，那是他的朋友，也是他的伙伴，或者，也可以说是他身体的一部分。"

不论出现了什么情况，不论空中的凤族人如何惊讶，凤凰展翼大阵在念冰到达那四十排凤族人中央之时骤然爆发了。

漫天的红色斗气使空中变成了一片红色的海洋，如同一只红色怪兽一般，瞬间吞噬了念冰的身体。

千名凤族战士合力发出的斗气有多强大，只有真正面对的人才能感觉到，即使是站在地面的玉如烟等人，也能发现空中不断传来灼热气息。

凤鸣之声在空中响起，龙魔法师与凤凰展翼大阵的战斗已经开始了。

千人同时发出的声音如同一个人发出的一般整齐，以金色火焰为凤首，以红色火焰为凤体，凤凰展翼大阵开始运转。

庞大的九离斗气在空中幻化成九只巨大的火凤凰，在那大片的红云之中，几乎同一时间朝念冰冲去。

此时的念冰稳稳地坐在奥斯卡背上，七柄超神器魔法刀几乎同时出现。凤虚和凤空都没有注意到，先前玉如烟等人围上念冰的时候，同样被围在中央的乌卤体形已经发生了很大的变化，因为他将长生刀还给了念冰。

巨大的压力仿佛要将念冰和奥斯卡碾碎一般，那灼热的空气仿佛使念冰置身于熔炉之中，周围的其他魔法元素在瞬间膨胀的九只火凤凰面前变得异常微弱，只有火元素在澎湃中爆发。千人之力确实强大，那九只火凤凰瞬间爆发出的攻击力，恐怕就算是冰雪女神祭祀在此，也很难对抗。

念冰虽然不是冰雪女神祭祀，也没有把握胜过冰雪女神祭祀，但是，他是一名冰火同源魔法师，一名龙魔法师，他有自己的办法。

第四个窍穴的开启使念冰对窍穴的使用有了全新的感受，虽然他只有一天时间来适应西经穴的出现，但是与几天前狙击西伦时相比，他又变得不一样了。

他最宝贵的财富不是飘浮在身体周围的七柄神刀，也不是体内庞大的魔法力，而是那不能发挥出全部实力的精神力。

如果换了别人被这样围在中间，而这人又不是一名火系魔法师，恐怕连一成实力也发挥不出来，但是，念冰不一样。他天眼穴中蕴含的庞大精神力，通过开启的西经穴，在他冲入空中那一刻，已经沟通了天地间澎湃的先天之气。凤凰展翼大阵就算再强，也还是有缝隙的，足够精神力冲出的缝隙。所以，从念冰进入这个大阵的那一刻起，最后的结局就已经注定了。

九只完全由斗气凝聚的火凤凰已经封死了念冰所有可以逃跑的路线。就在这一刻，念冰身体周围的七柄神刀亮了起来，七道实体般的身影仿佛没有任何重量似的飘浮在半空之中，飘浮在念冰身体周围，他们手中的刀发出璀璨的光彩。

一时间，耀眼的光芒竟从火云中冲出直透天地。超神器的威力在这一刻展现。

念冰一只手平放在自己的小腹上，另一只手斜指天空，眉心处一道金光闪过后，七彩光芒从一点散发，与周围的刀光相融合，形成了一个巨大的七彩龙卷。那由强光形成的龙卷瞬间扩散，眨眼间已经将那九只巨大的火凤凰完全吞噬。

此时此刻，火木林上空如同被彩虹布满一般，只不过，那并不是彩虹的七种颜色，而是代表着冰、火、土、风、空间、光明、黑暗的七种颜色——蓝、红、黄、青、银、白、黑。

在那强烈光芒的作用下，由九离斗气化成的九只火凤凰突然变了，体积几乎在瞬间缩小一半，向前冲的速度也只有先前的三分之一。

看着重新出现在眼前的蓝天，看着那如同冰雪般消融的红云，念冰笑了，分别持有七柄神刀的七个影傀儡同时将手中神刀高高举起。

一声断喝从念冰口中发出，奥斯卡身体周围散发出一圈金灰色的光芒，光芒直接渗入七名影傀儡的身体，下一刻七道光芒冲天而起，代表着七种魔法元素的光芒在念冰头顶上方聚集成一个点，一个七彩的光点。

那个光点似乎很小，小到几乎无法察觉，但又似乎很大，大到可以囊括天地。

此时站在奥斯卡背上的念冰，就如同天上降临人间的真神一般，用他的右手食指点上了那个七彩光点，他的心突然变得火热，脸上那一丝淡淡的微笑就连远在地面的玉如烟等人都能看到，似乎他面对的并不是一个随时可能取他性命的大阵，而是一个游戏。

念冰的食指微微一动，轻轻地将那个光点顶了起来，紧接着，七道彩色的光芒射回到七个影傀儡身上，几乎所有人都能看到，天空中降下七道光华，直接落在七个影傀儡身上。

那七个气质完全不同的影傀儡瞬间变得虚幻了，紧接着，影傀儡手中的刀同时消失，融入了他们的身体。虚幻的身体瞬间膨胀，每一个影傀儡都发生了变化。

从下面再也无法看清他们的样子，虽然他们的身体变大了，但是外貌反而变得越来越模糊。念冰微笑着站在奥斯卡背上，眼看着那缩小了一半的九只火凤凰逐渐加速朝自己冲来，却没有露出一分担忧之色。

下面的众人都有些不明白了。在九只火凤凰冲击的速度骤然减慢，而那片由九离斗气组成的红云又被七色彩光化去之时，念冰完全可以凭借奥斯卡的速度冲出来，虽然这有些取巧，但也可以算是破阵而出了。

毕竟，能够使九只火凤凰的攻击力瞬间减弱一半，前进速度同时大减，这需要何等强大的实力啊！可是，念冰为什么没有那么做呢？真正明白念冰想法的，也只有蓝晨。

此时此刻，看着那七个膨胀的光影，蓝晨的眼睛湿润了。其实，早在当初念冰用出天使之泪时她就明白，念冰是值得信任的，所以，她才义无反顾地决定脱离冰神塔。

说起来虽慢，但从念冰在奥斯卡的帮助下升空，到那七个光影膨胀，其实也只不过过去了几次眨眼的时间而已。

就在这时，那七个膨胀到三丈的光影出现了不同的变化，这一次的变化，才真正让所有人惊讶。

蓝色的影傀儡身体变了，不再是念冰的样子，虚幻的蓝色身体周围出现了由蓝色光影组成的长裙。虽然无法看清，但那蓝色的影傀儡确实已经变成了一位女性，一根长达五丈的权杖出现在她的右手中。她的胸口部位闪耀着一团蓝色的光彩，她向外举起了手中长长的权杖。

红色的身影也出现了变化，只不过，他并不是变成了女性，而是变得如同威武的将军一般，一身虚幻的火红色甲胄出现在他身上，高达三丈的他双手合握，举起了一柄由火焰组成的长刀。

　　青色的身影同样身穿甲胄，只是与红色身影不同，他的身体显得瘦小许多。旋涡般的清风围绕着他的身体旋转，那些如同风刃一般的甲叶呈半透明状覆盖在他的身体上，他手中拿着一个瓶子，瓶口向外，似乎要倾倒什么。

　　黄色的身影变化最大，不光是由男变女，像蓝色影傀偊那样多了一袭长裙，同时，身体周围原本的黄色光芒也变成了充满生机的绿色。她手上拿的是一根柳枝般的光条，光条上闪烁着七片鲜艳欲滴的绿色柳叶。

　　银色的身影依旧是男性的形态，只不过，他并没有甲胄在身，一袭银色的长袍不断闪烁着，他的身体不断经历从无到有的过程，每一次闪烁，那银色的光芒似乎都会变得更亮几分，而在他面前，飘浮着一扇没有打开的门。华丽的大门也是银色的，上面雕刻着无数复杂的符号，但是由于这一切都是由能量组成的，都是虚幻的，所以，谁也无法看清楚那些符号究竟是什么。

　　白色的身影此时已经变成了神圣的金色，华贵的金色长袍穿在一名满头金发的美女身上，她高达三丈的身体显得如此修长。她抬头看着天空，手中举起了一柄金色的长剑，剑身上闪耀的光芒如同太阳一般刺眼，那神圣的气息使空气仿佛都变得圣洁起来。

　　最后一个黑色的身影是如此熟悉，黑色的大风衣、高大魁梧的身影，以及那长达五丈的巨大镰刀都曾经数次出现。他的双手合握，高高举起巨大的镰刀。

七道身影，不同的变化，散发出的气息却是相同的，只有一个词语能够形容眼前的情景，那就是不可思议。

在他们每人脚下，都有一个相应的同色六芒星。

第 204 章
七禁七绝咒

七道身影完全以念冰为中心向外举起了他们手中的武器。虽然都是虚幻的，但是，他们又显得那么真实。

在这七个高达三丈的身影的守护中，念冰眉心处的七色光芒似乎已经闪耀到了极致，一道白光从他左手护住的小腹处发出，当这七个巨大的身影完全形成之时，空中飘荡而下的七道彩色光带消失了。

在这一刻，一切已经完全按照念冰的意志发展了。

下面每一个人都惊呆了，这是什么？这七个身影代表着什么？有的人能够认出其中一个，有的人能够认出两个，不过，他们只需要认出一个，就完全能够联想到其他六个代表的是什么。

包括凤女、龙灵、蓝晨，也包括焉卤和玉如烟在内，他们谁也没有想到，念冰的实力竟然已经达到了如此程度。

看着空中那流转的光晕和那七个高达三丈的身躯，他们此时才发现，念冰已经不是一个普通的人了，即使用"神"来形容，似乎也不为过。

念冰开口了，他的声音很平静，却是从七个身影中同时传出来的。

蓝色的身影吟唱着："冰雪女神的叹息，带来了冰雪女神之杖。"

红色的身影吟唱道："火焰神的咆哮，带来了火焰神的战刀。"

青色的身影吟唱道："自由之风的轻吟，带来了风神风瓶之旋转。"

绿色的身影吟唱道："大地苏醒的旋律，带来了大地女神的宽恕。"

银色的身影吟唱道："神机百变的六芒，带来了空间之神的失控之门。"

金色的身影吟唱道："贯穿天地的曙光，带来了光明女神的神圣之剑。"

黑色的身影吟唱道："永世地狱的诅咒，带来了死亡之神的镰刀。"

九只火凤凰已经来到了这七个巨大光影的一丈之外，但是，它们突然停滞了，那九个巨大的火红色身影似乎在颤抖着，面对眼前的强大气息而颤抖。没有谁知道这一切是怎么发生的，那七个巨大的身影中央却响起了念冰自己的声音。

"释放吧，七禁七绝咒。"

简单的八个字驱使着那七道巨大的身影动了起来。蓝裙女子手中的冰雪女神之杖前点；红色战士手中的火焰神战刀斩出；青色身影手中的宝瓶发出了一团清风；绿色身影手中柳枝上的七片叶子突然脱离；银色身影拉开了他面前的大门；金色身影手中的神圣之剑射出万道豪光；黑色身影双手带起了那代表着死神的镰刀。

时间在这一刻似乎停滞了，包括那在空中的千名风族战士，谁也无法忘记眼前发生的一幕。那凝结着风族千名战士庞大斗气的凤凰展翼大阵，在那七个巨大的身影爆发之时，彻底消失了。

九只火凤凰，在七彩的光晕中连挣扎的机会都没有，就化为点点光芒，最后被吸入了那银色的大门。

一切都结束了，仿佛一切都没有发生过。简单的七禁七绝咒，代表的是同时出现的七系禁咒啊！

即使是神之大陆上的主神们也不可能同时发动七个十一阶的不同系禁咒，念冰却做到了！七个禁咒同时爆发的瞬间，其真实威力只有下方的焦卤感觉到了。

十一阶与十二阶，本有不可逾越的差距，但是，这完全融合的七个禁咒在同时爆发的瞬间，不但达到了十二阶神降术的程度，更升到了十三阶之高。

此时此刻，焦卤再不怀疑，念冰已经成了一名神级高手，仰光大陆的人类中，他可能是第一个神级高手。

九只火凤凰完全消失了，千名凤族战士几乎同时感觉到胸口一闷，那为首的拥有王族之羽的四十名强大的凤族人，背后的王族之羽消失了。

在用出全部的斗气之后，飘浮在空中的千名凤族人再也无法控制自己的身体。

凤虚的脸色变了，凤空的脸色也变了，两人的身体几乎同时闪动，但是，他们心中充满了悲哀，就算他们再强，他们也只有两个人，又怎么可能同时救那千名从天空坠落的族人呢？

就在他们陷入绝望之时，大片的青光突然飘浮在半空之中，青色的光芒几乎散布于整个天际，将坠落的千名凤族人都笼罩在其中。

大片的青光消失了，但每一名凤族人身下都飘浮着一小片青光，那是什么？那是风系魔法中一个再普通不过的三阶飘浮术，即使是一个中级魔法师也能轻松使用。

这个飘浮术，现在成了救命的宝贝。念冰的身体似乎也变成了青色，奥斯卡双翼收拢，从天而降。

凤虚和凤空又一次呆住了，同时施展上千个飘浮术，而且是在施展了七个禁咒之后！在他们眼中，念冰确实已经不能用人类来称呼了。他们的心颤抖了，直到那千名族人都平安地落在地面上，他们悬着的心才落地。

简单的一战，加起来也不过用了半顿饭的时间，但是，念冰已经完全改变了凤族人的看法。凤鹰在落地后，转身就向自己的家走去，他知道，自己这一生也不可能挑战这个情敌了。

简单的一战，念冰胜利了，胜利的代价，只不过是那千名凤族人消耗了大量的斗气，他们没有一个受到伤害。

就算是在场的最年轻、最愚钝的凤族人，在九只火凤凰消失后，看到那七个巨大的身影还存在时，也能明白，念冰想要他们的性命，只不过是挥手之间的事，但是，他没有那么做。

当九只火凤凰消失，他们从天而落的时候，七个巨大的身影在念冰随手一挥间变回了七柄刀，重新融入他的体内，紧接着出现的就是那整整一千个救了他们性命的飘浮术。

当念冰落在地面时，奥斯卡也消失了，念冰的脸色微微有些苍白，他脸上的微笑却始终没有消失。

他落下的地方，正在蓝晨面前。他对着蓝晨说道："晨晨，我没有让你失望，我做到了。"

蓝晨问道："如果、如果你那七禁七绝咒无法应付刚才的凤凰展翼大阵，你会怎么做？"

念冰微微一笑，轻松地道："不知道，我有两个选择。一个，就是再用一次生命诅咒；另一个，就是爆发自己的一个窍穴。"

他说话的声音很轻，但是旁边每一个人都听到了，这轻松的话语含义是如此沉重。

"我明白了。"蓝晨的声音很平静，但是她的表情很严肃。

千名凤族战士悄无声息地退走了，空气中的灼热也渐渐消失，天空重新变成了蔚蓝色，狂暴的魔法元素逐渐平复下来。

蓝晨能够感受到，空气中的先天之气和魔法元素都在快速地朝念冰的身体涌动着。先前他施展的魔法，不但对魔法力和对先天之气的控制要求极高，同时，使精神力的负荷也变得很大。

同时控制七个禁咒爆发，还要做到不伤一人，这种精神控制几乎达到了匪夷所思的程度，他不但做到了，更在七个禁咒结束之后，释放出一千个飘浮术，使其准确地出现在每一名凤族人身下，将他们平安地送到地面上。

念冰此时已经极度虚弱。即便如此，在落地后，他还是在其他人的掩护下，第一时间帮助乌卤重新变回了人类的样子。

如果不是刚刚开启的西经穴使他能够依靠大量的先天之气完成那一击，他绝不可能使自己的魔法拥有十三阶的威力。

以念冰的实力，想闯出那凤凰展翼大阵本不需要如此，但是，他为了给凤族人带来足够的威慑效果，让他们彻底打消杀死蓝晨的念头，不得不这么做。

凤虚和凤空在念冰背后站定，凤虚的眼神很复杂，面前这年轻人深不可测的实力带给他强烈的震撼，他从没有想到过这个世界上还有人能这样对付凤族的凤凰展翼大阵。

念冰并不是冲出大阵，而是将大阵完全破去，他想要毁灭凤族，绝不是一件困难的事，即使是凤虚自己和凤空来主持大阵，结果也不会改变。更为可贵的是，他在破阵之后，竟然没有伤害一个凤族人，他已经用行动证明了这次他们前来，确实是真心帮助凤族的。

尽管凤虚不愿承认这是真的，但他还是有些艰难地向念冰道："谢谢。"

念冰振作了一些，这短短的时间内，他的精神力已经恢复了一部分，表面上没有露出丝毫虚弱的痕迹，转身面对凤虚道："长老不必客气，只要您还记得我们之间的赌约就好。我确实是个外人，本不应该插手凤族内部的事，但我希望能够为凤族做出一些自己的贡献。坦白说，我并不完全是为了凤族，更多的是为了凤女、为了晨晨、为了我的母亲。"

凤虚没有再说什么，转身向火木林深处走去。凤空道："来吧，你们跟我来。"

玉如烟走到念冰身旁握住他的手，一股醇和温暖的斗气输入他体内，滋养着他的经脉。

念冰微微一笑，向玉如烟点了点头，示意自己没有问题，众人这才跟随着两位长老朝凤族的居住地而去。

他们穿过一片茂密的树林后，那巨大的火山终于呈现在他们面前。

其实，刚才破阵时念冰就从空中看到了这座火山，此时看来，火山更加真切了。

从下向上看，火山有近千丈高，只是在山顶附近并没有云层环绕，众人能够清晰地看到那如同被刀削平一般的山顶。

原始森林的树木由多种变成了一种，大片的梧桐林出现在众人眼前。梧桐林中有一条宽约一丈的以石子铺成的小路，向林内延伸。

这里的温度明显比先前的森林里要高上一些，温暖的气流滋养着念冰等人的身体。

玉如烟的眼睛湿润了。

阔别多年，她终于又回到了自己的家乡。

众人顺着石子铺成的小路前行，大约一顿饭的工夫后，一座朴实的村落出现在众人的眼前。村落周围有几片农田，一些凤族人正在辛勤耕作。村庄内一座座木屋看上去甚是整齐，上千座木屋排列有序，呈条状围绕在火山脚下。

在凤虚、凤空的带领下，众人朝村内走去，所过之处，遇到的凤族人都恭敬地向两位长老行礼，同时对念冰等人投以好奇的目光。

"啊！这不是凤女吗？丫头，你回来啦！"一个苍老的声音响起，一名老年凤族人在自家门前向凤女打着招呼。

凤女赶忙上前，恭敬地道："松爷爷，您还好吗？好久不见了，您还是那么精神矍铄。"

老人呵呵笑道："不行啦，老了，老了。丫头，好长时间没看见你，爷爷还真有些想你啊！怎么？外出历练结束了？还是特意回来参加大典的？这次回来就不走了吧？你走这段时间，我经常听小鹰那孩子念叨你呢，这回他可美了，你们都不小了，婚事也该早点办了。"

凤女神色有些尴尬，正不知该如何回答时，玉如烟来到了她身边，道："松叔叔，您还认得我吗？"

玉如烟的声音有些颤抖，上前握住了老人的手。

凤松昏花的老眼仔细看去，看着玉如烟有些激动的面庞，他露出思索之色，突然，他惊诧地道："啊！你、你是小烟吗？"

"是我啊！松叔叔。"

泪水顺着玉如烟的脸庞滑落，再次见到自己的族人，再次见到这位看着自己长大的叔叔，她的心在颤抖，感情爆发，紧紧握着老人的手。

凤松激动得有些颤抖："小烟，竟然是小烟回来啦！我听凤空说，你不是已经死了吗？丫头，当年你那一闹，可真是闹得不小啊！"

玉如烟泪眼婆娑地道："不，我没死。松叔叔，我……"

凤松微笑道："好啦，回来就好，过去的就让它过去吧，谁又说得清对错呢？凤虚、凤空，你们不许为难小烟，听到没有？"

凤虚的脸色依旧有些沉郁，点了点头，道："大哥，您放心吧，我们不会为难她的。您好好休息，注意身体。"

凤松拍了拍玉如烟的手，道："好了，你们去吧，有空时来看看老头子就行了。"

在玉如烟与凤松交谈的时候，凤女低声告诉念冰，当初的凤族五大长老中，以玉如烟的父亲为首，而这位凤松长老排在第二位，再后才是凤虚、凤空和另外一位长老。

在一次与外敌的战斗中，排行第五的长老去世了，而凤松长老也身受重伤，虽然捡回一条命，但失去了多年苦练的斗气，所以，他才会显得如此苍老。

即便如此，凤松长老在凤族中依旧有着很高的地位，他执意不肯再做长老，所以凤虚和凤空才各升一位，排行第二、第三，而为了纪念玉如烟死去的父亲，第一长老的名分始终保留着。

拜别了凤松，众人在凤虚和凤空的带领下，直接来到了凤族村落中间的一间木屋中，这是凤族议事的地方。

木屋中的布置很朴素，两旁各摆放着十张藤椅，中央最前方是两张椅子，凤虚和凤空走到最里面坐了下来，同时也示意念冰等人落座。

凤虚的脸色平缓了一些，看着念冰、玉如烟等人，道："凤凰涅槃大典是本族的头等大事，凤族传承这么多年，这还是第一次有外人参加这个大典。既然你们执意要保护冰凤，那么，你们有什么建议？"

玉如烟道："凤虚长老，这次凤凰涅槃大典因为有晨晨的冰凤之体，凤凰火山中的凤凰真火很可能会喷发。就照念冰说的那样，让我们的族人先暂时撤出火木林，等到大典结束再回来吧。我们回来之前，我也仔细考虑过，我族典籍中记载的'冰凤现，凤凰升'这六个字表示，冰凤之体出现是凤凰真火喷发的前兆，但是，这究竟是好是坏，没有人知道。您现在是本族的负责人，那么，我们能否再仔细查看一下本族的典籍，能够找到一些线索也说不定。"

凤虚摇了摇头，道："作为凤族的长老，本族典籍我早已经熟记于心，关于冰凤，那里面只有这六个字的记载而已。所以，我才会坚持要按照族规处理。我不得不承认，现在我们没有执行族规的能力。

"面对本族即将到来的大典，我们所能做的，就是竭尽全力避免凤凰火山喷发给我们家园带来的影响。按照族中典籍记载，凤凰火山代表着我们凤族的兴衰，我们的祖先，伟大的凤凰就陨灭于这座火山之中。所以，这是凤族唯一的家园，这一点永远不能改变，如果这次火山喷发毁灭了整片森林，那代表的就是凤族的灭亡。"

他的话说得很沉重，在座众人自然都能听出他话语中的含意，虽然输了赌约，但是这位长老并不情愿面对凤凰真火。

玉如烟断然道："既然这样，请两位长老放心，除非凤烟死了，否则，绝不会让凤凰真火破坏我们这万年传承的家园。"

凤虚叹息一声，道："如果这次，你们能够帮助本族平安渡过凤凰涅槃大典之难关，那么，我可以破例让你和凤女，甚至是你这另一个女儿重回凤族，但是，你要明白，一旦失败，你们就会成为凤族的罪人。

"烟儿，现在改变主意还来得及。为了凤族的存续，牺牲才是最好的选择。"

玉如烟笑了，目光看向一旁的念冰："长老，如果是没有离开过凤族的凤烟，或许真的会那样选择。但是，在外面生活了这么多年，对我来说，已经没有比亲情更重要的东西了。更何况，晨晨不仅是我的女儿，也是念冰的家人，就算我同意，他会同意吗？"

两位长老的目光都落在念冰身上，不需要念冰回答，他们也知道答案。从念冰先前那个七禁七绝咒，他们就明白，想要杀死蓝晨是绝对不可能的。更何况念冰先前手下留情，已经给足了他们面子，如果他们执意要杀蓝晨，恐怕凤凰真火还未出现，凤族就会毁灭在这个深不可测的龙魔法师手中。况且，在座的还有已经足以称为凤族第一高手的玉如烟和凤族的希望之凤凤女。

念冰道："凤凰真火是什么样，恐怕各位长老也从没见过吧？既然以前从来没有冰凤引来的凤凰真火出现过，那么，我们总要试一试。妈说得不错，只要有我在，就绝不允许任何人伤害蓝晨。就像凤族的存续对两位长老是最重要的事一样，亲人对我来说同样是最重要的。"

凤虚点了点头，他第一次感觉到自己所做的决定是如此无奈："还有二十天，就是凤凰火山喷发之时，那时，我就拼上这条老命，和你们一起试一试。凤空，十天后，你带领我们的族人撤出火木林等待我的消息，如果凤凰涅槃大典顺利完成，你再带着族人回来，否则，就只能另寻一个地方做我们族人的落脚之处。凤族的未来就交给你了。"

凤空着急地道："二哥，这怎么行，身为凤族长老，我怎么能不参加凤凰涅槃大典呢？我要留下来与你一起参加这次的典礼。"

凤虚怒道："胡闹，凤族的未来才是最重要的，如果没有一位长老统领，那我们的族人只会分散到各处。凤空，孰轻孰重难道你分不清楚吗？这是命令，这是作为本族首席长老的我对你下达的命令。"

凤空有些呆滞地看着凤虚，凤虚也在看着他，多年的兄弟，凤空又怎么会不明白自己这位二哥的意思呢？

凤空的脸上露出一丝苦笑，万分艰难地道："是，凤空遵命。二哥，我相信这一切会成功的，上天不会让我凤族由此走向衰落。"

看着玉如烟、凤女以及凤族两位长老沉重的神情，念冰深深感受到自己的责任是何等重大，他没有再说什么，只有用实际行动证明一切。

念冰等人被安排在凤族的村落中住了下来。在这等待的二十天中，念冰与凤女等人见面的时间变得很少，他和焗卤住在一个房间，每天十二个时辰，他们几乎都处于修炼之中。

短短二十天能做什么，念冰自己也不知道，但他明白，自己每提升一分实力，参加那凤凰涅槃大典时就会多一分把握。

二十天转眼就过去了。

蓝晨静静地盘膝坐在自己的床上冥想着。从七天前开始，她的身体就出现了一丝异样的感受，体内的冰系魔法力如同沸腾了一般，经常会出现极不稳定的波动，体内的气息也变得非常不稳定，各种情绪没来由地出现。

凤女与她同住一间房，每当她的身体出现异样之时，凤女都会第一时间帮助妹妹控制体内的气息。

凤女发现，蓝晨的冰魔法力似乎变得与以前不一样了，其中仿佛多了些什么，但是，这多出的东西她也说不清楚。

二十天的时间已经到了，按照凤族的典籍记载，今天就是举行凤凰涅槃大典的日子。

十天前，凤空带着所有凤族的族人离开了这座凤族生活了无数年的村落。

凤空临走之时，紧紧地握住玉如烟的手，虽然他什么都没有说，但玉如烟又怎么会不明白他的意思呢？这里是凤族的家园。离开了这片充满纯净火元素的森林，凤族再不可能出现强大的战士。

正如两位长老所说的那样，这一次的凤凰涅槃大典决定着凤族的存亡。玉如烟已经做好了一切准备，她知道自己应该做什么。

梧桐林变得异常寂静，仿佛林中所有生物都凭空消失了一般，大地轻微地震动着，空气中的火元素变得比往常狂躁了许多。

念冰和枭卤一起走出房间，两人相视一笑，他们都知道自己即将面对的是凤凰涅槃大典中的凤凰火山喷发。

对于火山喷发，念冰是第一次经历，枭卤却不知道看过多少回了。在神之大陆那种环境下，几乎每过一段时间，都会有一座火山喷发，对于那种大自然带来的灾难，枭卤再熟悉不过。

玉如烟、凤女、龙灵、蓝晨与凤虚一起走出了房间，众人聚拢在一起。

凤虚的脸色看上去异常凝重，他遥望着数百丈外的凤凰火山，沉声道：“是时候了，我们走吧。凤凰火山的喷发，会带出凤凰火焰和庞大的岩浆流，我们要做的，就是抑制这些岩浆流，并将它们压制于火山内部，直到火山平静下来。

“凤族的九离斗气修炼的就是凤凰火焰。正常情况下，参加凤凰涅槃大典的凤族人只要实力足够，能压制火山喷发，不但没有害处，反而会因为猛烈的凤凰火焰而在修为上得到一定的提升。”

说到这里，他下意识地看了蓝晨一眼。

"但是，今天的情况不同，会出现什么样的情景完全是未知的，所以，请你们小心了。跟我来吧。"

说完，他迈开步子，闪电般朝凤凰火山的方向而去。凤女、玉如烟和蓝晨分别展开她们的王族之羽，龙灵用出暴风雪，念冰和鸟卤同时跃起，一行七人全速朝凤凰火山而去。

凤凰火山从表面看去就像一座普通的大山，只是山上没有生长任何植物。

刚开始登山，所有人都感觉到一股灼热的气息从山体传来，热气澎湃，周围的空气似乎都变得有些扭曲了。不过，这些热量对他们并没有太大的影响。

念冰将晨露刀给了龙灵，自己则守护在蓝晨身旁。凭借着晨露刀上散发的寒气，龙灵受到灼热气息的影响极小，而念冰又凭借自己的天眼领域，帮助蓝晨驱散周围的灼热气息。

二十天前，连那强大的凤凰展翼大阵中幻化出的九只火凤凰都在念冰的天眼领域中削弱了一半，这等热度实在对他构不成威胁。

众人都是人类中的强者，近千丈高峰对于普通人来说或许用一天时间都无法登上，但对于他们来说再简单不过。

短短一刻钟的时间，他们就已经从山下来到了山顶，庞大的火能量不断从山顶处传来。

当他们来到山顶之时，念冰顿时发现，这座巨大的火山山顶处，竟然与绿山的山顶有些相似，只不过这里并没有死亡之湖，而是一个倒锥形的深坑。

大坑深约百丈，在这倒锥形的大坑周围，一共有五个巨大的金色图案，那是五只凤凰的图案，只不过它们的姿态各不一样。此时，五个图案已经散发出淡淡的金光，而在倒锥形深坑的最深处，一股股浓烟正在不断冒起。周围的岩石都变得滚烫，热气蒸腾扭曲，一股股不断从火山中央向外传出。

第 205 章
凤凰涅槃大典

凤虚道："那五个金色的凤凰图案是我们祖先留下的封印，我们将九离斗气注入其中时，能引动它们的封印之力，束缚这座火山。烟儿，待会儿大典开始，我们各自控制两个封印，凤女控制一个。念冰，你们见机行事，只需要记住将喷发的岩浆限制在火山内部不外流，就可以了。火山在最初阶段喷发得最为凶猛，只要我们能坚持过这段时间，火山就会变得容易应付一些。只不过，今天的情况可能会不同。"

念冰点了点头，道："我明白了，长老放心，我们一定会尽力的。焉卤大哥，你保护灵儿，我保护晨晨。"

玉如烟道："凤虚长老，您控制一个封印就可以了，还是由我和凤女分别控制两个封印吧。"五个封印，本应该由五位长老控制。

凤虚一愣，道："这怎么行？这几年我的凤凰九变终于再次突破，达到了第四变凤影三分，虽然控制两个封印略微勉强，但应该还可以。"

凤女道："长老，就按照母亲所说，由我来控制两个封印吧，您放心，我有信心完成。我已经达到了凤凰九变的第六变身如凤。"

"什么？"

凤虚一愣，简直不敢相信自己的耳朵。当初凤女离开凤族之时，凤族还没有发现凤凰九变前两变的特殊修炼方法，那时的凤女连用出第二变王族之羽都很勉强，但是，现在她居然告诉自己，已经能够使用第六变的能力了，这怎么可能？在凤族历史上，还没有谁能进步如此之快。

他当然不知道，在念冰以生命为代价施展的天使之泪的作用下，凤女已经发生了脱胎换骨的变化，再加上天眼穴的开启，使她的修炼速度完全进入了另一个境界。一年半的时间，她的实力已经有了飞跃式的提升。

即使是玉如烟，现在也不是拥有天眼穴的凤女的对手。在场的凤族三人中，数凤女实力最强。而在场的七人中，论实力，凤虚最弱，就连龙灵都已经达到了冰系魔导师的程度，而且，她还拥有天眼穴，实力比凤虚只强不弱。

凤虚有些疑惑地看了凤女一眼，道："那好，现在就开始吧。"

他也想看看凤女这第六变到底是真是假。如果凤女真的达到了第六变，那么，今天虽然只有他们三人控制封印，但九离斗气的强度恐怕比五名达到第三变的长老还要强。

凤虚的脸色变得异常严肃，感受着凤凰火山不断传来的热度和越来越强烈的震动，他咬破自己右手中指，在金色九离斗气的包裹下，一滴鲜血闪电般朝山壁上距离最近的一个金色凤凰图案射去。在他动手的同时，玉如烟和凤女咬破自己双手的中指，各自弹出两滴鲜血，朝另外四个凤凰图案射去。

她们都是凤族的希望之凤，自然知道在这凤凰涅槃大典上该怎么做。五滴鲜血，不分先后地落在那五个凤凰图案之上。

奇异的一幕出现了，在凤凰王族血脉的刺激下，那五个金色的凤凰图案仿佛活过来一般，金光闪烁中，五只凤凰变成五道金色的光影腾空而起。

空气中的灼热气流被这五只金凤凰瞬间吸收大半，山顶顿时变得凉爽了一些，但是，就在众人感觉到凤族上古遗留的封印开始起作用的同时，他们脚下的这座凤凰火山剧烈一震，澎湃的火能量磅礴而出。

轰的一声巨响，伴随着无数碎石和尘土，一股火红色的光芒从凤凰火山中央冲天而起，眨眼间升入空中百丈之高，周围的空气完全变得扭曲了。

灼热的气流瞬间上升到极点，就连有晨露刀护体的龙灵脸色都一阵苍白，在舄卤的黑色斗气护卫下才稳定住身体。念冰的天眼领域打开，将自己和蓝晨笼罩在内，领域的能力发挥出极大的作用，充分削弱着膨胀的火元素。

刚刚升腾而起的五只金凤凰顿时被那突然爆发的火山冲击得散到两旁，就在这时，那五只金色凤凰也开始发挥它们应有的作用。

金色火焰四散而出，凝聚成一个巨大的光罩，将喷发的熔岩包括碎石和尘土在内完全笼罩，使其不至于向外扩散。

"王族之羽！"

凤虚大喝一声，火红色的羽翼从背后伸出，带着他的身体冲入空中，两道澎湃的金色火焰注入中央的金色光柱之中，与他先前以王族血脉为引开启的金色凤凰融合在一起。

与此同时，凤女和玉如烟也做出了同样的动作，只不过她们的两只手发出的凤凰火焰分别融入一只金凤凰之中。

被火山喷发冲击得摇摇欲坠的五只金凤凰在三人齐心协力的作用下重新焕发了光彩，强行抑制着喷发的火山灰不致外散。

火山震荡得更为剧烈了，喷发一次强于一次，凤女三人飘浮在半空的身体也从第二变王族之羽进入了第三变凤幻魔身。

三道虚幻的金红色身影拍打着背后的羽翼控制着自己的身体，从其不断变化的身形就能看出，凤女三人承受的压力有多么庞大。

凤女与自己的母亲对视一眼，心意相通。三个达到凤幻魔身的凤族人根本不足以控制五只金凤凰封印达到最佳效果，所以，她们义无反顾地选择了继续变身。

六个虚幻的身影凭空闪现，在幻化中，注入金凤凰的凤凰火焰猛地变强了，澎湃的金光完全将喷发的火山压制，五只金色凤凰栩栩如生地在空中盘旋，使空气中的灼热气流完全不能外放。

凤凰涅槃大典在这一刻真正开始了。

两个四变，一个三变，他们完全发挥出了凤凰封印应有的作用。

凤虚只觉得压力大减，三人维持着输出能量，都暗暗松了一口气。

念冰四人站在火山边缘看着，封印完全开启后，人的灼热感明显降低了几分。火山喷发的威力虽然依旧在持续增强，但想要冲破这个封印并不容易。

念冰集中自己的精神力，做好随时出手的准备，而另一边的龙灵则已经开始吟唱咒语，焄卤也取出了自己的灭神战斧。

如果是以前的凤凰涅槃大典，凤女三人只需要这样坚持下去，直到火山喷发由强到弱，逐渐平静，就可以顺利完成了。

可是，这一次的喷发确实与以往不同，凤族的记载并没有错，就在他们控制了局面的同时，站在念冰身旁的蓝晨却发生了变化。

蓝晨感觉到自己的身体变得异常灼热，那灼热感并不是外界的热量所致，而是由内而外不断散发着。她体内的冰魔法力并没有减少，反而有增强的态势，可那灼热的感觉变得越来越强烈，仿佛要将她的身体完全燃烧一般。她咬牙苦忍着身上的痛苦，体内的热量却已经开始向外散发了。

念冰一直在蓝晨身边，蓝晨身体的变化顿时引起了他的注意。原本蓝晨的手不论什么时候都是冰凉的，但他惊讶地发现此时她的手变得滚烫。他心中一惊，扭头向蓝晨看去，刚要询问，却见蓝晨一脸痛苦之色，紧接着，蓝色的羽翼从蓝晨背后舒展开来。她发出一声痛苦的尖叫，身体竟然不由自主地冲天而起。

念冰吓了一跳，赶忙给自己施加了一个风系的飞翔术朝蓝晨追去，但就在此时，蓝晨的身体接连发生了三次变化。三次变化几乎是瞬间完成的，每一次变化都使她的凤凰变身增强一次，由第二变王族之羽直接进化到了第五变凤凰振翼五彩动。

三个蓝色的身影同时变成了五彩之色，蓝晨再次发出一声痛苦的尖叫，三个身影竟然突然朝三个方向飞去。

五彩光芒疯狂律动，每一次律动，都会带起一股强大的气息。

飞在空中的凤虚依旧在全力控制着金凤凰封印，他根本无法分身去制止蓝晨。他看到蓝晨先后经过凤影三分和凤凰振翼五彩动这两次变化后，心中顿时涌起强烈的不安，大吼道："快，阻止她的一切行动！"

不用凤虚吩咐，念冰已经快速做出了反应，他自己扑向中央的蓝晨，同时他的身体分出四个影傀儡。

风影傀儡和黑暗影傀儡追向左侧的蓝晨，空间影傀儡和光明影傀儡则追上右边的蓝晨，在这危急关头，念冰天眼领域全开，他自身和四个影傀儡的速度同时达到了极致。

但是，进入凤凰变第五变的蓝晨，速度同样达到了极致，三道身影分开之后，瞬间朝中央的金凤凰封印扑去，她的身体似乎在挣扎，前扑之势却仍在继续。

从火山边缘到中央只有短短的距离，眼看蓝晨就要冲进那金色封印中时，念冰和四个影傀儡终于及时赶到，拦在蓝晨面前。

看到蓝晨现在的样子，念冰不禁吓了一跳，蓝晨的双眸已经完全变成了冰蓝色，眼中充满了痛苦，全身上下五彩光芒涌动，看到念冰拦阻自己，她竟然抬起双手，发出一股澎湃的五彩光焰朝念冰和四个影傀儡轰去。

念冰知道，现在的三个蓝晨只有一个是真的，可是，在风影三分的作用下，他根本无法分辨出究竟哪一个才是真，哪一个才是假。

丰富的实战经验给了念冰极大的帮助，他没有犹豫，立刻和四个影傀儡扑了上去。第一个发挥作用的是空间影傀儡和光明影傀儡，在念冰庞大的精神力作用下，他意分五股，分别控制着自己的身体和四个影傀儡。

圣洁的光元素澎湃而出，将蓝晨的身体笼罩在内，那完全是一个高级治疗术，将蓝晨发出的五彩光焰卸掉。就在蓝晨前冲的势头略微一缓之时，空间影傀儡全身银光大放，一个空间传送，已经将蓝晨送到了火山的边缘。

此时，蓝晨的攻击威力才完全展现出来，但是她已经远离了中央封印火山的光柱。

而念冰自己和风、黑暗两个影傀儡也没有闲着，念冰的做法很简单，他不顾五彩光焰的高温，直接扑了上去。

当然，他绝不是冒失地行动，天眼领域虽然没有攻击的作用，但不论是防御、增强还是削弱，效果都很好，尤其是在天眼穴达到了终极境界后，他的天眼领域也有了很大的提升。二十天前，正是在天眼领域的配合下，他才能够先大幅度削弱凤凰展翼大阵的攻击威力，再通过增强作用，完成那个高达十三阶的七禁七绝咒。

在念冰拉住蓝晨的同时，她发出的攻击也印上了念冰的胸膛，念冰发出一声闷哼，天眼领域的七色光芒同时律动，将攻击中附着的火元素浓度降到了最低。

蓝晨并不是武士，而是一名魔法师，她推出的双掌自然不会给念冰造成伤害。带着蓝晨，念冰骤然加速，紧随着空间影傀儡和光明影傀儡回到了火山边缘。

风影傀儡和黑暗影傀儡的做法同样非常直接，黑武皇作为影傀儡中最强大的一个，他的心意早已与念冰相通，虽然蓝晨已经用出了凤凰九变中的第五变，但她又怎么是黑武皇的对手呢？

噬魔刀在空中画出一个圆弧，一个黑色的空洞瞬间出现，将那五彩光焰完全吞噬。

下一刻，风影傀儡已经带起一道青色的龙卷风，卷着蓝晨的身体将她送了出去，直奔念冰的方向而去。

这一切只是瞬间发生的，念冰已经用出了全力，所有影傀儡都爆发出了最强的实力，这才将用出第五变的蓝晨拦了下来。

此时此刻他只有一个念头，就是听从凤虚所说，在凤凰涅槃大典完成之前，阻止分成三道身影的蓝晨接近中央的封印。

但是，真的会这么顺利吗？被念冰和影傀儡合力带回火山边缘的三个蓝晨同时停滞了一下，三道身影突然变得更虚幻了，只有那三双冰蓝色的眼眸依旧是如此真实，嘹亮的风鸣声同时从三道身影口中发出。

光芒瞬间迸放，念冰只觉得怀中的身影一空，蓝晨化为一道蓝光升入空中。三道身影合而为一，五彩光芒瞬间大放，合成一只巨大的凤凰升腾在半空之中。

凤凰的眼眸是冰蓝色的，巨大的羽翼伸开有十丈长，那五彩的身体气势大增，五彩光焰散发的光芒竟然丝毫不比那五只金凤凰散发的光芒弱。

凤女和玉如烟看着蓝晨突破瓶颈达到第六变，顿时大惊失色，实力的提升本是好事，但就现在这种情况看来，蓝晨自身肯定出了不小的问题，她的实力提升只会增添麻烦。

没有犹豫，凤女和玉如烟同时动了，玉如烟分出的三道身影同时亮起五彩光芒，瞬间攀升到凤凰九变的第五变，而凤女那三道身影更是瞬间融合在一起，直接跳过第五变，凭借着天眼穴对自身能量的控制，又一只巨大的凤凰出现在半空之中。只不过凤女所化的凤凰，眼眸完全是红色的，如同红宝石一般澄澈。

紧随着凤女的变化，玉如烟的三道身影也进行了融合，从第五变进入了第六变，又一只巨大的凤凰出现在半空之中。玉如烟所化的凤凰，眼眸是翠绿的颜色。

三只巨大的凤凰飘浮在半空之中，由于进入了第六变，凤女和玉如烟的实力瞬间大增，单是玉如烟一人就能轻松地配合着凤虚长老控制住封印，而凤女则在空中一个盘旋，从正面迎上了蓝晨。

念冰也在这一刻升入空中，影傀儡完全收回，灰色光芒在他身下聚集，奥斯卡巨大的身体凭空出现，龙翼大张，带着念冰早凤女一步拦在蓝晨面前。

虽然同样是第六变身如凤，但蓝晨所化的五彩凤凰个头是凤女和玉如烟的两倍，巨大的身体比奥斯卡还要大上几分，她并没有像众人担忧的那样直接冲向前方火山喷发处的光柱，而是静静地飘浮在那里，身上的五彩光晕一圈一圈地律动着。

她那蓝色的眼眸中流露出挣扎的神色，但是，她依旧无法控制自己的身体。凤女飞翔到念冰身旁，他们同样没有动，时间每过去一分，他们就对完成凤凰涅槃大典多一分把握。此时，火山喷发已经从最初的强势开始逐渐减弱。

就在这时，一个蓝色光罩从后方罩住了蓝晨的身体，那分明是冰冷的气息，虽然并不强烈，但还是令蓝晨身体周围的火焰为之收缩。

那是来自龙灵的魔法，龙灵唯恐伤到蓝晨，以晨露刀为魔法杖发动这个魔法时，她用的是一个冰系封印术。

可就在龙灵这个魔法刚刚发挥效用的同时，奇异的一幕出现了，蓝晨身体周围燃烧着的火焰竟然瞬间将那个冰系的封印术吞噬了，庞大而灼热的能量不断升腾。

只是，那灼热的能量并不同于普通火焰，似乎还带着冰冷的能量，两种截然不同的能量令凤女和念冰都感觉到有些不对劲。

就在这时，蓝晨身体周围的五彩火焰开始发生了变化，五彩光芒在律动中朝纯色发展着。

蓝晨下方的地面毫无预兆地破开，一股澎湃的岩浆冲天而起，从下方融入了蓝晨的身体，紧接着，蓝晨身体周围的五彩火焰瞬间发生了变化，变成了如同她那双眼眸一般的蓝色。

岩浆没有一丝流出，完全被她的身体所吸收，蓝色火焰在轻轻地飘荡，蓝色的凤凰顿时显得十分动人。

凤女失声惊呼道："凤凰九变第七变，凤凰真身。啊！不，这是阴火！"

没等凤女和念冰反应过来，蓝晨已经喷出了一口蓝色的火焰，火焰并不是向念冰和凤女喷来的，而是直接喷在了地面上。

念冰很快就明白了这阴火的含义，表面上，并没有灼热的气息存在，也没有巨大的声势和火焰爆破产生的轰鸣声，地面上的岩石却在瞬间变化了。

岩石刚刚消失，又是一股岩浆喷发而起。或许是被阴火所引动，整座凤凰火山剧烈地震动起来，原本被玉如烟和凤虚完全抑制住的能量瞬间增加十倍，火山口骤然向外扩张，火红色的岩浆不断蔓延。

那五只金色的凤凰在剧烈的冲击下带着金色的光芒消失了，玉如烟所化的五彩凤凰在空中一闪，将凤虚从空中接了下来，瞬间脱离了火山口的范围。到了这个时候，火山的喷发已经不是他们能控制的了。

紧接着，火山的倒锥形大坑中，一股接一股的岩浆爆发了，那一个个缺口逐渐连接在一起。短短数次呼吸之后，整个火山竟然已经完全喷发，巨大的火柱以之前数百倍的体积向天空喷吐出灼热的火焰，整片天空都因为这灼热的火焰变成了红色。

乌卤在第一时间已经带着龙灵飞速下山，如此高温之下，除了火元素以外，空气中已经不存在任何其他系魔法元素，因此，龙灵也无法飞行，只能在乌卤的带领下瞬间飞退。

火山喷发出的熔岩在火红中带着点点金光，庞大而灼热的能量连念冰和奥斯卡也无法承受。天眼领域虽然强大，但面对如此程度的大自然灾难，他们也只能退却，奥斯卡双翼大展，带着念冰瞬间脱离了火山喷发的范围。

凤女、玉如烟先后脱离，所有人离开火山口时，却骇然发现，蓝晨的身体已经被火山喷发的岩浆完全吞噬了。

玉如烟和念冰同时发出一声悲呼，念冰从奥斯卡身上跃起，想要朝火山扑去，才发现空气中已经没有可以令自己飞翔的风元素或者冰元素了。

奥斯卡重新接住念冰的身体，不论他如何要求，奥斯卡就是不肯带他朝那剧烈喷发的岩浆冲去。

奥斯卡不光是为了自己，同时也是为了保护念冰啊！

念冰心中不断响起奥斯卡的劝慰声，可是，在这一刻他怎么可能听得进去呢？蓝晨已经被火山喷发的岩浆完全吞噬了。

他疯狂地呐喊着，想召唤出自己的影傀儡带他冲向那灼热的岩浆，但是，在这一刻，所有的影傀儡都拒绝了他的要求。作为超神器中的刀魂，影傀儡都有了自己的意识，又怎么能看着自己的主人去白白送死呢？

念冰的心碎了。他无法行动，并不代表凤女和玉如烟无法行动，奇异的一幕发生了，凤女和玉如烟所化的凤凰都由五彩变成了纯净的红色。

如果在平时，或许她们都会十分兴奋，因为自己已经进入了凤凰九变的第七变凤凰真身，此时，她们却没有心思关心自己的实力。

虽然凤族是火属性的，但即使是她们也不可能承受住数千摄氏度高温的岩浆啊！玉如烟抢先扑了出去，直奔岩浆而去。凤女后发先至，抢在玉如烟之前冲到了火山口附近。她猛地一转身，灼热的红色气流喷薄而出，硬生生地阻挡住了玉如烟的冲击。

"妈，让我去。"

没等玉如烟做出反应，凤女所化的火红色凤凰已经一头冲进了疯狂涌动的岩浆之中。

玉如烟被硬生生地震了回来，当她再想前冲时，一道灰色的屏障又挡在她面前。奥斯卡带着念冰以最快的速度飞行，也只能阻止玉如烟，而凤女此时已经消失了。泪水顺着念冰的脸庞滑落。

"妈，不要！"

他的心仿佛在瞬间破碎，凤女和蓝晨都冲进了那如同地狱一般的火海之中，其实，他又何尝不想冲进去呢？但在此时此刻，他不得不先阻止冲动的玉如烟。

念冰好后悔，后悔答应凤女回来，后悔带蓝晨一起回到凤族，如果没有来到这里，又怎么可能面对这突如其来的变化呢？

念冰此时才发现，面对大自然带来的灾难，自己竟然是如此无力。眼前火山完全喷发所释放的能量，绝不是十三阶的神降术可以相比的，最可怕的是，火山的喷发使附近除了火元素以外的其他魔法元素完全消失了，差不多形成了一个魔法元素的真空。自己的精神力再强，没有可以支配的魔法元素，又怎么可能冲进去呢？

那带有金色光点的火焰中，充满了异常灼热的气流，这难道就是所谓的凤凰真火吗？念冰知道，奥斯卡和影傀儡是对的，虽然自己也拥有火魔法，又有坚实的身体，但一旦冲进这澎湃的岩浆之中，也是万万无法幸免的，所以，他先前才想从奥斯卡背上脱离，自己一个人冲入火山口。

此时的凤虚静静地看着百丈外爆发的火山，露出惊异的目光，口中喃喃地道："奇怪，真是奇怪啊！"

他身体周围散发出五彩的光芒，虚幻的身影由一个变成了三个，就在刚才火山完全喷发时，他感觉到自己体内的九离斗气仿佛被点燃了一般，瞬间达到了一个前所未有的高度。

他的凤凰九变竟然直接跨越两级，从第三变上升到了第五变。这是他以前想都不敢想的啊！

玉如烟厉声道："念冰，你闪开，我要进去救我的女儿！不要管我，她们要是有什么三长两短，我活着还有什么意思！"

念冰有些呆滞地看着玉如烟，突然，他的眼神变得坚定起来，点了点头，道："那好，妈，那您带我一起进去吧。"

虽然明知是送死，但在凤女和蓝晨都陷入如此危机之时，他是绝不会退缩的。奥斯卡不肯带自己进入，不过他的能量体已经可以维持在外，只是无法形成实体，就像亡灵一样。

奥斯卡的灵魂已经与这能量形成的身体凝结在一起，只要他能不断地修炼，在龙神心诀达到一定程度后，也有可能重新凝聚出实体，只是他自行修炼要比在自己身体里修炼慢一些而已。

到了现在这时候，念冰已经顾不了这么多了，不能同生，但愿同死，这是念冰唯一的想法。想到这里，他没有犹豫。

听了念冰的话，玉如烟也愣了一下，正在她不知该如何是好之时，凤虚的声音突然响起："等一下，你们先别冲动。"

三个凤虚同时飞行到念冰和玉如烟面前，三个身影合而为一，变成了一个身上闪耀着五彩光芒的凤虚。凤虚道："别冲动，你们先听我说。凤女和蓝晨未必会有事，说不定，她们在岩浆中不是坏事，反而是好事。"

玉如烟急切地问道："长老，您快说，难道在咱们凤族典籍中有所记载吗？"

凤虚摇了摇头，道："不，本族典籍并没有眼前这些情形的记载，难道你们没有发现问题吗？你们感觉一下，如此强烈的火山喷发还是第一次，但我们这里距离火山口很近，温度却并没有比先前高多少。而且，难道你们没有发现，那些喷涌而出的岩浆并没有溢出火山之外，也没有岩浆从空中落下吗？"

第 206 章
凤凰第八变的出现

听凤虚这么一说，念冰和玉如烟才注意到，火山喷发的岩浆伴随着淡金色的光芒直冲天际。这由岩浆组成的火柱与先前在五个金凤凰封印中火山喷发时的情景一样，虽然在疯狂地喷发，但好像被什么东西所限制，并没有向外泄漏一点岩浆。

正像凤虚长老所说，他们所在的地方只有浓郁的火元素，温度并没有上升多少，周围虽然仍有些灼热的气流，但他们还承受得住。

这一发现，顿时令念冰和玉如烟心中重新燃起一丝希望，念冰道："凤虚长老，那我们现在该怎么做呢？难道就这样等下去？"

凤虚点了点头，道："不错，就是等。'冰凤现，凤凰升。'这个典故在我们凤族典籍中是重中之重，而眼前发生的一切也告诉我们，这已经不是普通的火山爆发了，其中必定有什么秘密，我们必须要等下去。我想，火山喷发结束之时，真相也将呈现在我们眼前。我们是凤凰的后裔，我们的祖先又怎么会抛弃我们呢？念冰，还记得你们刚来到这里时你对我说的话吗？现在想来，你说得很有道理，冰凤现，凤凰升，未必就是一件坏事，甚至有可能是我们凤族的机缘。现在凤女和蓝晨就在这凤凰火山之中，如果机缘是由冰凤引来的，那么，或许她们现在就已经得到了祖先凤凰真正的能力，所以，我们必须要等待下去，这也是唯一的办法。"

玉如烟沉吟道："我冲进去看看，或许，我也能对她们有所帮助。"

凤虚赶忙道："不，你不能进去。我说的这些都只是揣断，岩浆温度如此之高，一旦你进去之后出现问题，那就麻烦了。烟儿，你不要忘记，凤女与蓝晨都是你的女儿，她们本身就血脉相通，一个是冰凤，一个是火凤，以她们达到第七变的实力，如果不能活着坚持到最后，那你进去也只是白白牺牲而已。如果她们得到的是机缘，那么，你进去很有可能会影响到她们，所以，我们现在只能等。"

龙灵和鸟卤站在山脚下看着空中的众人，此时龙灵是最弱小的，她失去了冰魔法，除了拥有能够观察的天眼穴以外，与普通人并没有太大的区别。所以，她也只能焦急地等待着。

鸟卤想上去帮助念冰他们，可是龙灵现在失去了魔法，一旦岩浆喷发出现变化，她连跑的能力都没有。念冰既然将龙灵交给自己保护，自己怎么能擅离职守呢？要是龙灵出了问题，岂不是更麻烦？因此，鸟卤就留在龙灵身边，和她一起观察着上面的动静。由于先前一切发生得太快，各种光芒又过于绚丽，他们还没有发现凤女和蓝晨已经被那滔天岩浆所吞没。

时间一分一秒地过去了，岩浆喷发却变得越来越猛烈，周围的温度也终于开始逐渐上升，岩浆中的金色也开始逐渐耀眼起来。

念冰发出一个火魔法，试探着想取出一点岩浆感受一下岩浆现在的情况，但是，他惊骇地发现，自己发出的九阶火系魔法——火神的右手虽然在周围充满火元素的情况下由九阶上升到了十阶，但刚接触到那金红色的岩浆，竟然就熔化了。

如果以前谁告诉念冰火魔法也会熔化，他一定会嗤之以鼻，但现在事实摆在眼前，他不得不信。紫色真火是火系魔法中温度最高的，但与眼前的金色火焰相比却差了不知道多少。这难道就是凤凰真火吗？凤凰究竟是什么级别的生物呢？按照当初龙王们对自己所说，凤凰在活着时，力量应该与龙神差不多，也就是近乎十四阶的存在。虽然凤凰只有一个，但凤凰应该已经和巨龙一样，成为世间最强的生物了。十四阶的火焰就能达到这种强度吗？如果是这样的话，那卡奥等四大真神十六阶的实力会有多么恐怖啊！

本来这段时间先后杀死两个神人，实力又因为开启西经穴得到进一步提升，念冰对自己信心大增，可此时面对凤凰真火，他又一次感觉到自己与真正的强者之间的差距就像一道不可逾越的鸿沟。自己的魔法需要怎样修炼才能达到十四阶呢？

卡奥曾经告诉过他，如果他能够将七个窍穴全部开启，并且拥有三个皇极穴，再能完全操控体内那生命与死亡两种能量，使它们和谐地为己所用，那么，他就也有可能达到真神十六阶的境界。

开启七个窍穴，念冰觉得并不算非常困难，毕竟他的天眼穴已经开启，又开启了第二困难的皇极穴，戾中穴和西经穴也已经达到了中期。有了西经穴，开启方甲穴指日可待，七大窍穴中相对效果没那么惊人的地灵穴和听云穴的开启应该也不会太困难。

可是，他现在最大的问题，就是眉心处那个皇极、天眼融合穴，如果不能将天眼穴解放出来，使自己的精神力完全释放，恐怕自己一辈子也不可能去操控体内那生命与死亡两种能量，而且也很难再开启皇极穴了吧。可是，自己现在的问题连卡奥都没有办法解决，自己还能做什么呢？

修炼，只有通过不断修炼和体会，才能领悟到更多的东西。念冰发现自己实力的欠缺，顿时有了要闭关苦练的念头。不过，现在他的心情十分低落，修炼虽然重要，但凤女与蓝晨的生命更重要，只有她们没有危险，念冰才能安心修炼啊！

等待是痛苦而漫长的，不要说念冰和玉如烟，就连凤虚也渐渐有些焦急了，眼前的火山喷发确实奇异，但他也不能肯定这火山喷发中的奥秘。他在仔细思索凤族典籍中所有的记载，在那些记载中，并没有处理眼前这一切问题的办法。

等，只有等。

时间一分一秒地过去了，念冰、玉如烟和凤虚都已经再次向后退出百丈，火山口附近的温度实在太高了，凤凰真火不断释放着热量。

一个时辰后，火山口喷发出的岩浆渐渐停止了，但是，岩浆的颜色出现了变化，由原本的金红色变成了红、蓝两色，而温度也是从那一刻开始完全爆发出来的。

这一变化迫使念冰三人向后退去，凤虚和玉如烟都感觉到，在这灼热的气息中，自身的九离斗气变得更加凝缩了。他们现在更关心的还是蓝晨和凤女的安危。在凤虚心中，蓝晨和凤女还关系到凤族的未来啊！

如果"冰凤现，凤凰升"真的能给凤族带来什么契机，那么，对凤族发展必然会起到极大的作用。凤族现在所面临的最大问题，就是拥有王族血脉的人数越来越少了，一旦王族血脉在不久的将来消失，那么，也就相当于凤族消失了。毕竟，凤凰九变才是凤族真正拥有的能力啊！

凤凰火山的火焰此时已经保持在一种饱和的状态，光芒每一次闪烁，都会使热量向外扩散。热浪冲在空中，使周围数十里没有任何云朵的痕迹，天空那澄澈的蓝色被金色火焰所染，绚丽的蓝金色似乎在预示着什么。

念冰不止一次想要凭借自己的魔法力从远方凝聚魔法元素来与火山喷发抗衡，但是，他接连试了几次，连一点成功的机会都没有。

正如他判断的那样，凤凰火山在全力喷发凤凰真火时，强度已经达到了十四阶，就算他和焉卤联手发动最强的攻击，也不可能让这火焰停止喷发。

更何况，使他们投鼠忌器的是，一旦攻击威力过大，破坏了凤凰火山自身的结构，很有可能使火山喷发的范围扩大，那时才真的是不可收拾。因此，不论念冰多么不愿意，也必须等待下去。

一个时辰，又一个时辰，从清晨一直到傍晚，那金色火焰依旧没有要消失的迹象。即使是当初用出七禁七绝咒时，念冰也没有感觉到像现在这样疲惫。这疲惫不是来自身体，而是完全来自精神，担忧、懊悔种种情绪不断刺激着他，他只能强制自己保持冷静，克制着想要冲入凤凰火山的冲动。

夜幕降临，金色火焰在空中变得更加明显了，就在念冰、玉如烟和凤虚等人已经等到身心俱疲之时，凤凰火山喷发的金色火焰终于出现了变化。

澎湃的金色火焰突然停顿了一下，紧接着，那已经分不清是岩浆还是火焰的金光在空中快速凝聚起来，一只占据了整座火山山顶的巨大金色凤凰出现了，宽达数百丈的巨大火羽每一次扇动，都会使它的身体升高几分。

凤凰振翼长鸣，嘹亮的凤鸣之声使念冰等人的心都提到了嗓子眼。而就在这时，那金色的凤凰居然腾空而起，化为金光朝空中飞去。

金光在空中变得越来越小，不知是因为距离远了，还是因为能量在不断消耗。

念冰心中大急，立刻在奥斯卡的帮助下朝金凤凰追去，但是，金凤凰飞升的速度实在太恐怖了，就算他全力追赶，也只能眼睁睁地看着那巨大的凤凰逐渐消失。

凤虚若有所思地看着这一幕奇异景象，自言自语道："冰凤现，凤凰升。凤凰已升，可是，这究竟会带给我们凤族什么呢？"

此时，他的心情已经放松了一些，毕竟，这六个字带给凤族的并不是毁灭。

就在念冰放弃追赶空中那只巨大的金色凤凰，准备回火山口看个究竟之时，凤鸣之声突然又变得清晰起来。

他抬头一看，只见那金色凤凰去而复返，以比升空时快一倍的速度骤然回转。突然感受到巨大的热量袭来，没等念冰吩咐，奥斯卡已经用出他的最快速度脱离了金凤凰回扑的路线。

"哧——"

如同水火相遇般的声音在金凤凰扑到火山口时响起，一瞬间，金光完全消失了，取而代之的是一蓝一红两道光芒。只不过，这两道光芒并没有再飞起，而是凝聚成一蓝、一红两只巨大的凤凰，各自占据着火山口一半的范围。

看到这一幕，念冰的心颤抖了，那冰与火的气息令他感觉到蓝晨和凤女还活着，天眼穴内产生的精神力共鸣已经告诉了他一切。

念冰从来没有如此兴奋、如此开心过，一切的等待都已经成了过去，他泪流满面地看着火山口那两只巨大的闪烁着耀眼光芒的凤凰。

念冰微微一笑，双手在胸前一合，他第一次发现，自己竟然会有产生信仰的感觉。他在感谢上天，感谢上天将凤女和蓝晨还回，在这一刹那，周围的一切都是那么美好。

红、蓝两只凤凰的光芒逐渐暗淡了，足足喷发了一天的凤凰火山也渐渐平静下来，如果不是周围的火山岩还因为先前的高温而呈现出暗红色，火山就好像并没有喷发过一般。毕竟，这一次凤凰火山的喷发并没有带给周围一点损伤。

当红、蓝两色光芒终于暗淡下来时，念冰和玉如烟几乎同时扑入火山口，而凤虚长老则在火山口边跪了下来，朝着火山口中央徐徐拜下，眼中也噙满了泪水，在心中感谢着上天。同时，他也为曾经因"冰凤现，凤凰升"这六个字而牺牲的凤族先辈祈祷着。过分的执着和愚钝，使凤族失去了数次可以强盛起来的机会。现在，他根本不用到火山口去看，也能感觉到凤族的春天来了。

两只凤凰静静地站在火山口的中央。蓝色凤凰全身的羽毛如同晶莹剔透的蓝宝石一般动人，那双湛蓝的眼眸中充满了清冷之色，长达五丈的身体站在那里，头上的凤冠轻微地颤动着。那不断闪烁着蓝色光芒的凤羽充满异常圣洁的气息，看上去是如此的动人。

红色凤凰有着一双充满威严的红色眼眸，身体与蓝凤凰一般大小，身上的羽毛完全如同用红宝石雕琢的一般，闪耀着璀璨的光芒。蓝凤凰身上的冰冷气息与红凤凰身上散发的能量本来截然不同，应该相互抵触，此时此刻，这两种能量却亲密地纠缠在一起。红、蓝两色光芒交替闪耀，两只凤凰彼此注视，都展开了自己的凤翼，两道嘹亮激昂的凤鸣之声冲天而起。

玉如烟拉住想要冲过去的念冰，哽咽着道："凤凰第八变，凤凰觉醒身化凤。"

凤凰第六变身如凤，是指拥有凤凰王族血脉的凤族人，用精纯的能量将五彩火焰转化成凤凰的形态，并以此形态爆发出更强的攻击力。而凤凰第七变凤凰真身，则是五彩火焰变成纯色，身形变大，那时候，才是引动了真正的凤凰之力，因此，第七变也是凤凰九变中一个最难突破的关口。这两变虽然都可以变成凤凰的样子，但始终是能量形态的凤凰。

面前这凤凰九变中的第八变，却由身如凤变成了身化凤，这是截然不同的两个概念。此时，出现在玉如烟和念冰面前的，赫然是一蓝、一红两只完全呈现为实体的凤凰，不再是能量形态的存在，而是真实的凤凰啊！

红、蓝两色光芒在纠缠中逐渐暗淡下来，两只凤凰身体周围的气息也逐渐稳定。两只凤凰的目光几乎同时转向念冰和玉如烟，巨大的羽翼轻拍，两个长达五丈的身体直立而起。紧接着，红、蓝两色光芒再现，只不过，这一次光芒却在逐渐缩小，当光芒的高度变得如同人类一般高时，念冰看到了凤女与蓝晨。

淡淡的蓝光中，蓝晨微笑地看着念冰，从她脸上看不出一丝羞涩的感觉，在蓝色的光芒笼罩下，她肌肤白皙，宛如从天而降的冰之女神。

淡淡的红光中，凤女静静地注视着念冰，她的微笑同样动人，在那红色光芒的笼罩下，她的肌肤看上去是如此粉嫩，灼热的气息温暖着念冰的心。

"凤女、晨晨。"念冰再也抑制不住那失而复得的激动心情，猛地扑了上去。

良久，玉如烟才走上前，而乌卤和龙灵也都从山下上来了。

"妈——"

凤女和蓝晨同时投入母亲的怀中，不光念冰激动，她们同样激动，再世为人使她们心中充满了难言的情感，如果说不后怕，那是不可能的。

玉如烟搂着自己的两个女儿，泪水不断流下。先前她的担忧丝毫不在念冰之下，两个女儿可以说是她的命根子，看着她们平安无事，玉如烟只觉得自己太幸福了。

凤虚也已经祈祷结束，踏入火山口内，看着玉如烟、凤女和蓝晨三人，他第一次感觉到，凤族的族规到了更改的时候了。

龙灵也上去紧紧地拥抱着凤女和蓝晨，三人相拥而泣，一起生活了这么久，她们早已经产生了姐妹般的感情。足足过去了半个时辰，众人的心情才渐渐平复下来。

没等众人发问，凤女和蓝晨已经说出了事情的经过，听了这个经过后，众人才真正明白"冰凤现，凤凰升"的意义。

当蓝晨失去对自己的控制时，她就发现，自己的冰魔法力发生了变异，冰居然会燃烧，这是她以前从没有想过的。但事实确实如此，正是她体内的魔法力变异，才引起了后来的变化。

当蓝晨完成第七变的时候，在凤女的惊呼声中，蓝晨才明白，自己体内燃烧的蓝色火焰，竟然是阴火。就在她不知道为什么会发生这种情况时，凤凰火山爆发了。

那庞大的凤凰真火令蓝晨以为自己的生命走到了尽头，但出乎意料的是，她竟然根本感觉不到周围有热量传来，反而进入了一个空旷的金色空间之中。

就在蓝晨进入这个空间不久，凤女也冲了进来。凤女从小修炼的就是凤凰火焰，体内的九离斗气精纯无比，但当她也进入这个空间时，这对姐妹都感觉到一种异样的气息，仿佛两人本就是一体，不论其中一个有什么感觉，另外一人也能够感觉到，就连她们的表情和身体的动作也完全变成了一样的。

一只金色的凤凰出现在了那金色的空间之中，金凤凰是能量化的形态，在那一瞬间，凤女和蓝晨的脑海中都多了一条记忆，来自远古的记忆。

原来，当年神遗大战时，凤凰和部分龙族一样，也属于遗失大陆的一分子，而凤凰更是整个遗失大陆的图腾，是遗失大陆上所有人类的信仰。当最后的战争爆发，唯一的凤凰成为遗失大陆唯一能够与主神抗争的强大存在，在他的带领下，人类、精灵族、矮人族联合起来发起了疯狂的攻击。

而在这场战争中，凤凰也发挥了他全部的力量，正是他拼尽全力，才给遗失大陆争取到了胜利的机会。凤凰最大的优势并不是他的实力，而是他那不死之身。每一次因为抵挡主神阵亡，他都会浴火重生，以自己的力量，阻挡三名主神帮助神之大陆那些神人，他的消耗无疑是巨大的。

就算再强悍的不死之身，也是由能量组成的，当凤凰的能量一次又一次大量消耗后，他终于再也无法完全复活了，而那时，与他对战的主神已经被他杀死了一个。凤凰知道，自己不可能再继续战斗下去，于是，他选择了离开。死亡固然可以带来荣誉，但是，一旦他真的死亡了，那么遗失大陆失败之后，就再没有机会。所以，他选择离开，选择给遗失大陆留下一颗希望的火种。

凤凰以假死形态脱离了战场，来到了仰光大陆。很快，他就找到了坐落于朗木帝国的这座活火山，将自己的血脉传给当地的人类，并让自己的修炼方法流传下来，之后，他那仅存的能量就进入了火山中沉睡。

而这些人类，就是凤族的前身。

凤凰的沉睡，是一种修炼的过程，当他在火山中睡足一千年的时候，他才发现，自己永远也不可能恢复原来的能力了。他的精神烙印在那惨烈的决战中受到了致命的破坏，他能保留的只有自己的一丝意识和纯净的凤凰真火。

他在等待，等待着继承了自己血脉的凤族人。他能做的，就是培养出一个接替自己的新凤凰。而这新凤凰就是凤族中有可能出现冰凤之体的人类。可是，他哪里知道，自己留给凤族的记忆形成的典籍，却促使凤族人误解了他的意思，直到时隔万年之后，他的心愿才真正达成。

冰凤的能量是至阴至寒的，但否极泰来，当寒冷达到极点之时，就会向反方向转变，正是在这种转变下，冰凤所产生的阴火才能继承凤凰的能量。在凤凰涅槃大典的火山喷发时，冰凤与凤凰遗留的灵魂沟通，才能获得那真正的凤凰真火。

凤凰本来没想到自己的等待会如此漫长，他积蓄的能量比自己想象的还要庞大得多，这些能量如果由一个冰凤之体的人类来继承，结局将是未知的。精神烙印受损的他，也只能赌上一赌。

令他更没想到的是，在冰凤受到自己的控制之时，竟然又出现了一个血脉纯净的火凤。发现这个情况，凤凰大为惊喜，这才将自己所拥有的真火平均传给了凤女、蓝晨姐妹二人，使她们飞跃到了凤凰九变的第八变。

她们目前的身体尚无法完全吸收凤凰真火，于是凤凰在她们身体里分别留下了真火的种子，一旦时机成熟，她们的力量能够达到第九变时，那么，两只新的凤凰就诞生了。虽然她们同样拥有人类的血脉，但是，她们是真正的凤凰，这一点毋庸置疑。

听完蓝晨和凤女的叙述，玉如烟笑了，凤虚却一脸严肃地拜了下去："凤族长老凤虚，恭迎两位族长。我代表凤族，请两位族长为我们凤族主持大局。"

凤族从出现开始就是有族长的，族长就是凤凰。所有的凤族人都相信凤凰是不死的，所以，万年以来，他们始终在等待着，等待着自己族长的复活。而此时的蓝晨和凤女，显然已经成了新的凤凰。凤虚在心中懊悔的同时，也充满了兴奋，有了这两位绝世强者，凤族的春天终于真正到来了。

凤女上前一步将凤虚搀扶起来："长老，您别这样，其实，连我们也不知道会发生这么多事。我们都还年轻，凤族大局还需要您来主持啊！"

凤虚微微一笑，摇了摇头，道："不，我确实老了，人老了，脑子也会变得迟钝。通过这次凤凰涅槃大典，我明白，我们凤族该开始变革了。这个变革，需要两位族长来完成。不论你们对凤族族规有什么样的改变，我都会一直支持你们。为了凤族数千族人的未来，请两位族长答应留下来吧。"

说着，他用恳求的目光看着念冰，他知道，凤女和蓝晨愿不愿意留下，和念冰有着直接的关系。

念冰没有吭声，将目光落在凤女和蓝晨身上，道："你们有选择自己命运的权利。凤虚长老说得对，现在凤族确实需要你们，需要像你们这样的强者带领凤族发展。距离我和冰雪女神祭祀的一战还有一段时间，我们就先留在凤族吧，至于到时你们如何选择，我听你们的。"

凤凰涅槃大典大局已定，念冰知道，自己即将面对的还有几个艰难时刻。其实，他心里是想让凤女和蓝晨留下的，甚至想让龙灵也留下，这样的话，他做什么事的时候就没有太多顾虑。

虽然达到第八变的凤女和蓝晨实力得到了大幅度的提升，但念冰通过天眼穴的观察得出结论，现在的她们刚刚进入第八变，实力接近十三阶，如果遇到大量的神之大陆高手，同样是危险的。更何况，在邪月要召唤回遗失大陆的仪式上会发生什么变化，根本没人能说得清楚。

第 207 章

冰神塔前对战

看着凤虚长老恳切的眼神，凤女在这时候实在无法说出拒绝的话："长老，我们先回村里吧，也是时候让我们的族人都回来了。同时，我希望您能答应我，在必要的时候，我还是会离开的。"

凤虚赶忙道："好，这没问题，只要两位族长现在答应留下来，我又怎么会限制你们的自由呢？我只是希望凤族在你们的带领下，能够走出现在的困境。"

凤女微微一笑，道："其实，我妈妈才是最应该成为族长的人。妈虽然这些年一直不在故乡，但是她始终关注着凤族的情况，多年以来，她早已经想出了许多帮助凤族强盛起来的办法。这次我们回来，一是要帮助凤族顺利完成这凤凰涅槃大典，另外一个，就是将这些办法告诉几位长老，希望你们能够采纳。"

凤虚微笑道："现在这些办法你们不需要告诉我了。作为本族族长，你们只需要实施这些办法就行了，我和凤空都会支持你们的。"

凤凰涅槃大典的完美结局不但是凤虚没有想到的，同样也是凤空和凤族所有族人都没有想到的。在担忧地看着那巨大的金色火柱消失后不久，他们就得到了凤虚长老传来的平安无事的讯息，所有凤族人顿时沉浸在巨大的喜悦之中。当他们回到自己的家园时，凤虚第一时间宣布凤女和蓝晨为本族族长，同时，也将凤凰火山的秘密说了出来。

当凤女和蓝晨在两位长老的要求下展示出凤凰九变的第八变时，整个凤族开始了前所未有的欢庆活动，这个活动足足持续了三天之久。

念冰和焐卤并没有参加凤族的欢庆活动。虽然凤女和蓝晨平安归来，但这次事件也给念冰敲响了警钟。实力不足，只会让自己在亲人、朋友面临危机时无法给予帮助，念冰决定用接下来的两个月时间闭关。

凤女、蓝晨和玉如烟忙着对凤族进行改革，照顾念冰和焐卤的任务就落在了龙灵的身上。

对于拥有天眼穴等四大窍穴的念冰来说，定下心来修炼，进步的速度是惊人的，尤其是在念冰开启了西经穴之后，这种变化更加明显。

从开始闭关，到两个月后出关，念冰每天只吃少量的食物，甚至都没有与凤女和蓝晨见上一面，完全沉浸在修炼之中。

念冰修炼的不仅是自己的魔法和窍穴，同时，也包括他那七件超神器。焐卤告诉他，想让超神器变得更加强大，那就需要不断用先天之气滋养它们的魂魄。七柄神刀，七个刀魂，每一个都有着自己的灵性。以前的念冰或许无法帮助这些刀魂随同自己一起修炼，但在他的西经穴开启后，这就变成了现实。

因此，两个月后，念冰从闭关的小屋中走出时，所有人都感觉到，现在的念冰仿佛变了个人。他的眼眸变得比以前更加澄澈，身上却不会散发出强大的气息。

凤女、蓝晨、玉如烟以及凤族的两位长老看到他时，都会产生一种感觉，他们仔细思索后才发现，那种感觉叫平实。

平实的念冰看起来似乎不那么英俊了，仔细看时，却能发现他在举手投足间，多了一种说不出的气质。那是任何人都无法比拟的气质，只要稍加注意，立刻就会被深深地吸引。尤其是与他那双眼眸对视时，这种感觉就会变得更加强烈。就算是与念冰一起闭关修炼的焉卤，也不知道念冰在这段时间到底发生了什么变化。

焉卤感觉，原来自己还有信心胜过念冰，可现在这平实的念冰，只能用四个字来形容，那就是"深不可测"。

"怎么？都不认识我了吗？"念冰感到有些好笑，看着会议室中的众人。

玉如烟微笑道："确实有些不认识了，不过，妈知道你已经真正长大了。"

念冰深吸一口气，眼中流露出神往之色："十天，还有十天就是我和冰雪女神祭祀一战的日子。我真的好想他们，十年了，不知道他们还好吗？"他眼中有悲伤，也有期待。除了凤族两位长老以外，其他人都知道他说的是谁。

凤女道："念冰，我们陪你一起去吧。"

念冰摇了摇头，道："不，你不用陪我去。我自己的事，就让我自己来解决吧。凤族刚刚进入革新时期，这里需要你和妈。灵儿，你也留在这里，好吗？"

龙灵一愣，道："为什么？"

念冰微微一笑，道："这些天你照顾我也挺累的，好好留在这里陪凤女吧，省得她寂寞。灵儿，别不开心。我留你在这里还有另外一层意思。"

说着，他从怀中拿出一本厚厚的册子递到龙灵手中，道："这是我这些年修炼魔法的心得。"

接过那厚实的册子，龙灵顿时明白了念冰的意思，她轻轻地点了点头。

念冰道："你的天眼穴已经开启，摆在你面前的，是一扇通往魔法巅峰的大门。只需几个月的时间，我相信你的实力就会有飞跃。再修炼时，你要仔细看我这本册子中记载的先天之气和精神力的修炼方法，从这两个方面着手，你的提升会更快。"

龙灵知道，自己在三人中是实力最差的，尤其在凤女和蓝晨达到了凤凰九变的第八变之后，这种差距就更加明显了。想到念冰把他的魔法修炼心得送给她，她已经下定决心，要在念冰离开的这段时间努力修炼，争取将自己与凤女和蓝晨之间的差距缩小。

念冰微笑地看向蓝晨，蓝晨也在看着他："你不会也不让我去吧？我更熟悉冰神塔的情况。"

念冰道："其实，我知道如果不是因为我要去救父母，你是不想去的，因为你怕面对你的师傅。但是，这次我确实要带你去，该面对的总要面对，我答应你的事也一定会做到。我们明天一早出发，你和乌卤大哥跟我一同前往冰神塔，我想，事情很快就会有结果了。凤虚长老，念冰有一事相求。"

说到这里，念冰躬身向凤虚行礼。

凤虚赶忙站起身，道："别客气，如果不是你，恐怕我们凤族也不会重新看到希望。虽然之前我很想杀了你，但现在我巴不得你留下来呢。这样，我们的族长也不会跟你跑了。"说到这里，他脸上竟然前所未有地露出一丝滑稽的表情，顿时引得众人笑起来，会议室中的气氛也变得轻松了许多。

念冰微笑着看了一眼一旁的凤女。虽然凤女和蓝晨都在凤凰涅槃大典后成了凤族的族长，但他还是很有把握，只要自己愿意，她们一定会跟自己走的。不过，现在凤族刚刚走上正轨，他自然不会这么做。

"长老，我只是想，等我接出父母后，让他们先在凤族这里住上一段时间，这片森林环境非常好，而且，我还有些事情要做，等一切安定下来后，我再接父母走，行吗？"凤族所在的火木林，不但地处偏僻，环境幽雅，而且又有这么多凤族高手，如果让父母在这里住下，念冰也能放心。

凤虚道："这是小事，我们凤族这些天筹划改革族规，第一点要改的地方，就是不能再故步自封。只有与外界多交流，甚至通婚，才能更好地将我们的凤凰血脉传承下去。"

念冰微笑道："那就拜托长老了。"

在凤族的村落又停留了一晚，念冰利用这难得的时间，毫无保留地将自己修炼窍穴的心得传授给三女，让留在这里的凤女和龙灵努力修炼。第二天清晨，大多数凤族人还在梦乡时，念冰已经带着蓝晨和焉卤，悄悄地离开了这片凤族的圣地。

念冰飞翔在半空之中，一边拉着焉卤，一边拉着蓝晨。经过凤凰火山的磨炼，蓝晨的胸怀也放开了许多，即将要面对养育自己多年的师傅，她心中也不再有那么多复杂的情感。

以他们飞行的速度，只一天，就从朗木帝国进入了冰月帝国境内。

眼看已经傍晚了，焉卤忍不住道："念冰，咱们已经飞了一天，是不是该找个地方吃点东西了？你大哥我的肚子早就在抗议了。"

念冰一愣，歉然道："对不起，焉卤大哥，我光想着赶路，把吃饭都忘记了。晨晨，你也饿了吧？走，我们下去找点吃的东西。"

离开凤族村落之后，他的心早已飞向冰神塔，一想到阔别多年，终于又要和自己朝思暮想的父母见面了，他的心情就会变得异常激动。

父亲那慈祥而又威严的面容，母亲在自己临走时眼中流露出的悲伤，都深深地印在他的心底。多年以来，他常常在午夜梦回之时，想起自己至亲的父母。现在，他终于有能力来拯救父母了，他又怎么能不着急呢？

　　三人飘身落在地面，枭卤兴高采烈地道："兄弟，今天我们吃点什么？"

　　他已经有好些天没有吃到念冰制作的食物了，虽然凤族的食物也不差，但比起念冰的手艺还有极大的差距。

　　念冰微笑道："这些日子一直忙于修炼，我的厨艺都有些生疏了。我们就地取材，有什么就吃什么吧。"

　　他那空间之戒中储存的食物早在神之大陆时就消耗掉了，回来以后一直面对种种事情，始终没来得及补充。

　　而且，对于念冰来说，只要身上有调料，不管是什么能吃的东西，都能够变成美味，因此，他也没再带上什么食物。

　　三人四下看去，这才发现，他们所落之处是一片灌木丛，由于冰月帝国天气寒冷，周围并没有动物出没的痕迹。本想吃烧烤的枭卤不禁大失所望，皱眉道："你们在这里等着，我走远点，看看能不能猎杀点动物回来。"

　　念冰也在向四下看着，突然，他眼睛一亮，道："不用了，大哥，这里就有现成的好吃的东西。"说着，他拨开一旁的荆棘，在草丛中找到几株植物，用力向上一拉，从泥土下拉出一些不规则的圆球状的东西。念冰的动作并没有停止，一会儿的工夫，就弄了一堆圆球状的东西出来。

　　枭卤好奇地道："兄弟，这是什么？"

念冰笑道："这东西以前咱们也吃过，只不过你并没有注意过。这叫土豆，做法简单，而且味道不错，这些土豆足够我们吃上一顿的了。"

焉卤不认识土豆，蓝晨自然认识，冰月帝国因为环境所限，种植小麦的收成很低，所以，土豆就成了大多数平民家庭的主要食物。对于土豆，蓝晨一直都不太感兴趣，不禁微微皱眉道："念冰，这个能好吃吗？"

念冰微微一笑，道："晨晨，你可不要小看这些土豆啊！土豆可是好东西，它的营养成分极为丰富，对人的身体非常有益。师傅跟我说过，人每天只要吃些土豆，再喝一点牛奶，就能极好地生存下去，可见这土豆的营养多么丰富。普通人或许以为土豆的淀粉含量高，吃了容易发胖，其实不然，它并不会影响身材，甚至可以用来当作减肥食物呢。"

蓝晨微笑道："你觉得我胖吗？难道我需要减肥了？"

念冰失笑道："怎么会呢？来吧，虽然只有土豆，但我也保证让你们吃得香香的。"

一到做饭的时候，谁也插不上手，念冰从旁边找到几块岩石堆砌在一起，然后用荆棘中的藤条编成网状架架在上面，将土豆表面的泥土用冰魔法化水后冲干净，再一一放在那架子之上。

他手指一弹，用藤条编成的网状架下顿时亮起一团火焰，给这寒冷的天气带来几分温暖。

焉卤道："兄弟，你这么烤土豆，一会儿藤条断了怎么办？"

念冰微笑道："大哥，你放心吧，我在藤条中注入了土元素，不会那么容易断的。你们知道吗？这是我小时候最喜欢吃的东西呢。记得那时，我和父亲还在一起，我们生活在都天城中，我大概五六岁的时候吧，因为融家的子弟对我们父子都不好，所以，我经常一个人溜出去玩。有的时候是自己，有的时候是和融冰大哥，我们跑到郊外，身上就带着些土豆，然后用石头垒成这么一个小灶，用树枝穿了土豆烤着吃。不需要什么技巧，也不需要怎么操作，只要土豆熟了，皮自然会掉，然后撒上点盐就能吃了。跑到郊外烤土豆吃的日子，是我童年时期最快乐的日子呢。虽然这算不上什么美味，但那时候我真的吃得很香。每当到了这个时候，我就会想起妈妈，我真的很想她。"

蓝晨从背后拍拍念冰，柔声道："很快就能见到了，师傅虽然封印了冰灵师姐，但从没有伤害过她，还经常去看她。我知道，其实师傅从来没想过要杀师姐。"

念冰拍拍蓝晨的手，道："放心，我没事。在父亲也被你师傅抓走以后，我从离开冰神塔的那一天起，就学会了坚强，否则，也没有我的今天了。来，等着吃烤土豆吧。"

土豆自然不是什么珍馐，但这顿晚餐三人吃得格外香甜，平时饭量不大的蓝晨，今天吃得格外多，这些只撒了盐巴的土豆，似乎让她看到了念冰的童年。

对于实力强大的他们来说，睡觉已经不是必需的，三人吃过饭后，没有再飞行，辨别了方向，徒步朝冰神塔方向走去。

感受着那寒冷的空气，蓝晨的脸色却变得有些红润了。毕竟，近二十年生活在这片寒冷的土地上，这里的环境才是她最适应的。

此时，距离念冰和冰雪女神祭祀之战还有九天。

三天后，念冰三人已经来到了距离冰神塔最近的城市，冰月帝国都城冰月城。念冰既没有去冰月帝国皇宫，也没有去见血狮教的手下。

来到冰月城后，他们找了一家普通的旅馆住下来。在即将来临的大战之前，他又一次进入了静修之中。

冰神塔。

冰雪女神祭祀静静地站在塔顶属于自己的房间中，透过三角形的窗看着外面灰蒙蒙的天空。她的心很平静，脸色竟然不像以前那么冰冷了，看着远方的天际，轻叹一声："该来的，总会来的。我等待这一天已经很久了，冰灵，你也等待很久了吧。"

敲门声响起。

"进来。"冰雪女神祭祀脸上重新笼罩上一层淡淡的寒霜。

门开，一名身穿冰雪祭祀袍的女子走了进来，恭敬地道："祭祀大人，您有什么吩咐？"

冰雪女神祭祀手上光芒一闪，一个卷轴出现在她掌中："这个卷轴暂时交给你保管。如果明天一战，我死了，那你就打开这个卷轴，当着所有冰神塔弟子的面，宣布我的决定。"

"祭祀大人，您……"冰雪祭祀的脸色有些变了。她看上去虽然只有四十多岁，但实际年龄已过七旬，算是冰神塔最老的一代弟子中的一位了。

冰雪女神祭祀摇了摇手，道："什么都不要说了。我等这一天已经等得太久了。照我的话去做吧。记着我的命令，明日一战，不得有任何冰神塔弟子参与，否则，以塔规论处。明白吗？"

冰雪祭祀还想说些什么，但看着冰雪女神祭祀那冰冷的面庞，却怎么也无法开口。

冰雪女神祭祀的脸色变得柔和了一些："放心吧，这或许才是我最好的归宿。早在二十年前，或许，我就不应该存在于这个世界上了。冰清，谢谢你这些年对我的支持，好了，你下去吧。"

冰清默默地退出了房间，她把门带上后，不禁暗叹一声，自言自语道："祭祀大人，您这又是何苦呢？或许，只有我知道您心中的苦吧。"

在念冰和冰雪女神祭祀约定后的百日内，冰神塔变得异常寂静。此时，所有冰神塔的弟子都默默地坐在塔中静修着，他们的心情都很沉重。这么多年以来，第一次有人敢来冰神塔挑战冰雪女神祭祀的威严，而他们不得参与。他们只能等待，他们都相信，作为最接近神的人，冰雪女神祭祀是不可战胜的。

念冰静静地步行到这片既陌生又熟悉的土地上，看着不远处那巍峨的高塔，停下了脚步。曾经，这个在他记忆中最恐怖的地方令他多次在噩梦中惊醒。终于来了，一切都将在今天结束，一切或许也都会从今天开始。

冰神塔像一座微型城市，塔周围有高达五丈的墙壁，墙壁外是一条宽二十丈的护城冰河，这条河每年只有两个月的时间会流动。冰神塔对于任何不属于这里的人来说都是神秘的，对念冰来说，它也是神秘的。

念冰现在还记得，上次与父亲来时，父亲强力的火系魔法被大片的冰雪所吞噬，而母亲和父亲直到最后自己逃离前那一刻，也没有碰到彼此的衣襟。

"爸爸、妈妈，念冰来了。"念冰在心底呼唤着，他的眼睛有些湿润了。十年了，十年间自己付出了无数努力，为的就是今天能够堂堂正正地上门挑战。十年了，三千多个日日夜夜，他无时无刻不在思念着自己的父母。

蓝色的光芒从冰神塔最高处亮起，鹅毛样的雪片围绕着塔尖旋转。今天的天气很晴朗，碧空万里，这些雪花显得有些突兀，与周围寒冷的空间却又是那么契合。

穿着蓝色长裙的冰雪女神祭祀，以大片大片的雪花为背景，飘然而起，徐徐朝地面落来。

念冰激荡的心情静了下来，金色的长发飘散在背后，湛蓝的双眸如同星辰一般闪亮，他迈着坚定的脚步，迎了上去。

"你来了。"飘身落地的冰雪女神祭祀散发出几分出尘之气。

念冰点了点头，道："祭祀大人相约，我怎么会不来？"

"就你一个人吗？"冰雪女神祭祀淡淡地问道。

念冰道："我们之间的事，自然由我们双方来解决。如果我赢了，请放过我父母。"

冰雪女神祭祀冷淡地道："等你赢了再说吧。"

冰冷的气息围绕着冰雪女神祭祀升腾而起，冷冽的气息使周围的空气逐渐出现一层雾气，周围的一切都变得有些朦胧了，即使阳光也无法使这片冰雾消散。

金色光芒从冰雪女神祭祀的胸口、小腹以及右手处散发而出，庞大的气息不断提升着，一层乳白色的光华渐渐笼罩上她的身体，她的目光很冷，始终没有离开念冰。

念冰淡然一笑，道："看来我的判断是正确的，西经穴到了中期，祭祀大人怎么会没有方甲穴呢？祭祀大人一直都在隐藏实力，开启了包括皇极穴在内的四个窍穴。您即使到了神之大陆，也绝对是高手中的高手。"

嘴上说着，他却并没有闲着。柔和的七彩光芒围绕着他的身体缓缓旋转，深邃的双眼开合之间光芒闪烁，原本平和的眼神顿时变成了锐利如刀锋般的眼神。

两人彼此对视着，到了他们这样的境界，咒语已经不再重要，他们随时可能凭借自身开启的窍穴向对方发出瞬间魔法攻击。

冰雪女神祭祀就像一块亘古不化的坚冰，而念冰就像一柄出鞘的刀，一顿饭的时间，两人都没有任何动作，就那么彼此对视着。

念冰的天眼穴全开，寻觅着冰雪女神祭祀的破绽，他惊讶地发现，冰雪女神祭祀身上散发出的金色光芒加上方甲穴的柔和白光，将她的身体防御得没有丝毫破绽。

同时，冰雪女神祭祀也在寻找念冰的破绽，像他这种级别的魔法高手，已经不是凭压力就能将他压制住的了。

在那柔和七彩光芒照耀下的念冰，同样没有露出丝毫破绽。两人就这么彼此对视着，各自凝聚自己所需要的先天之气。很快，冰雪女神祭祀就发现，念冰身体周围的先天之气要比自己凝聚的充沛很多。

虽然两人的西经穴都是中期，但念冰凭借天眼穴带来的强大精神力，更容易控制周围的先天之气。

念冰则发现，自己能够削弱任何一种属性的天眼领域，在面对冰雪女神祭祀的冰魔法时，失去了削弱的能力。以皇极穴为基础收拢冰元素的冰雪女神祭祀，并没有给他这样的机会。

终于，还是冰雪女神祭祀先动了，因为她突然感觉到一丝不妥，虽然说不出为什么，但她总觉得念冰是有意和自己这样对峙的。更何况念冰身体周围聚集的先天之气越充沛，对她就越不利，所以，她选择了主动进攻。

大片的冰雾飘然而起，瞬间笼罩了整个战场，也将两人的视线隔开，就在刹那间，冰雪女神祭祀的攻击开始了。

念冰利用天眼穴，发现一股巨大而尖锐的冰冷的能量迎面而来。他没有犹豫，身体瞬间横移，同时，天眼领域大开，撑开周围的冰雾，右手向前虚抓，火神的右手悄然而出，迎上了冰雪女神祭祀的攻击。

冰与火相遇会发生什么，恐怕谁都不能说出。两种截然相反的能量彼此相克，谁的实力更强，谁就能占据绝对的上风。

念冰发出的火神的右手，已经不是单纯的火神的右手，因为这只巨大的右手是紫色的。

覆盖面极大的冰雾中突然出现了一个巨大的旋涡，紧接着，念冰和冰雪女神祭祀中间露出了一片空地。火神的右手消失了，而冰雪女神祭祀的攻击同时消失。

战斗已经开始，就没有停下的理由。

冰雪女神祭祀身体微微一晃，刹那间，以一化九，九个完全一样的身影在念冰面前呈弧形排开。

冰影术，凭借空气中的冰元素凝聚成冰粉进行折射，幻化出八个假身。冰影术的效果如何，要看幻影的真实度，冰雪女神祭祀幻化出的八个身影，与她本体是完全一样的，根本看不出任何破绽。

紧接着，九道巨大的冰刃破空而至，直奔念冰斩来。

深蓝色的冰刃代表着冰的极致，就像紫色的火焰代表着火的极致一般。念冰可不会认为这九道冰刃也有八个是假的，久违的七柄神刀同时出现，紧接着，刀光在空中一合，七彩光芒飘然而出。七道光芒在念冰面前合为一道坚实的屏障，从正面与冰雪女神祭祀攻来的冰刃硬拼。

轰——

第一声巨响出现了，两人身体同时一晃，向后退出三步。冰雪女神祭祀有方甲穴的防御，而念冰有天眼领域，这一次的正面碰撞，两人谁也没有占到便宜。

第 208 章
冰火同源·双神召唤

七柄超神器神刀在空中微微一颤，紧接着，七个影傀儡同时出现，化为七道光影，分别从不同的方向、不同的位置，朝冰雪女神祭祀的九道身影扑去。

冰雪女神祭祀眼中寒光一闪，九道身影合而为一，右手上的金色光芒瞬间大盛，一支深蓝色的长矛出现在她手中。长矛瞬间延伸到两丈长，就在七个影傀儡横跨数十丈向她逼近时，那长矛已经被皇极穴的光芒染成了金色，紧接着，她手腕微微一振，长矛悄无声息地射了出来。

金色的长矛上，冰的气息完全收敛，念冰心中产生了一种奇异的感觉。金色长矛周围的空间都在扭曲，而他的七个影傀儡面对这长矛，不论从哪个方向前进，好像都会被击中。

这是怎么回事？念冰心中一阵惊骇，同时也对皇极穴有了崭新的认识。

他想控制着自己的影傀儡向周围散去，但在这时候，他发现自己的影傀儡不论怎么控制，都仿佛会被那有吸引力的金色长矛锁定。那充满霸气的长矛就像要将七个影傀儡同时毁灭一般，而长矛最后的目标，则正是自己的心脏。

念冰自然不会束手待毙，精神力瞬间扩张，原本全力前冲的七个影傀儡硬生生地停了下来，七柄神刀同时高举，七色光芒在空中合成一股，冰为体，火为刃，其他五种元素为魂，骤然向前斩出。

念冰微微一笑，双手在身前一合，眼中光芒闪烁，精神力完全集中，控制着自己的七种魔法力，最大限度地吸收着空气中的先天之气。

金色的长矛前冲的速度看起来并不快，但当七个影傀儡那一斩劈到一半的位置，能量还没有完全释放时，金色长矛已经命中了七彩斩的中段，也是所有能量最脆弱的地方。

玻璃破碎般的声音在念冰心中响起，七个影傀儡同时向四周跌出，而那金色长矛变成了先前的一半大小，依旧朝念冰飞来。

念冰的脸色有些变了，他没想到皇极穴的威力居然如此霸道。他隐隐猜到，冰雪女神祭祀的皇极穴恐怕已经不是初期那么简单了，至少比上次两人相见之时，气息明显要强大得多。

面对皇极穴带起的霸王之气与冰元素的完美结合，念冰虽惊不乱，下意识地后退一步，他并没有再发出魔法抵挡，也没有发出攻击，而是张开双臂用自己的胸口迎了上去。

冰雪女神祭祀愣住了，眼中闪过一丝悔意。这一记皇极冰神矛是她倾尽全力发出的，以她的精神力，根本无法收回。

她不明白念冰为什么要这样做，难道他不救父母了？难道他想死不成？不，这不可能啊！不论她怎么猜测，也想不通念冰现在的做法。

念冰用事实给了冰雪女神祭祀答案。当那皇极冰神矛来到他面前，即将射在他胸口上之时，他的身体稍微动了一下，使皇极冰神矛射中的位置正好是他的戾中穴所在之处。

瞬间，念冰感觉到了一股似乎可以撕碎一切的霸王之气，皇极穴给他的这种感觉清晰地印入他脑海之中。

冰雪女神祭祀看到了奇异的一幕，只见念冰身前的皇极冰神矛在射中他的一瞬间，竟然化为了点点金光飘散而去。

它自然不是自行破碎的，而是被一股从念冰胸前喷射而出的黑白混合的气流绞成了齑粉。

冰雪女神祭祀感觉到，那股庞大的气流是如此恐怖，那是截然不同的两种气息，虽然只是一闪而逝，但在气机牵引下，她胸口一阵烦闷，一股说不出的痛苦传遍全身。

她忍不住哇的一声喷出一口鲜血，这才舒服了许多。就像念冰面对皇极冰神矛时一样，此时她心中也十分惊骇。那究竟是什么力量？

念冰的情况并不比冰雪女神祭祀好，他脸色一阵苍白，也喷出了一口鲜血，身体踉跄着后退几步才站稳。

念冰的身体虽然很强，但也不可能承受住皇极冰神矛的攻击。他之所以安然无恙，是因为戾中穴。

在离开神之大陆前，卡奥告诉他，虽然因为死亡之球，他那瞬间达到终极的戾中穴无法使用，但在那一点，不但有着死亡之球，还有着生命之球，这两种能量都是天地间最纯净，也最庞大的能量。即便念冰不能够使用它们，戾中穴的一点也变成了最坚实的一点。卡奥和天香都说过，就算是她们，如果单单攻击那一点，也不可能伤害到念冰。

因此，在看到冰雪女神祭祀发出的皇极冰神矛是点的攻击时，念冰才大胆地选择这样去面对。也正是凭借生命和死亡两种强大的气息，他才将处于下风的局面扭转成势均力敌的局面。

念冰之所以受伤，并不是因为戾中穴那一点被破，而是因为皇极冰神矛爆发后产生的能量对他的身体有一定的震荡作用，这是他始料未及的。

七个影傀儡重新回到念冰身旁，但他们那原本如同实体一般的能量体都变得有些虚幻了，七柄神刀的威力并没有完全发挥出来，在充满霸气的皇极冰神矛面前，影傀儡自身的能量都受到了很大的损伤。在念冰天眼穴散发的精神力帮助下，七个影傀儡不断吸收着空气中的先天之气补充自身。

　　念冰看着冰雪女神祭祀，道："不愧是纵横仰光大陆多年的第一魔法师，您隐藏得真深啊！"

　　冰雪女神祭祀道："你不也是一样吗？你身上的秘密，比我要多得多。"

　　念冰摸了摸自己的胸口："秘密都是相对而言的，祭祀大人，我们继续。"七个影傀儡同时消失，他们都有着自己的灵魂，念冰绝不愿意看到他们受到致命的伤害，那不仅代表着自己的神刀，同时也代表着黑武皇和六位矮人族的大师。

　　七柄神刀飘浮在念冰身体周围，冰雪女神的叹息和火焰神的咆哮进入他双手之中。

　　念冰手腕微微一抖，两柄神刀已经各自画出一个巨大的三角形，澎湃的冰、火两种元素和谐地凝聚在一起，构成一个冰火同源魔法阵。

　　念冰已经很久没有用出自己最擅长的东西了，面对冰雪女神祭祀那强大的皇极穴，他不敢再有一丝保留，所以，他动用了全力。

　　念冰的冰魔法自然不如冰雪女神祭祀强大，但他还有火魔法。两道身影渐渐浮现于他的背后。

　　这三丈高的身影在凤族的林地出现过一次，身穿蓝裙的曼妙身影和身穿火红色盔甲的咆哮火神，分别出现在他身后。

　　念冰手中的两把刀同时消失了，而他先前画出的六芒星，也瞬间扩散到周围十丈。冰与火两种不同的气息不断围绕着他的身体升腾，一蓝一红两条光带从天而降，分别落在那两道身影身上，使他们虚幻的身体变得清晰起来。

冰雪女神祭祀脸色连变："冰雪女神召唤，火焰神召唤，你的西经穴已经达到了终极境界？"

念冰摇了摇头，在这个时候他依旧有说话的余力："不，我的西经穴和你一样，都是中期。但是，有一件事你恐怕一直都不知道，到了这个时候，我也没必要向你隐瞒。拥有天眼穴的我，虽然西经穴只达到了中期，但配合天眼穴中精神力对能量的控制，我完全可以发挥出西经穴终极境界的威力。来吧，来接我这冰火同源最强的攻击吧。"

七禁七绝咒威力虽然强大，但是需要耗费的魔法力和精神力也是异常庞大的，凭借七种不同的魔法彼此联系，形成链条式的触发作用，发挥出比七种魔法合力还要庞大的攻击。

但是，这七禁七绝咒也有着自身的问题，那就是凝聚能量的时间太长了，而且不能使它们的能量都达到巅峰，只能保持十一阶禁咒的威力。

念冰眼前所施展的冰火双神召唤却不一样。身为冰火同源魔法师的他，冰与火两种魔法才是他最擅长的，随着虚影逐渐变成实体，这两个十一阶的禁咒的威力与十二阶神降术的威力差不多。

当念冰的冰火同源还只能发出四阶、五阶魔法时，冰与火配合发动的攻击就已经可以将威力提升一倍。而冰、火两个神降术联合在一起，以冰火同源的形式发出，其威力只能用"恐怖"二字来形容。

虽然念冰身体已经受伤，但他还是义无反顾地选择了这种攻击方法。这并不是因为他疯了，而是因为他有着绝对的把握。

尽管终极天眼穴失去了实体精神力攻击的能力，可是，它所蕴含的精神力是如此庞大，念冰完全可以凭借着庞大的精神力来控制这两个神降术。

　　因为自身魔法力的大量释放，再加上天眼穴、西经穴合力带来的先天之气，冰火双神的能量都在不断增加。

　　冰雪女神举起了手中的长矛，火焰神则举起了手中的战刀。

　　强大的攻击一触即发。

　　如果说皇极穴是冰雪女神祭祀最大的底牌，那么，冰火同源就是念冰最强的能力。

　　冰雪女神祭祀看着面前越来越清晰的冰雪女神，心中不禁感到有些好笑，身为冰雪女神祭祀，自己却要面对来自自己信仰的攻击。从念冰开始凝聚魔法力的那一刻起，她也已经开始了行动。

　　她抬起头，看着碧蓝的天空，所有的冰雾都散了，一层层深蓝色的冰晶在她身体表面凝结。她的右手缓缓指向天空，金色的光芒覆盖着她的身体，在那冰晶的包裹下，她的身体很快就出现了变化，她身上出现了一层深蓝色的坚冰。

　　随着坚冰不断增加，她的身体也在逐渐膨胀，而她高举的右手则不断散发出一层层金色光晕，将深蓝色的冰晶染成金色。

　　念冰脸色微微一变，他看出冰雪女神祭祀施展的是冰雪女神召唤，只不过，她的召唤要比自己的召唤强大得多。

　　在冰雪女神祭祀的召唤下，出现在他面前的是一位身穿蓝色盔甲，不，是身穿金色盔甲的冰雪女神。那金色的身影除了散发着冰冷的气息，还有着圣洁与威严的气息。冰冷的气息不断向周围蔓延，当她的身体膨胀到三丈之时，正是念冰凝聚的魔法力提升到顶峰之时。

念冰没有犹豫，眉心处完全变成了金色，在没有把握击败冰雪女神祭祀的情况下，他拼尽全力开启了自己那双穴合一的怪异窍穴。

出乎意料的事情发生了，冰雪女神祭祀凝聚而成的金色冰雪女神，在念冰眉心处的金光产生强大威压的同时，竟然晃动了一下，身上的金光也弱了几分。

念冰眼睛一亮，他知道自己的机会来了，身后已经变成实体般的两个巨大身影带着红与蓝两色残影飘然而出，以肉眼难辨的速度冲了出去。

火焰神的战刀与冰雪女神之矛在空中接触，红、蓝两色光芒瞬间扩张到周围每一个角落，两道巨大的刀影出现在他们身后，正是冰雪女神的叹息——晨露刀和火焰神的咆哮——正阳刀。

念冰所能施展的最强冰火同源魔法，由冰与火两种魔法元素融合在一起的神降术爆发了。

天变了，碧蓝的天空在这一刻突然失去了它的光彩，周围的一切仿佛都在瞬间消失，而念冰和冰雪女神祭祀都来到了另一个领域。

周围的一切都变成了冰火地狱，冰火同源之双神召唤，在一瞬间，竟然爆发出了超过那天七禁七绝咒的威力。

金色的冰雪女神在微微失神后立刻反应过来，身与矛合而为一，庞大的金色光芒呈尖锥状朝那冰火地狱直冲而来。

皇极穴的威力提升到极致，冰雪女神祭祀展露出她真正的实力。

四大窍穴同时释放出全部能量，在戾中穴凝聚后，多年修炼的能量在瞬间完全爆发了。西经穴吸收的先天之气与方甲穴释放的防御能量完全融入那金色的冰雪女神之中。

在双方都知道技巧已经无法决定胜负的时候，他们都选择了最原始的攻击方式——能量碰撞。

通过天眼穴，念冰能够真实地看到双方能量从发动攻击到接触时的每一个变化，金、红、蓝三色光芒瞬间融合在一起，天空变色，大地在颤抖。那是终结的力量。

毁灭，他们带来的是毁灭。连念冰自己也没想到，他们彼此最强的攻击会带来如此恐怖的效果。

三种光芒使周围失去了一切光彩，不论是念冰还是冰雪女神祭祀，都感觉到自己的六感在瞬间完全消失了，就连念冰的天眼穴也只能使他保持一分清明。

没有想象中的爆炸声，周围的一切仿佛都消失了……

不知道过了多长时间，念冰的六感逐渐恢复。他当然记得自己答应过蓝晨不杀她师傅，但在刚才那一刻，他已经没有选择，不全力攻击，那就是死亡。隐藏了大部分实力的冰雪女神祭祀，已经超过了神之大陆上普通的神级高手啊！

一切都在平静中逐渐恢复，念冰看到的是一幕他永远也无法忘记的景象。他能看到的只有远方的泥土和岩石，地面光滑如镜，似乎形成了一层晶体，闪烁着淡淡的蓝光和淡淡的红光。

他向天上望去，觉得自己好像进入了一个峡谷，周围是高耸的山峦，但这山峦为什么是平的呢？高达数百丈的山壁异常光滑，就连结构都与地面类似。

空中充满灼热的火元素和狂暴的冰元素，两种元素使这整片峡谷都弥漫着一层淡淡的红蓝双色之雾。

念冰缓缓从地面上站起来，他发现，自己身上的衣服并没有破损，甚至没有一丝尘埃，周围异常寂静。

我怎么会来到这里？这是念冰最想问的问题，但是，在这里，谁也无法回答他这个问题。

念冰发现，这个峡谷是狭长的，横向朝两边延伸，一眼望去，似乎看不到尽头。

念冰咳嗽一声，胸口处一阵发闷，幸好生命之球中蕴含的生命气息滋养着他的身体，这才使他舒服了一些。他下意识地抬手向自己脸上摸去，摸到了一手鲜血，当他凝聚出一面冰镜照向自己时，不禁吓了一跳，这七窍出血的人是自己吗？我没死，那战斗的结果如何呢？

就在他朝四周不断看去，分析着自身所在的地方时，两百丈外，一个窈窕的身影跟跄着站了起来。她的动作显得有些迟钝，蓝色长发凌乱地披散着，正是冰雪女神祭祀。

冰雪女神祭祀并没有像念冰一样七窍出血，不过，她的脸却变得如同纸一般白。刚站起身，她说的第一句话就是："我、我没死吗？为什么我还没有死？"

念冰觉得很好笑，看着这个被自己一直当作最强对手的女人："你很想死吗？那你为什么不死？"

冰雪女神祭祀这才看到念冰："你以为死是一件很容易的事吗？当你身上有太多责任的时候，想死也不是那么容易的。我们这是在哪里？"

念冰摇了摇头，道："这也是我想问你的。"

冰雪女神祭祀的神志逐渐清醒，感受着空气中躁动的魔法元素，再看看这宽达近千丈、长得看不到尽头的巨大峡谷，不禁有些茫然地道："我怎么知道这是哪里？"她身体一晃，哇的一声喷出一口鲜血。

念冰刚想嘲笑自己的对手，全身经脉一痛，也不禁鲜血狂喷，两人身体一晃，同时跌坐在地上。他们都知道，战斗并没有结束，不论这是在什么地方，今天，他们之间必须产生一个胜利者。

他们彼此对视着，各自凭借自己的能力疯狂吸收空气中躁动的魔法元素。

念冰通过内视发现，自己体内的魔法力已经消耗了七成以上，那最强的冰火同源魔法虽然吸收了大量的先天之气，但同时也消耗了大部分能量。

让他庆幸的是，冰、火两柄神刀都已经回到自己体内，并没有丢失。只是它们的光芒显得暗淡了许多，显然是能量消耗过大所致。

他们也不知道自己那一次攻击造成的破坏力有多大，甚至不知道自己发出的能量爆发后产生的攻击力达到了多少阶。

仅仅一顿饭的工夫过后，冰雪女神祭祀率先从地上站了起来，念冰又看到了她右手上闪烁的金光。念冰也站了起来，毫不示弱地释放出淡淡的七彩光晕。

"我有个提议。不如我们先上去，看看这是在哪里再战如何？"念冰平静地道。

冰雪女神祭祀不屑地哼了一声："你还能飞吗？"

念冰冷哼一声："不要小看你的对手。"

念冰双脚点地，高高跃起，灰色光点在身下亮起，嘹亮的龙吟声在山谷中回荡，小龙王奥斯卡终于出现了。

在先前的战斗中，奥斯卡曾经数次请战，都被念冰拒绝了。不是念冰不想让奥斯卡帮助自己，奥斯卡是光明龙王与黑暗龙王唯一的孩子，同时，也是他的朋友，他绝不希望朋友因为自己的事而受到重创。冰雪女神祭祀的强大远超他意料，因此，他宁可自己去面对，也不想让奥斯卡参与进来受到任何伤害。

冰雪女神祭祀惊讶地看着那身长七丈的灰色巨龙，她的脸色有些变了，不过，只是一瞬间又恢复了正常，一丝淡淡的凄伤在她那双美眸中闪过。暴风雪出现在她脚下，她追着念冰飘然而起，朝数百丈高的山谷上面飞去。

念冰和冰雪女神祭祀保持着一定的距离，当飞到山谷顶端时，两人同时惊呆了。因为，他们终于发现自己所在的地方是哪里了。

冰神塔前，念冰与冰雪女神祭祀先前交战的地方，是一片宽阔的平原，只有极少的耐寒植物才能在这里生长。因为冰月帝国对冰神塔的尊敬，这里早已经修得非常好，适合马车通行。而这片平原的正中央，此时已经变得面目全非。一道深深的沟壑横亘于平原中央，而这道沟壑，正是念冰和冰雪女神祭祀先前所在的山谷啊！

念冰呆呆地看着沟壑旁冰神塔数百名焦急的冰系魔法师，再看看不远处依旧巍峨耸立的冰神塔，他知道这一切都是真的，目光落在冰雪女神祭祀身上，道："这是我们做的？"

冰雪女神祭祀心中同样惊讶，如此庞大的破坏力，一直延伸到远方的巨大沟壑，带给她深深的震撼。

她有些后怕，如果两人碰撞时产生的爆炸力不是横向爆发而是纵向或者呈圆形爆发，恐怕冰神塔的弟子们都消失了。

数百名冰魔法师看着飞翔在空中的念冰和冰雪女神祭祀，眼中都流露出强烈的敬畏。造成如此情景，他们还能被称为人吗？这是人力所能达到的吗？

冰雪女神祭祀厉声喝道："你们忘记我的话了？没有我的吩咐，谁让你们离开冰神塔的，都给我回去！"

"祭祀大人。"所有的冰魔法师都跪了下来。

跪在最前面的冰清泪流满面地看着冰雪女神祭祀道："祭祀大人，冰神塔的危机让我们与您一同面对吧。"

冰雪女神祭祀的脸色变得异常冰冷："我再说最后一遍，都给我回去。否则，从今天开始，冰神塔就不再存在。"

冰魔法师们谁也没想到冰雪女神祭祀会如此说，他们都呆住了，冰雪女神祭祀多年以来的积威使他们默默地站起身，一个个迈动有些蹒跚的脚步，朝冰神塔的方向走去。

念冰静静地看着冰雪女神祭祀做着这些，心中不禁生出几分钦佩："祭祀大人，您觉得您现在还有机会吗？"

说着，念冰身体周围已经升起了乳白色的光华，这是象征着方甲穴防御的乳白色光华。虽然表面看去，他更凄惨一些，但实际上，他的伤比冰雪女神祭祀的轻。

在凤族修炼的时候，他终于开启了方甲穴，也因为天眼、皇极融合穴的作用，刚刚开启的方甲穴就达到了中期的境界。

作为一名开启了五个窍穴的强者，即便有三个窍穴无法真正使用，在整体实力上，他与冰雪女神祭祀也在伯仲之间。在那最强的碰撞之下，因为他有方甲穴和天眼领域防御，他的伤比冰雪女神祭祀要轻许多。

冰雪女神祭祀转向念冰，通过之前的战斗，她当然感觉到了自己与念冰的实力在伯仲之间，而念冰所展示的强大战斗力给她留下了深深的印象。

如果只是一对一战斗，她深信，凭借皇极穴，自己还有几分机会。但是，看着念冰身下的龙，以及念冰身上消失的衣服和逐渐生出的灰色鳞片，她知道，自己已经走上了绝路。

她的神色丝毫没有改变，她平淡地道："我们之间的战斗，不死不休。杀了我，你才会获得真正的胜利。"

念冰深吸一口气："难道真的要有一方死亡你才肯罢手吗？晨晨告诉我，你并没有杀死我的父母，只要你将他们放出来，我们的战斗就没有必要再进行下去了。十多年的恩怨，我不希望再继续下去，现在收手还来得及。"

冰雪女神祭祀笑了，这还是念冰第一次看到她笑，但是，她的笑带着几分疯狂、几分凄厉："收手？如果二十几年前我能够收手，那么，也不会有现在的我了。"

念冰冷冷地道："难道你真的要我们同时自爆窍穴来决定这场战斗的结局吗？"

冰雪女神祭祀冷冷地道："自爆窍穴？那是只有懦夫才会做的事。身为冰神塔之主，我永远不会那样做。多少年了，你是第一个看到我真正实力的人。"

说着，她的身体出现了变化，原本的蓝色光芒突然向外扩展，一层淡淡的红光逐渐强烈起来。

如果不是坐在奥斯卡背上，恐怕念冰会当场跌倒，他眼中流露出异常吃惊的神色："不，这不可能，你、你怎么也会是冰火同源魔法师！"

冰雪女神祭祀身上的红色光芒念冰再熟悉不过，那正是象征火系魔法的火元素啊！从那冰与火和谐的样子完全能够看出，她成为冰火同源魔法师已经不是一天两天的时间了。

念冰的心有些颤抖了，并不是因为冰雪女神祭祀突然变强，即使她是冰火同源魔法师，也不可能战胜自己与奥斯卡。可她为什么会是冰火同源魔法师呢？

　　"师姐，住手吧。"一个激动的声音从远方传来，那天籁一般的声音不仅令念冰的身体僵硬了，同时，也让冰雪女神祭祀在瞬间呆滞。

第 209 章
父母归来

远远地，四道身影闪电般朝他们所在的方向而来，冰雪女神祭祀全身都在颤抖，她怎么也想不到，自己会面对这样的情景。

与冰雪女神祭祀不同，当念冰听到那激动的天籁般的声音时，他的身体剧烈地颤抖起来。下一刻，他已经与奥斯卡的身体脱离，将全身最后的能量完全聚集在一起，在风的推动下，用最快的速度朝那四道身影迎了过去。

十年了，虽然已经足足十年了，但是，那声音依旧是如此熟悉、如此亲切！念冰体内的每一滴血都在沸腾，他等待这个时刻已经等得太久太久。

距离四道身影还有数丈时，念冰猛地跪倒在地，因为他前冲的速度太快，身体一直向前擦出一丈才停了下来。先前与冰雪女神祭祀战斗时都没有破损的衣服，此时膝盖部位已经被磨破，但是，念冰已经顾不上其他的事，目光完全集中在面前的四人身上。

四个人几乎是并行而来的，最左边是一身蓝色魔法袍的蓝晨，自从王族之羽觉醒后，她已经不需要再用魔法飞行了，那双巨大的蓝色羽翼使她能够任意在空中翱翔。

最右边的则是一身黑色盔甲的矮人战士焐卤，淡淡的黑色气流围绕着他的身体，他虽然没有释放气息，但依旧能够让人感觉到他的强悍。

而中间的两人都穿着普通的布衣，但即使是布衣也无法掩盖他们的风华。靠左边的一人，身材高大，金色长发披散在宽厚的肩膀上，英俊的面庞显得十分刚毅，脚下竟然燃烧着一团火焰，催动着他前进。

念冰与他的面容足有七分相像，他少了一些念冰身上的英气，看上去更成熟一些，岁月的沧桑在他脸上留下了一些痕迹。在他身旁的，是一名女子，蓝色的长发垂至腰间，看上去只有二十七八岁的样子，湛蓝的眼眸中充满了激动之色，泪水顺着她的面庞不断流淌而下，因为激动，她的身体微微有些颤抖。

"爸、妈。"

简单的两个字出口，念冰哽咽的声音打破了宁静，一切都仿佛停滞了。

蓝晨和焐卤站在一旁，眼看着那对男女来到念冰身前。他们，正是念冰的父母融天和冰灵啊！

十年了，一家三口终于在这冰神塔前再次见面，一切似乎都已经改变了，但他们的亲情从来没有减弱半分。

念冰在与冰雪女神祭祀开战之前，因为怕冰雪女神祭祀在战后毁约，就让蓝晨和焐卤悄悄地从另一个方向摸入了冰神塔内。

冰神塔虽然防守严密，但蓝晨对塔内的各种布置再熟悉不过，在暗魔鼠的帮助下，他们通过地下进入了冰神塔，在蓝晨的带领下找到了封印融天和冰灵的地方。

以焐卤和蓝晨的实力，他们从外面强行破除了封印，将念冰的父母救了出来，正好赶在念冰和冰雪女神祭祀即将以命相拼之时来到现场。

冰灵每向前迈动一步都是那么困难，看着面前泪流满面的念冰，她的心在剧烈地颤抖着。

念冰双膝跪地，凭借着膝盖向前连行几步，在咫尺外看着自己的母亲："妈，我是念冰，我是念冰啊！"

冰灵再也无法抑制心中的激动，悲呼一声"孩子"，将他搂入自己怀抱之中。

母子二人放声大哭，别离多年一直积蓄在内心的情感顷刻间爆发，他们的心都在颤抖，浓浓的亲情抚慰着他们的身心。

念冰终于再见到了自己的父母，多年的心愿一朝得偿，心中无比激动，多年来压抑的情感顷刻间爆发了。

融天走上前，他的嘴唇在颤抖着，他没有控制自己那喜悦的泪水，张开宽阔有力的臂膀，将自己心爱的妻子和儿子搂入怀中。

团聚了，一家三口终于团聚了！

冰雪女神祭祀此时已经在沟壑边缘落了下来，看着冰灵一家团聚，她眼神复杂，站在那里没有动，身上闪烁的光芒也逐渐暗淡了。

乌卤一直盯着冰雪女神祭祀，手中的灭神斧闪烁着一道道黑色的闪电，只要冰雪女神祭祀对念冰一家动手，他就会毫不犹豫地发动自己最强的攻击。

冰雪女神祭祀的目光落在蓝晨身上，看着她背后蓝色的羽翼露出一丝淡淡的惊讶。在短暂的惊讶之后，她的目光变得柔和了许多："是你放出了他们？"

蓝晨收敛双翼，扑通一声跪倒在地，低下头，道："师傅，是我。念冰他们一家够苦了，师傅，对不起，我违背了您的意愿。但是，我不后悔。"

冰雪女神祭祀并没有责怪蓝晨，只是轻叹一声，道："你长大了。

或许，这就是最好的结局吧。你起来吧，我不是你的师傅。"

蓝晨全身一震，失声道："师傅，您……"

冰雪女神祭祀淡淡地道："我说的并不是气话，我本来就不是你的师傅。或许，这才是最好的结局吧。现在，他们有保护自己的能力，又有如此出色的儿子，不论今后发生什么，我想，他们一家都能够很好地应对。结束了，一切都应该结束了。"

突然见到蓝晨四人出现，冰神塔的弟子们又悄悄地围了上来，呈半包围状从后面围了上来。只要冰雪女神祭祀一声令下，他们立刻就会动手。

"孩子，你长大了。"

冰灵将跪在地上的念冰扶了起来，看着他那比融天还要高大几分的身体，看着他那带着血污的面庞，冰灵的眼中满是柔情。

儿子，自己的儿子已经长大成人，变得和他父亲一样英俊，而且还拥有如此强大的实力。够了，这就够了，还有什么比这些更让自己满足的呢？

念冰擦了擦自己脸上的泪水，看着并没有因为岁月发生太多变化的母亲，他的心依旧在不断地颤抖着："妈，妈——"

多少年了，他多想这么呼唤自己的母亲啊！现在母亲就站在他面前，他却感觉一切仿佛在梦中一般，他的心情已经不能用"兴奋"二字来形容了。

"是啊！我们的孩子长大了，他已经是一个真正的男子汉了。"

融天擦掉脸上的泪水，一脸骄傲地看着自己的儿子。虽然先前的战斗并没有结束，但眼前那巨大的沟壑已经证明了一切。十年之后，儿子靠实力来到这里救自己，他已经长大了，世间的磨炼使他变成了仰光大陆的强者，还有什么比拥有这样一个儿子更让融天骄傲的呢？

"冰清，你过来。"

冰雪女神祭祀突然提高的声音将一家三口惊醒，他们不禁同时向那冰神塔至高无上的主人看去。

冰清从众冰神塔弟子中走出，在暴风雪的作用下，用最快的速度来到了冰雪女神祭祀面前，跪了下来。

冰雪女神祭祀淡然道："没想到，最后的结果居然是这样的。一切都和我想象的不同。冰清，把那个卷轴给我。看来，卷轴中的内容要由我自己来宣布了。"

此时，冰神塔前变得一片寂静，接过冰清递上来的卷轴，冰雪女神祭祀手中金光一闪，卷轴已经变成了粉末四散飘扬，她的目光平静地看向冰灵一家，脸上流露出一丝凄然："为什么要阻止？难道我连选择自己命运的权利都没有吗？我已经为别人活了大半生，连我最后的抉择，你们也要破坏？"

冰灵看着冰雪女神祭祀，本来因为见到念冰而产生的激动逐渐平复下来，叹息一声，有些苦涩地道："师姐，你这又是何苦呢？人的一生并不只有痛苦啊！为了你自己，你更应该好好活着，为你自己而活，也为了你自己而保重身体。"

站在冰灵身旁，念冰不禁微微一愣，为什么自己的母亲会叫冰雪女神祭祀"师姐"呢？母亲刚出现的时候好像就叫了一声，那时自己以为听错了，此时，母亲却用那声称呼证明自己并没有听错。可是，冰雪女神祭祀不是她的师傅吗？这辈分怎么一下乱了？

冰雪女神祭祀眼中一阵失神："为自己而活？我还能够为自己而活吗？你说得真轻松啊！难道我还能够重来一次吗？早年的我，为了父亲的仇恨而活，后来的我，却为了师傅而活。现在的我，已经无力再继续履行师傅留下的使命。我还有权利选择自己的未来吗？"

冰灵有些激动地道："可以，当然可以。师姐，只要你肯努力，我相信，你会找回自我，也会找回你应得的一切。一切都没有结束，远远没有结束。为了你的人生，你应该去寻觅啊！

"师姐，你背负的东西太多太多了，是该改变的时候了。忘记以前的一切，重新来过吧。我想看到你像我们年轻时那样发自内心的笑容，我想看到以前那个好姐姐。

"不要再折磨你自己了，你过得已经够苦了。答应我，好吗？不需要再多想什么，一切都已经成为历史，我们的眼睛要向前看，永远地向前看。"

在这一瞬间，冰雪女神祭祀仿佛解脱了一般长出一口气："是啊！或许，我真的应该向前看。只有抛弃一切牵绊，我才能去做自己想做的事情。冰清及所有冰神塔弟子听令。"

蓝晨依旧跪着，冰灵也跪了下去，她们从来都没有不把自己当作冰神塔的弟子，其他弟子也都跪倒在地。现场保持站立姿势的，只有念冰父子、冰雪女神祭祀和舄卤四人而已。

冰雪女神祭祀的声音变得非常平静，道："从今天开始，我将脱离冰神塔，从今以后，与冰神塔再没有任何关系。"

此话一出，顿时引起一片哗然，所有冰神塔弟子的目光都集中在冰雪女神祭祀身上，他们的目光充满了惊愕，只有冰灵嘴角处露出一丝淡淡的微笑。

念冰吃惊地看着冰雪女神祭祀，他并不明白这一切是怎么回事。

冰雪女神祭祀眼中充满威严，她的威严使所有弟子低下头，谁也不敢再说出疑惑的话。

冰雪女神祭祀淡淡地道："我离开后，冰神塔冰雪女神祭祀一职由冰灵担任。从今天开始，你们都要遵从她的命令。作为本塔塔主，她有权改变任何塔规，你们不用怀疑她的实力，我们冰神塔并不是只有我一个神降师，冰灵的实力不在我之下。我要走了，或许，这一切真的都变成了虚幻。晨晨，记着，以后如果我们再有机会见面，你就叫我一声师姐吧。"

说完这一切，冰雪女神祭祀显得轻松了许多，虽然脸上依旧没有笑容，但她的目光已经变得非常平和，看着遥远的天际，她似乎在思索着什么。

冰神塔的弟子们依旧跪着，突然的变故确实令他们很难接受，老一辈的冰神塔弟子当然都知道冰灵的存在，他们万万没有想到，冰雪女神祭祀会突然将塔主的位置传给她。每个人心中都带着疑惑，但他们确实不敢违背冰雪女神祭祀的意愿。

"你们都听明白我的话了？"冰雪女神祭祀的声音仿佛从很远的地方传出。

冰清第一个回应道："是，祭祀大人。但是，不论您如何决定，您永远都是我们的祭祀大人。"说着，她恭敬地向冰雪女神祭祀磕了三个响头。在场众人中，除了冰灵，只有她最清楚冰雪女神祭祀为了冰神塔，牺牲有多大。到了这个时候，她绝对不会阻止冰雪女神祭祀离开，因为她知道，只有真正离开这里，冰雪女神祭祀才有可能过上快乐的生活。

所有的冰神塔弟子都做出与冰清一样的动作。

冰雪女神祭祀的目光落在冰灵身上，冰灵站起身，一步步来到她面前，微笑道："师姐，你终于想通了。去吧，按照你自己想的去做，我想，我们姐妹一定还会再见面的，到那时，我希望能够看到一个完全不同的你。冰神塔的事你就放心吧，我会尽力的，也该是我来承担这份责任的时候了。"

冰雪女神祭祀露出一丝淡淡的笑容，拉起冰灵的手，道："我代表师傅，原谅你了。"

冰灵全身一颤："师姐……"

冰雪女神祭祀微笑道："你知道吗？其实，直到师傅死的那一天，她都没有真正怪过你。她实在太疼爱你了。在她心中，你的分量始终比我要重。虽然我得到了原本应该属于你的一切，但是，我过得不快乐。现在，真的是应该改变一切的时候了。我走之后，冰神塔的一切你都可以改变，不用担忧什么，师傅在泉下有知，也会支持你的。我们身上曾经发生的悲剧，不应该再出现在弟子们身上，我想，你一定懂我的意思。"

冰灵点了点头，道："师姐，你决定什么时候走？"

冰雪女神祭祀道："不用刻意挑选日子，我现在就走，我已经不是冰神塔的人了，你才是新的冰雪女神祭祀，我想，我们冰神塔在你手中一定会发扬光大，不是吗？"

冰雪女神祭祀松开手，淡淡的风雪在脚下凝聚，她缓缓离地而起，在淡淡的蓝色光芒包裹下朝天空中升起。她要离开了，离开这个几乎待了半生的地方。

"等一下！"念冰急切地喊道。

说着，他一个箭步来到了母亲身旁。

冰雪女神祭祀平静地看着他，道："今天的一战，就算我输了吧，再打下去，最后获得胜利的也只会是你。你的父母已经在你身边了，你还有什么事吗？"

念冰深吸一口气，道："祭祀大人，我想，我还是这么称呼您吧。我不知道您和我母亲之间的关系究竟是怎么样的。我这次来冰神塔，救父母是最重要的事，同时，我还想问您一件事，希望您能回答我，好吗？"

冰雪女神祭祀微微一愣，道："你要问什么？那就问吧。"

念冰道："我听说贵塔有一位弟子，名叫冰洁，是吗？请问她现在在哪里？"他问过蓝晨这个问题，蓝晨却告诉他冰神塔并没有这么个人。

冰雪女神祭祀和念冰的母亲——冰灵同时愣了一下，两人对视一眼后，冰雪女神祭祀抬头望天，轻叹一声，道："以前，冰神塔确实有一个叫冰洁的人，不过，冰洁已经死了。"

话音一落，她再没有停留，身体骤然加速，朝远方而去。

念冰有些呆滞地看着那蓝色的身影逐渐变成一个蓝色的光点，不禁有些消沉："死了，原来真的有这么个人。她竟然死了，或许，这也是她最好的归宿吧。师傅，我祝福你们，希望你们能够在泉下相遇。"念冰口中说出的"冰洁"这个名字，是驼厨神紫修告诉他的。

当年，他和驼厨神比试厨艺，试图得到自己师傅仇人的消息。最后驼厨神在输了比赛后告诉了他这个名字，并且告诉他，这个冰洁就是冰神塔的弟子。

当时念冰很奇怪，自己的师傅是输在火系魔法之下的，可这个人为什么会是冰神塔的弟子呢？她是师傅一生的至爱，同时，也害了师傅一生。

来到冰神塔，他主要是为了救父母，同时，也渴望着能见这个人一面，并不是为了报仇，因为他很清楚，自己的师傅并不希望自己这样做。

与师傅查极一起生活了八年之久，念冰很明白，虽然查极有些恨那个女人，但他对那个女人更多的是爱，他一直都没有忘记那个叫冰洁的女人。

"孩子，你怎么会知道有冰洁这个人存在？"冰灵有些好奇地问道。

念冰道："我是听一位前辈说的。妈，这个冰洁真的死了吗？"

冰灵叹息一声，道："以前的冰洁确实已经死了。我知道你现在心中一定有很多疑惑的地方想问我，我们先回冰神塔再说吧。冰清师姐，请你带领本塔弟子各回岗位。"

冰清恭敬地应道："是，祭祀大人。"

说着，她站起身，接连下达几道命令，有些失神的冰神塔弟子们这才一一退回了冰神塔之中。

冰灵一手拉着念冰，一手拉着自己的丈夫，蓝晨、焉卤与他们一起，也进入了冰神塔之中。

一进入冰神塔，念冰才发现，这果然是一个神奇的地方，塔内所有的装饰都是由水晶一般的冰制成的，在窗外的光线的折射下，带出光怪陆离的美感，使人仿佛处于一座水晶宫殿之中。

"孩子，这座冰神塔是我师傅当年凭借她强大的魔法力，用极北之地带回来的千年寒冰所建，耗费了大量的人力物力。在本塔中修炼，对冰系魔法师来说，有着事半功倍的效果。你看，这每一块冰上，都有我师傅留下的痕迹啊！"

念冰看了一眼自己身边的蓝晨，他心中的疑惑越来越强烈了。母亲的师傅不就是冰雪女神祭祀吗？可为什么她先前却叫冰雪女神祭祀为师姐呢？这一切都是怎么回事？

众人一直来到了冰神塔塔顶冰雪女神祭祀专有的房间之中。房间内，一切都收拾得非常干净整齐。最中央是一张直径一丈的圆形冰床，淡淡的冰雾从蓝色冰床中散发而出，给房间中带来几分寒意。

冰灵微笑道："这张床是师傅引以为傲的东西，它虽然不是神器，却是用整块冰玉雕琢而成的，非常难得，乃是冰中精华。冰云，我想你也在这张床上修炼过吧。"

蓝晨点头道："是啊！这是我们冰神塔特有的东西，只有塔主和塔主的亲传弟子才能在上面修炼，如果不是因为有这张冰玉床，我的魔法也不可能提升得那么快。"

冰灵松开拉住丈夫和儿子的手，走到冰玉床前，伸手在床上摸了摸，感受着那极寒之气，眼中流露出一丝回忆之色："是啊！在这张床上，我们都得到过很多很多东西。冰云，有些事是连你也不知道的。真正明白内情的，只有我们这一代的数人而已。现在，这个秘密也需要说出来了。或许，我在这个塔主的位置上不会坐得太久。将来，你就是我的继承人。哦，对了，这次我还没有谢谢你帮念冰来救我，真没想到，我们这一代最小的弟子竟然如此懂得变通。谢谢你啦，小师妹。"

蓝晨脸一红，低头道："师姐，我、我想我不能留在冰神塔，而且，我以后也不能做冰雪女神祭祀。"

冰灵有些惊讶地看着她，问："冰云，为什么？我经常听师姐说，你比我们当年更加出色，今后冰神塔由你来继承，是最合适的。你为什么不想做这个塔主呢？"

蓝晨偷偷瞥了念冰一眼，念冰也正在看她，听到母亲的问话，赶忙道："妈，恐怕冰云以后不能做您的师妹了。在这之前发生了一些事情。"

原来，先前蓝晨和舄卤救下冰灵、融天夫妻的时候十分匆忙，她和舄卤又记挂着念冰这边的战况，所以没来得及解释。冰灵自然是认识她的，一听她说自己的儿子来了，就赶忙跟了出来，也没来得及多想。此时听到念冰的话语，冰灵和融天不禁对视一眼。

蓝晨心中有些不安，低着头摆弄着自己的衣角，一时间不知该如何是好。幸好念冰适时出声，帮她做出了一些解释。

融天笑了："没想到，事情是这样的。我常听你妈说，冰云是她们这一代冰神塔弟子中最美的，也是资质最好的。"

念冰一看到父亲笑了，心中的大石终于落地："是啊！"

冰灵没好气地道："是什么是！你啊，才多大？"

念冰有些委屈地道："妈，我已经二十一岁了。"

冰灵愣了一下，在她心中，一直还把儿子当成小孩子看待，是啊！已经过去了十年，自己的儿子已经长大了。

时间过得真快，十多年了，自己从没有尽一个母亲的职责。虽然这一切并不是她愿意的，但看着念冰那英俊的面庞，她的眼圈又红了。

她伸手搂住儿子高大的身体，哽咽道："孩子，这些年苦了你了。"

念冰同样眼圈一红，想到这些年没有父母的日子，心中不禁一阵辛酸。

再见到父母，他的心变得异常充实，心中悲伤之意刚要涌起，却听融天道："好了，好了。今天是我们全家团圆的好日子，你们就不要哭了。我们要多说些高兴的事才好啊！灵儿，难道你不想听听我们儿子这些年是怎么过来的吗？"

冰灵和念冰被融天这么一打岔，悲伤顿时减少了几分，念冰低声道："妈，您别再叫冰云了。她本名叫蓝晨，您叫她晨晨就好了。其实，在来这里之前，她就已经脱离冰神塔了。"

冰灵一边拉起蓝晨的手，一边拉起念冰的，感叹道："知道了。这么优秀的女孩子，难得啊！她是多么出色啊！晨晨，你也不用担心，即使你做了冰神塔塔主，同样可以嫁人，冰神塔的规矩一定要改了。不然，今后不知道会有多少悲剧发生。我绝不希望我与融天身上发生的事再次重演。"

蓝晨听到冰灵的话，不禁抬起头，眼中泪光闪烁。

她下意识地轻声道："谢谢您。"

听到这一声谢谢，冰灵心中一片温暖："好孩子，快告诉我，你们是怎么回事。"

念冰道："妈，我们的故事很长。"

冰灵没好气地道："很长我也乐意听。晨晨的家世我知道，她的父母也都是有头有脸的人物，等这边的事情结束，找个时间，我和你爸爸亲自到奥兰帝国去一趟。"

这些年来冰灵一直和自己心爱的丈夫在一起，被囚禁多年，使冰灵心中非常渴望热闹。

念冰低声嘟囔道："你们要去的话，那可就要小心了。"

冰灵的听力很好："你说什么？"

念冰吐了吐舌头，不过对父母他也不敢隐瞒，赶忙将自己与蓝晨之间的事大概说了一下。

冰灵和融天两人听念冰说完，不禁愣住了。

半晌，他们才回过味儿来。

融天不由得道："我儿子人缘可真好！"

第 210 章
冰雪女神祭祀的秘密

冰灵白了他一眼，道："你很羡慕儿子吗？"

融天脸色一变，郑重其事地道："我融天这一生有我老婆就够了。"

融天脸上的严肃明显是装出来的，但冰灵的不满顿时消失了，她温柔地向他一笑，融天也回之一笑，一切尽在不言中。

看到恩爱的父母，念冰的心更加温暖了。

"妈，这个事不急，您先告诉我冰雪女神祭祀今天究竟是怎么回事啊！为什么她看上去那么奇怪？她不是您的师傅吗，怎么又成您的师姐了？难道是我听错了？不过，我好像听您叫了她几次师姐呢。"

冰灵叹息一声，道："你没有听错，她就是我的师姐。你不是问冰神塔中有没有冰洁这个人吗？确实是有的，冰洁就是我的师姐啊！她告诉你她自己已经死了，指的是以前的冰洁已死，而现在的冰洁已经获得了新生。"

念冰全身一震，顿时呆住了，张大了嘴说不出话来。不会吧，冰雪女神祭祀就是自己师傅鬼厨查极的爱人，这也太荒谬了吧！但是，他一想起自己与冰雪女神祭祀决战的最后关头，冰雪女神祭祀突然变成了冰火同源魔法师的样子，顿时便信了几分。

冰灵继续道："不错，她就是我的师姐。其实，在你印象中的冰雪女神祭祀早已经死了，死去的那个人才是我师傅啊！

"十几年前，师傅将我抓回冰神塔之后，因为心情受到影响，修炼过于急进，导致走火入魔。当时，我真的有些后悔，都是因为我，师傅才会变成那样的。

"在冰神塔中，师傅的嫡传弟子有两人，一个是我，另外一个就是我的师姐冰洁，也就是你所见到的冰雪女神祭祀。师傅走火入魔之后，强行将自己的伤势压住，并没有再责怪我，甚至愿意将冰神塔塔主的位置传给我。

"师傅决定举行典礼，在本塔所有弟子面前，将塔主的位置传给我。可就在那天，你和你父亲来了，见到你们，我哪里还有心情做冰神塔的塔主啊！我唯恐你们受到伤害。

"后来，我把那块冰雪女神之石给了你，你走之后，我和你父亲就被心灰意冷的师傅封印住了。当时，师傅已经快要压制不住走火入魔后的能量反噬，冰神塔是师傅一生的心血结晶，必须找个人来继承。而这个人，也就是我的师姐。"

说到这里，冰灵顿了顿，才继续道："也难怪塔中人不知道我师姐的存在。师姐入门虽然比我要早些，但她的天资略逊于我，而且，她本身的体质很怪，是冰火同源之体。

"念冰，这一点，你和她是一样的。当初师傅就是看中了她身体的特殊性才收她为徒的。

"师姐虽然修炼很刻苦，但在悟性上始终差了几分，师傅很不满意。所以，师傅才一直没有将塔主之位传给她。后来，师姐在一次回家探亲后突然消失了，那时，我和你爸还不认识，我还留在塔中。

"师姐消失了很长时间。当她回到冰神塔时，整个人都变了，变得异常沉默，经常会一个人躲在角落里哭泣。我和师姐的感情一直非常好。师傅对师姐的样子极为不满，惩罚她闭关，在她达到魔导师境界之前，不允许她离开闭关处一步。我靠着师傅的宠爱，还是能够经常见到师姐。正是这个原因，塔中大多数弟子只知道师傅有我一个嫡传弟子，只有几位年长的师姐，才知道冰洁师姐的存在。

"有一天，我找到个机会偷偷进入师姐闭关的地方，直到那时，我才知道师姐身上发生了什么事。原来，师姐回家探亲的时候，发现自己的父亲快死了。师姐自幼丧母，是她父亲抚养她长大的。对于她来说，父亲就是最重要的人。她父亲这一死，顿时让师姐的心态出现了很大的变化。

"她父亲本是一名厨师，因为和一位非常有名的厨师在厨神大赛比试后，心情抑郁而亡。她父亲死时无法瞑目，到死都想着要击败那名厨师。为此，师姐发誓，一定要用厨艺打败那个害死父亲的人，让他名声扫地。也正是因为这件事，师姐才会失踪那么长时间。

"她拜了一位她父亲生前的好友为师，学习了一段时间厨艺，后来，不知道她用什么方法，竟然真的战胜了那个仇人，并且逼着那位厨师自断手筋，退出了厨艺界。可悲的是，在她与那名厨师接触的过程中，她竟然爱上了那个人。

"也正是如此，注定了师姐凄苦的一生。她的人虽然回来了，但她的心早已经碎了。她很清楚，那个她喜欢的厨师始终都将厨艺放在人生的第一位，而她却将他的人生毁了，两人又怎么可能在一起呢？所以，一切都结束了，一切都变成了泡影。师姐只有回来，在闭关中默默承受着自己心灵的折磨。她是一个非常可怜的人。"

念冰苦笑道："她所拜的那个师傅，恐怕就是有驼厨神之称的紫修吧？妈，我知道您师姐爱上的人是谁，那就是我的师傅——在厨艺界有鬼厨之称的查极。后来呢？"

冰灵吃惊地看了念冰一眼后，才道："师姐一直在闭关，在自己承受痛苦的同时，努力修炼魔法。数年后，我离开冰神塔外出时遇到了你的父亲，后来又有了你。直到有了自己的爱人，我才能深刻地体会到师姐心中的悲伤。你们父子来找我，师傅对我极为失望，在万分无奈之下，她放出了已经修炼到魔导师境界的师姐。而我和你父亲，则被封印在了师姐修炼的地方。

"不久后，师姐来见我，她告诉我，师傅已经死了，并且将冰雪女神祭祀之位传给了她。但是，因为师姐一直都没有在冰神塔出现过，可以说没有任何威信，因此，师傅命她用魔法改变自己的相貌，变成了师傅的样子，以继续冰雪女神祭祀的辉煌。而师傅也在死之前，将自己的魔法力用特殊方法传给了师姐，使她一跃成了新的神降师，并开启了两个窍穴。

"师傅临死时嘱咐师姐，不得放我和你父亲出去，除非有一天我的实力能够强过师姐。师姐不敢违背师傅的命令，同时，她也怕融家的人追杀我们，所以，才一直将我们留在那里。孩子，现在你应该明白了，师姐是绝对不会伤害我和你父亲的。"

蓝晨"啊"了一声，道："您的意思是说，一直传授我魔法的并不是师傅，而是冰洁师姐吗？可是，我并没有感觉到她与师傅有什么不同啊！"

冰灵微笑道："傻孩子，那时候你还小。在你不到十岁的时候，冰洁师姐就已经代替了师傅，你又怎么能发现呢？随着你逐渐长大，已经适应了师姐的气息，自然就不会发现什么。其实，你从来就没有见过冰洁师姐真正的样子。现在她走了，如果我猜得不错，她应该是去寻觅自己的爱人了。希望她能够找得到吧，如果那个人能原谅师姐，或许，师姐的后半生就会变得快乐起来，那才是我最想见到的。我会祝福她的。"

念冰苦笑道："妈，这恐怕不会实现了。因为我的师傅已经死了。"

冰灵全身一震，失声道："什么？你说那个人已经死了？"

念冰点了点头，道："早在几年前，我离开桃花林的时候，师傅就已经死了。或许，您的师姐还不知道，师傅其实一直生活在距离这里并不远的桃花林中。或许，师傅一直都希望能够见到您的师姐吧。但是，这里是冰神塔，我师傅他除了厨艺以外没有什么魔法力，又怎么可能来这里呢？"

冰灵有些失神地看着念冰："死了，他竟然死了……要是师姐知道，恐怕……"

念冰叹息一声，道："或许，这也是她应该受到的惩罚吧。当初，我师傅虽然击败了她父亲，但是，那是在正规的比赛上。原本，她就不应该生报复之心，更不应该毁了我师傅那双夺天地造化的巧手。错已经铸成，就算我师傅还活着，心中的芥蒂也不是那么容易消失的。事情都已经过去了，我的师傅也已经死了。

"妈，您就别担心了，一切顺其自然吧。当初，如果不是我的师傅，恐怕我早已经死了。你们不是想听听我的故事吗，那我就讲给你们听吧。"

念冰这一讲，一直从上午讲到了夜晚，他将自己遇到危险时的情况全都隐瞒，只是将自己的经历说了一遍。

当融天知道念冰已经得到融亲王允许重新归入融家时，他的眼睛湿润了。就像冰灵始终认为自己是冰神塔弟子一样，他也一直当自己是融家的一分子啊。

整整一天的时间过去了，念冰发现，今天似乎过得特别快。虽然冰洁的事让他想起了死去的师傅，但是这并不影响他因为见到父母而感受到的极大的幸福感。在父母面前，自己不再需要那么坚强；在父母面前，自己可以做回一个孩子。

西经穴的另一个好处在这一天逐渐发挥出来，先天之气不断恢复着念冰的身体机能。他的伤比前冰雪女神祭祀冰洁的伤要轻一些，在先天之气的作用下，伤势逐渐好转。

更何况他还有光明系魔法，恢复到最佳状态只是时间问题。此时，念冰已经讲述到了关于神之大陆和焉卤的事。

听了念冰对神之大陆的描述，融天和冰灵的神色都变得凝重了许多，融天道："念冰，这件事你跟你爷爷说过了吗？"

念冰点了点头，道："已经说过了。爷爷并没有给我什么意见，只是让我自己处理。而且，现在对于神之大陆的动向，我也只是猜测而已，尚不能下定论。爸，您觉得我应该怎么做呢？是帮助遗失大陆归来，还是阻止遗失大陆回归？"

在说这句话的时候，他特意看了焉卤一眼。焉卤脸上并没有什么表情，只是坐在一旁静静地听着。

融天陷入了思索之中，念冰自己也在思考着。现在父母救出来了，凤族的事情也已经解决，接下来最重要的事，就是面对即将到来的至阴之日。如果自己选择阻止遗失大陆回归，那将是很轻松的。以神之大陆高手和七龙王的实力，那个巫妖邪月几乎没有一点机会，但是，他实在不愿意与那些神人为伍。

虽然念冰现在不知道其他的神人都在什么地方，但他可以肯定，这些神人必定已经给仰光大陆制造了不少麻烦。他真的不希望神之大陆继续保持这种态势存在下去。

否则，这些神人只要一回到神之大陆，仰光大陆的情况必然会流传到那里，那时，谁能保证神人不会大批大批地来到这片大陆呢？他们能带来什么？会带来什么？

念冰所能想到的，只有"灾难"二字。

神之大陆的威胁确实很大，念冰同时想到了不可预测的遗失大陆。足足万年过去了啊！天知道遗失大陆会发生什么样的变化。

如果遗失大陆的人也变得像神之大陆的人那样，一旦他们归来，恐怕不会比神之大陆的人的破坏力小，甚至有可能带来更大的麻烦。

最困扰念冰的是那个传说：谁用默奥达斯封印之瓶召唤回了遗失大陆，谁就会成为遗失大陆的主人。

如果邪月那个卑鄙的家伙成了遗失大陆之主，那么，恐怕仰光大陆的劫难同样会到来。

想到这些，念冰的心就变得更加乱了。

蓝晨站在念冰背后，她的手始终按在念冰的肩膀上，纯净的先天之气不断帮助念冰治疗身上的伤，虽然她的先天之气不够强大，但还是大大加快了念冰的恢复速度。

舄卤突然开口了："念冰，你不用因为我而感到为难。做你自己想做的事吧。身为遗失大陆的人，我只会为遗失大陆而努力，就算我们那时站在敌对立场上，我也绝不会怪你。我们始终都会是好兄弟。为了理想而战，是我们矮人族历来的传统。"

念冰苦笑道："现在最让我为难的，就是不知道哪一种决定才是正确的。我也不知道自己应该怎样做。摆在眼前的神之大陆肯定是不好对付的，而且很有可能带来危机。而遗失大陆从历史记载来看，他们只是希望能够得到自由，远比神之大陆的口碑要好多了。

"虽然我所知道的资料大多是从遗失大陆的历史记载而来，但当初龙神大人说的话我永远都不会忘记。更何况，你也知道，神之大陆上还有那三个可怕的真神。就算遗失大陆变得比以前更加强大了，他们也未必能够与那三个真神抗衡。

"我与秩序之神打过一次交道，在我的认知中，那个家伙比普通神人好不到哪儿去，像他那么强大的存在，居然会偷袭我。我更倾向于让遗失大陆归来。

"或许，只有先把水搅浑，才能让仰光大陆的和平有所保障。到时神之大陆肯定会把精力都放在遗失大陆上。可是，如果我这样做的话，就是帮了邪月那个家伙，那个邪恶的存在如果统治了遗失大陆，对遗失大陆本身就是一个灾难。更何况，我既不愿意与焉卤大哥为敌，也不愿意与七龙王为敌啊！"

听念冰说到这里，融天的眼睛突然亮了起来："念冰，我有办法了。"

念冰心中一喜，不论何时，他对自己的父亲永远都是崇拜的。即使他现在已经有了强大的实力，但融天在他心中还是有着极高的地位。

"什么办法，爸，您快说。"

融天苦笑道："其实，我这也是一个不是办法的办法。听了你刚才的话，我替你分析了一下，你现在对神之大陆的印象很不好，怕他们将来对我们仰光大陆构成威胁。但你又怕那个巫妖统治遗失大陆，不仅给我们仰光大陆带来威胁，就连遗失大陆的人同样会面临麻烦。既然如此，现在就有一个现成的办法摆在面前。

"你很讨厌那些邪恶的家伙，这点你的感觉很对，绝不能让他们统治了遗失大陆。但现在神之大陆的威胁更加明显。我们可以这样认为，你最担心的就是遗失大陆的那个传说，关于七个瓶子诅咒的传说。那么，我们不管这个传说是真是假，可以先做准备，避免这个传说带来危机。"

念冰已经有些明白自己父亲的意思了，犹豫了一下，道："爸，您是说……"

融天微笑颔首，道："不错。既然邪月可以带人召唤遗失大陆归来，那么，你为什么不行呢？如果最后遗失大陆臣服的对象是你，你成为遗失大陆新的统治者，那么，所有问题不就都解决了吗？不论是与神之大陆对抗，还是避免遗失大陆损害仰光大陆，都不再是问题。"

听了融天的话，舄卤的眼睛第一个亮了起来："对，念冰，伯父这个主意真是太好了。我怎么没想到！如果你能够成为遗失大陆新的主人，那我们还有什么可担心的呢？太好了，这真是一个绝妙的主意啊！"

念冰苦笑道："我可不想成为什么大陆之主。舄卤大哥，你本来就是遗失大陆的人，爸爸的提议我也觉得非常好，那这个遗失大陆之主，不如由你来做吧。"

舄卤吓了一跳，连连摇手道："不，我绝对不行。我只会打打杀杀的，要说这方面的心思，一百个我也比不了一个你。而且，在我们族中有记载，虽然遗失大陆各个种群非常团结，但遗失大陆的统治者始终都是人类。这并不是因为种群歧视，而是因为人类一直都是所有种群中最聪明的。

"你就别推托了，如果这样解决的话，就皆大欢喜了。至于七龙王那边，我们可以另外想办法。我看，龙族对神之大陆本身也没什么好感，他们未必就会站在那些神人那边。"

念冰没有拒绝焉卤的提议，他知道，现在并不是相互谦让的时候。他想了想，道："爸的这个办法虽然不错，但依旧有很多问题摆在我们面前。首先，默奥达斯封印之瓶的召唤方法，我们并不知道。想要在最后关头夺取遗失大陆的控制权，那我们就必须虎口拔牙才行。邪月可不是好对付的，以他的狡猾，我们未必能成功。

"其次，遗失大陆一旦真的出现，就相当于主动向神之大陆挑衅，本来还自我封闭的神之大陆必定会在第一时间开启封印，向遗失大陆发动进攻。到了那个时候，战争将不可避免。虽然我并不是遗失大陆人，但也不想看到遗失大陆上生灵涂炭啊！"

融天道："儿子，我明白你的想法。但是，你不觉得自己有些逃避吗？该来的总会来的。就算遗失大陆没有出现，以神之大陆那边的情况，总有一天，他们也会离开那片如同地狱一般的土地，踏上我们的家园。既然如此，我们何不变被动为主动呢？只有这样，我们才能将主动权掌握在自己手上。至于你前面说的问题，我们可以仔细计划，尽最大能力来完成。"

听了父亲的话，念冰坚定地点了点头，他发现，有父亲在身边的感觉真好，父亲说的话他不需要产生任何怀疑。

当初对融亲王，念冰还要加上几分小心，但对自己的父母，还有什么不可信任的呢？

"好，既然如此，我们就暂时这样定下来。还有三个月左右的时间就会到那至阴之日，这段时间，我需要部署一下。虽然与神人比起来，普通人类的实力差太多，但这里毕竟是我们的地盘，还有许多东西可以利用。"

冰灵微笑道："儿子，我和你爸爸都没想到，这十年以来，你的经历如此丰富。你在我们身边的时间太短了，我们始终都没有尽到做父母的责任。不论你做什么决定，爸爸、妈妈都会站在你这边。这十年以来，虽然我和你爸爸被封印着，但我们没有一天停止过修炼。

"师傅当年虽然对我很失望，但是，她在临死时，让师姐将魔法心得教给了我们。现在，我已经拥有了冰系神降师的实力，你爸爸因为这里的环境，提升较慢，但也已经是一名火系魔导师。当你需要的时候，爸爸妈妈都会是你的助力。"

念冰的眼睛有些湿润了，看着母亲慈祥的微笑，他暗暗告诉自己，这次的事不论结果如何，都一定不能让父母参与进来，因为他不希望看到好不容易才脱离苦海的父母再受到任何伤害。

心中虽然这样想着，但念冰并没有表露出来，只是轻轻地点了点头。

蓝晨微笑道："念冰，我们也聊了一天，大家都累了，你还需要疗伤，我先去弄些吃的东西，然后大家早些休息吧。"

一听到"吃"这个字，念冰赶忙道："那我来做好了。爸、妈，你们知道吗？当初我跟随师傅学习厨艺的时候，就一直想，如果能亲手做一顿饭给你们吃，该是多么美好的事啊！但那时我一直都以为你们死了，每当想到这些，我就会非常难受。今天我一定要让你们亲口品尝一下我做的菜肴。"

冰灵有些担忧地道："傻孩子，我们吃什么并不重要，只要你平平安安的，就是我们最大的快乐。听我的，今天你不许再操劳了，你以为我师姐的实力是开玩笑的吗？我这些年虽然很努力，但我知道，比起继承了师傅能力的师姐，我还有不小的差距。你和她大战一场，又一直没有休息，身体会受不了的。好了，听我的，今天你好好休息，以后有的是机会做饭给我们吃呢。"

念冰虽然有些失望，但他不会反驳母亲，只能求助地看向融天，融天哈哈一笑，道："别看我。难道你不知道你妈现在已经是堂堂的冰雪女神祭祀大人了吗？咱们家她做主。"

冰灵脸一红，道："讨厌，你就会取笑我。好了，晨晨，你让本塔弟子拿些吃的上来吧。唉，看来，从明天开始，我也要忙碌了。"

新接任冰雪女神祭祀一职，她需要做很多事。冰神塔的魔法师中不乏实力强大者，想让他们心服口服，也不是一件容易的事情。

念冰在冰神塔一直留了半个月，才依依不舍地离开。冰灵已经成了新的冰雪女神祭祀，她和融天自然不用去风族那里，这也成全了念冰一个想法，他本来就没打算在短时间内回风族那里。

念冰离开冰神塔时，将蓝晨留了下来，除了因为需要蓝晨帮助自己的母亲处理冰神塔事务以外，他也有几分私心。当然，这些他肯定不会让蓝晨知道的。

寒风吹拂，冰月帝国的寒流已经席卷了整个北方，帝国的每一个角落都可以看到冰雪的痕迹。

吃过早饭后，念冰和枭卤就离开了冰神塔。

走在大道上，枭卤道："念冰，我真是羡慕你啊！"

念冰道："大哥，你知道我为什么用长生刀帮你改变外表，又为什么会如此顺利吗？说真的，我能感受得到，令堂的灵魂就在长生刀之中啊，其实，你母亲从来都没有离开过你。"

第 211 章
念冰的决定

鴞卤停住脚步，颤声道："你、你说的是真的？"

念冰点了点头，道："是的，难道你不觉得长生刀的气息很亲切吗？"

鴞卤的眼睛有些湿润了，低下头看着自己这高大的身躯，不知在想什么。

念冰搂住他的肩膀："大哥，谢谢你。"

"谢我？谢我什么？"鴞卤有些惊讶地看着念冰。

念冰微笑道："谢谢你一直在我身边支持我啊！不论我做什么，始终有你在。你知道吗？有你的感觉真好。咱们兄弟在一起，是不可阻挡的。"

鴞卤微笑道："不过，你心也真够狠的，居然说走就走了，也不多陪伯父、伯母一些时间。"

念冰苦笑道："我也不想走啊！不过，现在形势紧张，不走是不行的，既然已经决定要帮助遗失大陆归来，那我就必须提前处理许多事情。这回的事如果能够顺利完成，以后，我也没有什么重要的事情需要做了。那时候，我就可以好好地陪伴在父母身边。"

鴞卤轻叹一声，道："念冰，或许他们没想到，但我天天在你身边，你的想法我多少知道一点。在凤族的时候，你修炼之后就立刻离开，并且将凤女和龙灵都留了下来，而这次到冰神塔，你又将蓝晨也留下，说要到冰月城办事。其实，你是不想让她们随你一起冒险。我想，如果不是因为我与遗失大陆的关系，恐怕你也会想办法把我留在一个地方吧。"

念冰勉强一笑，道："怎么会呢？大哥，我一定会带着你的。"

焉卤哈哈一笑，道："行了，兄弟。我知道你是为了我们好，但是，你也不能不顾自己的安危啊！万一你出了什么问题，恐怕就要天下大乱了。"

看着焉卤的笑容，念冰不禁苦笑道："大哥，你没跟她们说这些吧？我觉得我已经做得很自然了，并没有露出什么破绽才对，你怎么猜到的？"

焉卤微微一笑，道："嗯，我想她们应该也还没有猜到你的想法。我能猜到，是因为我对遗失大陆的事太重视了，每次你说到遗失大陆的情况时，我都会特别注意。所以，我发现了一个问题。你提到默奥达斯封印之瓶的事情时，只说了是在一个至阴之地，却一直没有说出准确的地点。我就是从这一点上，判断出你不想让她们陪你一起去冒险的。对不对？"

念冰愣了一下："大哥，你观察得还真是仔细。确实，我并不想让她们跟我一起去冒险。你也知道，那一天来临之时，在那至阴之地会聚集多少强大的高手啊！尤其是我们决定帮助遗失大陆归来，那就相当于决定与七龙王和所有神人作对。危险是必然的，所以……"

焉卤抬起手，阻止念冰再说下去："你的意思我明白了，你也不用解释，只要你记着，别到时候把我也抛下就是了。我能够理解你的心情，换了是我，或许也会这样做吧。"

念冰松了一口气，道："谢谢你，大哥。我们快点走吧。我到冰月城确实不是个幌子，到那里真的是有事要做。我们既然已经决定帮助遗失大陆归来，那就必须防备遗失大陆回归之后可能出现的变化。要知道，遗失大陆是与我们这片大陆和神之大陆接壤的。所以，在关键的地方，必须有重兵驻守，以防不测发生。"

乌卤恍然大悟："原来如此，你想得倒很周全。看来，你这个血狮教教主的身份又要发挥作用了。"

念冰微微一笑，道："不光是血狮教教主的身份。遗失大陆以前的位置在天荡山脉，与我们仰光大陆相连，而那里现在属于奥兰帝国，距离冰月帝国又非常近，所以，现在我们需要做的，就是在那里派一支重兵驻守，而且必须全是高手。这就需要两大帝国官方的配合。我想，冰月帝国这边不会有问题，而奥兰帝国那边有洛柔做宰相，以她的聪明才智，应该也能成功。只有断绝了后顾之忧，我们才能放手去做。"

乌卤道："对，放手去做。不过，我们要怎么做你想好了吗？离开冰神塔前，你说等你从冰月帝国回去再和伯父、伯母他们商量。但看你现在的样子，恐怕是不打算回去了吧？"

念冰微笑道："大哥，你还说自己不聪明吗？不错，我确实是不准备回去了。不过，对策我也还没想好呢。邪月那边实力要弱一些，但邪月是一名巫妖，绝对不能小看他。上次与七龙王那一战，他始终都没有用出全力，他的实力究竟达到了什么程度，现在我心里一点底都没有。更何况他还有几个实力很强的手下。我们两个人想将他们全收拾了已经很困难了。至于七龙王和那些神人，正面对抗连想都不要想，根本没有机会。现在还有两个多月的时间，我需要仔细考虑考虑，找出一个最好的办法才行。"

鴞卤微笑道："行，不论你找出什么办法，我都会支持你的。我真的想看看我的祖先以前居住的地方是什么样子啊！不知道我在遗失大陆上的族人怎么样了。"

念冰道："我们一定会成功的。"

鴞卤微微一笑，道："我也深信这一点。"

两人前进的速度并不快，早上离开冰神塔，中午才抵达冰月城。一进城，鴞卤就告诉念冰他饿了。看着鴞卤那渴望的眼神，念冰知道，他又想吃自己做的东西了。一想到食物，念冰就有些失落。在冰神塔逗留这半个月的时间，他一直都在给父母做饭，他惊讶地发现，自己的厨艺不但没有退步，反而因为自身实力的提升，对各种食物的掌控更加精确了，做出的东西味道变得更好。如果不是眼前有大事要做，他真的很想和获得厨神大赛冠军的小天比试一次，看看究竟谁的厨艺更加高明。

"大哥，你想吃什么？"

"只要是你做的，什么都行。这几天在冰神塔真解馋啊！念冰，你做的东西越来越好吃了。你没发现吗？虽然只有半个月，但伯父、伯母的气色明显好了许多，而且，饭量也比一开始大了一些。不知道你走了以后，他们吃普通的食物还能不能吃得惯。"

念冰苦笑道："这也是没办法的事。大哥，走吧，我们随便找家饭馆，我想办法做饭给你吃就是了。"

自从燕风登基以后，随着政局的稳定，冰月帝国变得越来越繁荣了，而冰月城作为整个冰月帝国的都城，自然更显繁荣。道路两旁，各种店铺里都非常热闹，远远地，念冰已经看见了一家规模不小的饭店。他向鴞卤点了点头，两人大步向饭店走去。

一到门口，立刻有服务生迎了上来："两位，要吃饭吗？我们这里不但有本国的各种美味，就连其他几个帝国的食物都有呢。价格还很公道。"

念冰微笑道："好，就在你们这里吃吧。"

两人在服务生的带领下走进饭店大堂，他们都是很随意的人，找了一张靠窗户的桌子坐了下来。这家饭店的规模中等，此时正是午饭时间，虽然不能说座无虚席，但也有七八成客人，看上去生意很不错。

服务生先给念冰和焗卤倒上热茶，让两人暖和暖和，然后拿着菜单走了过来。

念冰微微一笑，道："好了，我们不需要菜单，和你们老板打个商量如何，借厨房一用。"

服务生显然是第一次遇到这样的要求，不过这里的服务人员素质还算不错，他稍微愣了一下，就回答道："对不起，先生，我们这里没有这项服务。如果您真想自己下厨的话，我需要向我们老板请示一下。"

他看念冰的眼神变得谨慎了许多。在厨艺界，登门踢场的情况也有，不过，大多发生在一些知名的大饭店中。而他们这里只能算是中等规模，虽然菜肴有些特点，但和高级饭店还有不小的差距，上门踢场的事还没发生过。

念冰摆了摆手，让服务生去了，一会儿的工夫，一个衣着华丽的中年人走了过来，此人身材中等，相貌普通，脸上堆满了笑容，一看就是个圆滑之人。他身上的衣服虽然华丽，但是是深颜色的，并不是十分显眼。

"两位先生，听我们的服务生说，你们有些特殊要求。"

念冰点了点头，道："是的，我们想借用你们的厨房自己做点东西吃。吃习惯了自己做的食物，外面的饭菜总觉得味道差些。这就算是你们的报酬吧。"说着，他弹出一枚紫金币，落在中年人手中。

中年人愣了一下，看着手中的紫金币，脸上的笑容不禁更亲切了，不过，他不动声色地将紫金币放在桌子上推到念冰面前："不好意思，这位先生，我们的厨房实在不能对外开放，请您原谅。其实，我们这里的菜看味道也很不错，要不，你们品尝一下？"

念冰心中有些惊讶，一枚紫金币足够两个人在最豪华的饭店中大吃一顿了，对方竟然不为所动，这确实出乎他的意料。

"为什么呢？难道我给的钱少了吗？"

中年人摇了摇头，道："不，您给的钱不少。我也能猜得到，先生的厨艺一定非常高超，但是，为了本店的尊严，我不能允许先生在我们这里做菜。"

念冰恍然大悟，看来对方是把自己二人当成踢场的了，不过也难怪，允许客人做菜的饭店确实不多。他微微一笑，道："既然如此，那就算了吧。鸟卤大哥，我们换一家吃。"

说着，念冰站了起来，鸟卤也跟着他起身。既然这里不让做饭，念冰心想，自己只能回血狮教的冰月堂再说了，那里的厨房是不可能拒绝自己的。两人刚要向外走，只听那中年人突然道："等一下，两位先生请留步。"

念冰转身道："怎么？还有事吗？"

中年人道："看两位的样子应该也是厨师吧，只有厨师才有可能吃不惯别人做的东西。本店现在正好缺两名厨师，如果两位愿意的话，酬劳好商量。"

念冰和鸟卤对视一眼，不禁同时笑了起来，不说鸟卤，以念冰的身份，现在怎么可能在饭店中做厨师呢？就算要做，也要到清风斋那样的顶级饭店才有可能。

中年人看着两人的笑容不禁有些尴尬，赶忙道："本店虽小，但生意一直不错，而且我们给厨师的待遇一向不错，两位不妨提提条件。"

在他看来，敢于登门挑战的厨师厨艺必定不差，可他又哪里知道，念冰和焗卤前来，确实只是为了做自己的吃食而已。

念冰微笑道："多谢您的赏识，不过，我想就没有这个必要了。焗卤大哥，咱们走吧。"

两人转身朝外面走去，刚走到门口，一名身穿武士服的武士突然从正面迎了上来。念冰和焗卤开始还未在意，但那武士走到他们身前，也丝毫没有避让的意思，使得两人不禁同时停下脚步。

在两人停下的同时，那名武士也停了下来，看了念冰一眼后，赶忙低下头，道："二位，可是要到武士公会吗？"

念冰心中一动，道："不错，我们是想学习一些舞狮的技巧，尤其是亮黄色的狮子，我很有兴趣。"

武士脸上露出恭敬之色，赶忙道："那两位跟我来吧。"

说着，武士转身就走。念冰心中暗赞，血狮教不愧为仰光大陆最强大的地下势力，自己刚刚来到冰月城，就被本教眼线发现了。他先前所说的话，正是血狮教中的暗语，武士一听，自然就明白了。

三人走得很快，一会儿的工夫，已经来到了武士公会。在那武士的带领下，他们穿过乱糟糟的大厅，来到了武士公会后堂。此时，武士才恭敬地道："属下见过教主。请教主在会议室稍等，我这就去请堂主过来。"

念冰微笑颔首道："你去吧。对了，让厨房准备些材料，待会儿我过去。"

武士答应一声，转身去了。念冰带着乌卤走进会议室，坐在舒适的沙发上，虽然走路来到冰月城他们并没有感觉到疲惫，但坐在这柔软的沙发上，全身还是十分舒适。他们刚刚坐定，立刻有人送上茶点。会议室依旧是以前的样子，虽不豪华，但非常整洁，给人以好感。

一会儿的工夫，外面传来银砀的声音："教主，银砀求见。"他的声音穿透力极强，是直接飘入房间之中的。

"进来吧。"念冰淡然一笑。

门开，一身青色长袍的银砀从外面走了进来，他的衣服很单薄，一点也看不出是处于冰月帝国这么寒冷的环境下该穿的衣着，不愧是武圣级别的高手。看到念冰，银砀眼中明显露出兴奋之色，微笑道："教主，又有些日子没见到您了，您可真是神龙见首不见尾啊！"

念冰笑道："来，堂主请坐吧。我这不是出现了嘛。"

银砀知道念冰没什么架子，直接走到他对面处坐了下来："教主，您有什么吩咐？"

念冰沉吟道："有几件事要做。我这里有一封密信，你用最快的速度转交给我们在奥兰帝国的奥兰堂堂主，请他务必按照信中所言执行。"

说着，他手上银光一闪，一封信出现在他的手中。现在该是行动的时候了，奥兰帝国那边有洛柔在，正是最好的渗透时机，在这封信中，不仅有念冰对奥兰堂的指示，同时，还有当初洛柔给他的那条项链，只是上面红色的宝石他自己留了下来。

银砀接过信，恭敬地道："属下一定尽快去办，保证完成任务。"

念冰点了点头，道："这封信非常重要，一定不能落在外人手中，否则，对本教会有非常大的影响。这送信之人一定要可靠，明白吗？"

银砀点头，道："教主放心，本教有专门的方法送信，绝误不了事。"

念冰道："那就好。这是第一件事，你尽快去办就好。现在冰月帝国情形如何，有没有什么变化？"

银砀摇头道："没有，现在冰月帝国情况非常好，一切都在我们掌握之中，冰月堂发展得比以前快多了。有我和雪魄长老在，您就放心吧。教主，您这次来，对我们冰月堂有没有什么指示啊？我可天天想着您能来呢。"

念冰失笑道："想我来？你是想让我给你带来点好处吧？"

上次的变天行动完成后，原本在血狮教中处于中下游地位的冰月堂，一跃成为血狮教第一大堂。各堂的地位是看实力的，冰月堂几乎掌握了整个冰月帝国，自然成为血狮教中最为强大的一股力量。银砀也因为变天行动获得了极大的好处。

念冰在华融帝国时就与血狮七老商量过，内定银砀与雪魄成为血狮教的外姓长老，将来他们年纪大了后，可以留在血狮堂中养老。外姓长老虽然不像血狮七老那样对血狮教任何事都有决定权，但权力也非常大了。

银砀搓了搓手，嘿嘿笑道："属下不敢，不过，教主您如果有什么事需要本堂去做，尽管吩咐，我的手下全是精英中的精英，保证给您办妥。"

对于这位年轻的教主，不论是与其接触很多的银砀，还是其他几位接触较少的堂主，早已没有了轻视之心。单是那次的变天行动，给血狮教带来的利益就是百年未见的，这份功劳之大，使念冰在血狮教中完全坐稳了位置，再没有人不服。

念冰想了想，道："确实有点事要麻烦你。这样吧，冰月堂现在已经走上了正轨，暂时没有什么太大的问题，你从本堂中挑选出一批精英，人数不用多，一百人足矣，但必须都是冰月堂中的高手。最重要的一点，就是他们对我下达的命令必须无条件执行，不许多问任何事。这个一百人的小队就由你带领，至于你想要的好处，就要看你这百人小队有没有本事拿了。

"同时，传我教主令，命血狮堂五百血卫，以最快速度赶到冰月城与你这百人小队会合。队伍最好在半个月内集合，如果长老们有疑惑的话，你就告诉他们，我有重要事情要做。"

血卫是血狮教最强的一股力量，直接听命于血狮七老，只有七老同时签署命令，才能够调动这一队血狮教中最强大的暗杀力量，即使教主想要调动他们，也必须经过血狮七老的同意。

不过，以念冰现在对血狮教所做的一切，血狮七老自然不会不答应他这个请求。在上次的变天行动中，血卫的实力给念冰留下了深刻印象，五百人在最后攻入皇宫之后，竟然毫无折损，连受伤的都很少。

虽然他们每个人的实力并没有多强，但这五百血卫之间有着极为巧妙的配合，而且个个都是死士，再加上对毒药的应用，他们具有了极为强大的攻击力。在上次变天行动之前，血卫出击很少有超过五十人的时候。他们最大的一次成就，是凭借三十人，将一个地下势力的数百高手全部暗杀，而自身无损。

一听念冰这话，银砀顿时兴奋起来："怎么？教主，咱们又要有大行动了吗？您放心，一百个精英我三天之内就能挑选出来，这次，不论有什么行动，您可一定要带着我啊！您放心，我的手下要是有谁敢不听命令，我第一个要了他的命。"

念冰微微一笑，道："你挑选的这些高手，不但要实力强，而且要绝对可靠才行。银堂主，我要提前告诉你，这次的行动可不比上次的变天行动，因为，这次行动比那一次更加危险，而我们得到的利益从表面上却很难看出来。"

银砀愣了一下，但马上就坚决地道："教主，只要是您的命令，我们冰月堂保证没有任何怀疑地执行。"

念冰满意地点了点头，道："这就好，这次行动虽然危险，但对你这挑选出的百人小队来说，会有一些好处。当然，前提是他们要执行完任务活着归来。"

即将到至阴之日，没有凤女等人相助，念冰能够想到的，就只有血狮教的高手了。但为了不影响血狮教的未来，他并不想调动太多人参与。

银砀道："教主，那您这段时间是不是就留在我们这里呢？哦，对了，还有件事我要向您禀报。"

念冰一愣，刚要询问，他眉心处的天眼穴突然轻微地跳动了一下，一股熟悉而强大的精神波动使他心中暗暗一惊。

自从回到仰光大陆以来，这是他感觉到的最强的一股精神波动，即使是像神人西伦和冰洁那样的高手也没有来人的精神波动强。

门开，一道身影猛地冲了进来："念冰哥哥。"哽咽的声音响起，那窈窕身影猛地扑入念冰怀中放声大哭起来。

念冰眼力极好，虽然来人动作很快，但他还是看到了是谁，在他认识的人中，也只有她才会这么称呼自己。这来的，正是猫猫。

猫猫的哭声充满了悲戚，多日不见，她似乎又长高了一点，她的哭声带给念冰一丝不安的感觉。他抬头看向银砀，露出询问之意，银砀向他点了点头，示意自己刚要说的，就是猫猫。

念冰向银砀挥了挥手，银砀会意地退了出去，将门带好。

念冰抚摩着猫猫柔软的长发，轻拍着她的脊背，将一股股柔和的光元素输入她体内，平复着她极为激动的情绪："猫猫乖，快告诉哥哥，到底发生了什么事？你怎么会在冰月堂呢？是不是谁欺负你了？"

猫猫的哭声依旧充满了悲戚，在念冰的安慰下，她因为激动而颤抖的身体逐渐平复下来。

念冰心中不安的感觉更加强烈了几分，虽然还来不及仔细观察，但猫猫带给他的感觉与以前有了很大的差别。

念冰认识猫猫也有很长时间了，在他的印象中，猫猫一直都是一个快乐的女孩儿，她比蓝晨和龙灵小几岁，念冰一直将她当成妹妹看待。自从认识她以来，他还是第一次从这可爱的姑娘身上感觉到如此深切的悲伤，他隐隐猜到，一定有什么大事发生了。

最让念冰惊讶的，就是猫猫身上的精神波动。在心情激动的情况下，她的精神波动虽然极不稳定，但异常强大，强大到连念冰都暗暗吃惊。

良久，猫猫的哭声终于逐渐收歇，她在念冰的劝慰下坐了下来，她的眼睛已经变得通红，俏脸明显比以前消瘦了几分，脸色苍白，双眼无神，依旧在不断地抽泣。与之形成反差的是，她的身上散发出一丝强大的气息，那无形的精神波动散布在房间的每一个角落中。猫猫与以前相比，好像长大了一些，脸上的童稚之色消失了，取而代之的，是美眸中无尽的悲伤。

念冰拉着猫猫的手，道："猫猫，到底发生了什么事？你怎么哭得这么伤心啊！"

猫猫眼圈一红，险些又落下泪来，哽咽着道："念冰哥哥，可见到你了，你可要为猫猫做主啊！猫猫只有你一个亲人了。"

念冰心中大惊，顿时猜测出了一些，沉声道："猫猫，你先冷静一下，难道是希拉德叔叔出事了？"

猫猫点了点头，泪水再次流淌而下，双手紧紧攥着，念冰第一次在她眼中看到了异常强烈的怨恨。

"爸爸死了，妈妈死了，我的族人们都死了，就只剩下我一个人，猫猫只有一个人了。念冰哥哥，猫猫好可怜啊！你要替猫猫做主啊！"

虽然念冰已经猜到一些，但当猫猫说出自己的族人都被灭之时，他还是忍不住露出了骇然之色。猫猫一族虽然并不是最强大的种群，真正能够成为召唤魔法师的人也并不是很多，但他们一向不与人类社会来往，就像凤族那样，处于自给自足的状态。而且，猫猫一族有着与生俱来的强大精神力，可以保护自己。

当初希拉德给念冰留下的印象极为深刻。他的宠物召唤，对于普通魔法师来说，简直就是一个噩梦。什么人能够杀了希拉德，并将他们一族完全毁灭呢？

念冰心中暗暗盘算，在仰光大陆上有这种实力的群体实在不多。即使是现在的自己，想完全击败希拉德，可能性也并不是太大。

"猫猫，你告诉我，到底发生了什么事？你爸爸不是可以召唤风龙王卡罗迪里斯吗？"有龙王在身旁，就算是一名十三阶的高手也未必能够伤害到希拉德一分。

猫猫道："卡罗叔叔不在，他一直都没有回来啊！不过，爸爸说，就算卡罗叔叔在，我们也难逃一劫。好可怕，好可怕，到处都是血，到处都是鲜血。"

　　说到这里，她眼中不自觉地露出强烈的恐惧，身体一阵颤抖，又一次扑入念冰怀中。

　　念冰安抚着猫猫的情绪，道："猫猫不怕，有念冰哥哥在，我不会让别人伤害你的。你先冷静一点，将事情告诉哥哥，这样哥哥才能帮你报仇。"

第 212 章

猫猫一族的覆灭

在念冰温暖的怀抱中，猫猫果然变得冷静了许多，她点了点头，道："那天，天气很好，太阳很暖很暖。上次哥哥让人把我送回去后，爸爸并没有说猫猫，只是让猫猫继续努力修炼魔法。猫猫最不喜欢寂寞，趁着他们不注意，就又偷偷溜了出来。我只是想跑到附近去玩玩，然后就回家。

"上次我偷跑出去，妈妈可伤心了，猫猫虽然还想出来找哥哥，但又怕妈妈再伤心，所以就没敢跑远了。可是，等我回去的时候，一切都变了，一切都变成了红色，我们居住的山谷到处都是火光和鲜血。大叔叔死了，希灵姐姐也死了，他们都死了，都死了。"

说到这里，猫猫已经泣不成声。念冰轻轻拍着她的背，等她继续说下去。

"就在猫猫不知道该怎么办，完全惊呆了的时候，突然看到了几个人。他们一共有六个，穿得都很怪异。他们是魔鬼，猫猫肯定，他们一定是魔鬼，他们在追杀我们剩余的族人。爸爸已经拼尽全力了，召唤出他所有的宠物，却只能看着那些宠物一个个死去。

"爸爸一直护着妈妈，可是，那些人实在太厉害了，爸爸和妈妈联手都打不过他们。他们只分出两个人，就打得爸爸和妈妈全身是伤。猫猫好怕，猫猫那时候真的好怕，但猫猫更怕爸爸妈妈受到伤害，所以我就跑了过去，召唤出我的小宠物参战。当时，爸爸的样子好可怕，他让我快跑，可是，猫猫那时候已经不知道该怎么跑了。

"那六个人我记得很清楚，他们的速度好快，像飞一样，我们的族人一会儿就全死了。爸爸一直在喝问他们是什么人，为什么要对我们下毒手。那些人的样子很讨厌很可怕，他们说自己是神，说我们违背了神的旨意，所以必须死。"

"混蛋！"乌卤愤怒地大喝一声，猛地一掌拍在旁边的茶几上，茶几顿时变成了一地齑粉。猫猫说得虽然不是非常清楚，但乌卤和念冰都已经明白，杀害猫猫族人的，正是来自神之大陆的神人。

强烈的恨意从念冰心中升起，本来，他还不是十分坚定要帮助遗失大陆归来，神人的作为和猫猫的悲伤却点燃了他心中的火焰，此时，他再没有犹豫。

神人，这些卑鄙的神人竟然连猫猫的族人都不放过！

猫猫擦了擦自己脸上的泪水，道："爸爸那时候变得很可怕，看到族人都死了，爸爸和妈妈的眼睛都变红了，他们用了一种特殊的办法，把精神力提升到很强的程度，直接用精神力攻击，让那些坏蛋出现了暂时的眩晕，然后爸爸和妈妈带着我，坐在小结巴背上跑了出来。"

念冰一愣："小结巴？"

猫猫道："就是那次我们在一起时的那只金背地龙王啊！爸爸刻意培训它，使它进化得非常快，已经能够说一些简单的话了，只是它说不利落，老是结结巴巴的。所以，我就叫它小结巴。如果不是小结巴抵挡了不少攻击，恐怕爸爸妈妈也死了。"

念冰黯然道："那后来呢？你们既然已经逃出来了，希拉德叔叔和你母亲在哪里？"

他一边问着，一边抚摩着猫猫的长发，让她在自己怀中能够有些安全感。这也使得猫猫在激动之中，勉强能将那悲惨的经历说出来。

猫猫吸了吸鼻子，道："我们虽然跑出来了，但是爸爸说，那些人很快就会追上来，以小结巴的速度，我们是甩不开他们的，就算飞也很难。那时，爸爸和妈妈都已经受了伤。爸爸本来想让我和妈妈先走，可是妈妈怎么也不同意，他们争来争去，一会儿的工夫，后面已经能看到那几个身影了。小结巴虽然也能飞，但是它只能低飞，而且飞的时候还不如在地上跑得快，眼看那些人就要追上我们了。就在猫猫以为会像族人那样死了的时候，爸爸召唤出了自己最后一只召唤兽，妈妈也是。在我们族中，只要是召唤师，都有自己的本命圣兽，虽然是实力最强的宠物，但也与施展召唤术的人息息相关，一旦本命圣兽出现问题，那么，召唤师自己也会死去。"

念冰有些惊讶地道："本命圣兽？希拉德叔叔的本命圣兽不是风龙王卡罗迪里斯吗？"

猫猫摇了摇头，道："不，不是的，卡罗叔叔他虽然是最强的召唤兽，但他并不属于我爸爸。我爸爸和妈妈的本命圣兽是一对七彩凤虎。凤虎力大无穷，七彩凤虎更是凤虎中的王者，非常厉害的。它们拥有比普通凤虎更强大的能力，只要是爸爸、妈妈能够使用的精神魔法，这七彩凤虎同样能够使用，甚至能发挥出最强大的威力。

"本命圣兽是我们每一名召唤师从确定能够成为召唤师那一天起就开始修炼的，与召唤师本身共生。本命圣兽是不能轻易使用的，每用一次，召唤师自己的生命力都会根据本命圣兽消耗能量的多少而减少，所以，本命圣兽的召唤也被称为我们最后的召唤。

"爸爸妈妈之前在族里时已经召唤过一回本命圣兽了，配合我们的族人向那些家伙发动攻击，可是，那些家伙真的非常厉害，竟然连本命圣兽都对他们无可奈何。这一次却不一样，爸爸妈妈几乎同时用自己的心血与本命圣兽相合，在刹那间爆发出最强大的实力，朝那六个坏蛋发动攻击。有了心血相合，本命圣兽能够爆发出平时三倍以上的实力，而且将变得极为凶悍，但是，以心血相合，最后的结果必然是人兽同亡。因为相合的过程，已经透支了本命圣兽和召唤师的能量。这种方法，只有在明知道自己已经无法抗衡之时才会用，一旦用出就无法收回了。"说到这里，猫猫又哽咽起来，念冰胸前的衣襟已经被她的泪水浸透了。

　　念冰心一沉，看着猫猫泪眼婆娑的样子，心中一阵绞痛，他一直将猫猫当作自己的小妹妹看待，原本幸福快乐的猫猫，因为那些神人的出现而变成了一个无家可归的孤儿，这一切都是为什么？那些神人为什么要如此残忍地对付与世无争的猫猫一族呢？他虽然不忍心让猫猫继续说下去，但又急于了解事情的整个经过，只能一边安抚着猫猫深受创伤的心灵，一边低声问道："那后来呢？希拉德叔叔他们……"

　　猫猫始终低着头："死了，爸爸和妈妈都死了。不过，那六个坏蛋也在突然变化的七彩凤虎的全力攻击下死了一个，其余几个也都受伤了。在心血相合后，七彩凤虎的战斗力是直线上升的，直到它死亡的那一刻。

　　"心血相合作为召唤师最后拼命的咒术，除非实力相差太大，否则敌人也很难承受。可惜的是，本命圣兽太难修炼了，我们的族人也只有十几个人拥有本命圣兽，而能够施展心血相合的只有爸爸和妈妈。否则的话，那些混蛋就算再厉害，想杀害我的族人也必定会付出惨痛的代价。那些坏蛋的胆子很小，死了一个人，其余几个受伤后，他们突然就跑了。那时候，七彩凤虎本身已经是强弩之末，随时都有可能因为自身的能量爆发而亡，没想到，却把那几个家伙吓跑了。"

念冰愣了一下："吓跑了？"

想到神人的自私和对自己生命的珍惜，念冰自然明白他们为什么要跑。他们未必不明白那两只七彩凤虎已经是强弩之末，只是不愿自己受到任何伤害，所以才会选择退却吧。毕竟对于他们来说，没有什么比生命更重要。

猫猫点了点头，道："是啊！当时他们就跑了，猫猫一直在哭，我怕爸爸、妈妈有事啊！那群家伙实在太厉害了。可是，他们那么厉害，为什么要对付我们？爸爸、妈妈直到死的时候，也没弄明白这是为什么。

"那些人跑了之后，爸爸说他们一定还会再回来，可是，爸爸和妈妈因为用了心血相合，所以都不能动了，而且那时他们的脸色好吓人。猫猫好怕好怕。爸爸说，他们已经不可能再活下去了，不过，幸亏那些人跑得早，我们才有了一些机会。爸爸和妈妈说他们不会死，他们永远都会和猫猫在一起，然后，他们用我们一族特有的精神火焰燃烧了自己的身体，在七彩凤虎最后的帮助下化为能量留在我的身体里。爸爸和妈妈在快要消失之时，让我来找你，说请你保护我，然后让我自己苦练我们的召唤术，除非有绝对把握，否则不要为他们报仇。"

念冰若有所思地问："那希拉德叔叔和你母亲到底是死了还是没死呢？"

猫猫有些茫然地道："我也不知道，本族的典籍应该有这方面的记载，可是我没怎么看过，族里的典籍都被那些坏蛋破坏了。

"爸爸妈妈死后，我就骑着小结巴到这边来找你了，那些坏蛋并没有来追我，不知道他们是怕了，还是没追上。念冰哥哥，爸爸和妈妈真的死了吗？"

听着猫猫反问自己刚刚问过她的话，念冰压抑着心中的悲伤，看着猫猫那充满期望的眼神，勉强一笑，道："当然没有死啊！他们怎么舍得猫猫呢？这种情况哥哥以前也曾经遇到过的，从某种角度来说，你的爸爸、妈妈是以另一种形式存在着。或许，等某一天，你的实力足够了，就能够将他们唤醒呢。猫猫，不论是为了替你的爸爸妈妈报仇，还是为了唤醒他们，今后你都要努力了。你放心吧，在哥哥这里，保证那些坏蛋找不到你。我一定会尽量帮你报仇的。"

他现在都不知道该如何安慰猫猫了。他曾经杀过两个神人，也与神人打过一些交道，没想到这些神人除了自私之外，竟然还如此残忍。

灭族，那是灭族啊！如果他们的目的是将整个仰光大陆上的种群一一毁灭，那么，自己的选择就没有错。遗失大陆再有问题，也不如神之大陆带来的问题这么直接。希拉德夫妇的死，使念冰心中的一点犹豫完全消失。

猫猫认真地点了点头，道："哥哥，猫猫一定会努力的。爸爸和妈妈的能量进入我的身体后，猫猫的精神力增长了很多，而且我的小宠们也都进化得非常快，猫猫一定要为爸爸妈妈报仇！念冰哥哥，猫猫现在就你一个亲人了，你可不要像爸爸妈妈那样抛下我啊！"

念冰将猫猫搂入怀中："放心吧，哥哥永远都会保护猫猫的，猫猫乖，你看，你都瘦了，哥哥给你做点好吃的，好不好？"

猫猫眨了眨漂亮的大眼睛，点了点头，看着她那梨花带雨的样子，念冰心中生起一片怜意，立刻带着她去厨房施展自己精湛的厨艺。

念冰做了满满一桌美味的佳肴，但是，等食物上桌之后，不光是念冰，就连一向好吃的鸟卤也变得胃口很差，猫猫在念冰的劝慰下才勉强吃了点东西。

三天后。

一支百余人组成的小队进入了冰月城外不远的山脉之中。这片山脉，正是当初念冰抓了冰云后所隐藏的地方。这里给他留下了太深的印象，而这一次，他要做的事完全不同。

冰月堂堂主银砀做事的效率很高，两天时间，他就已经调集了冰月堂的百名高手。这些人经过他仔细筛选，最差的也有大剑师的实力，其中半数更是达到了武斗家级别，甚至还有两名武圣级别的高手。

念冰这两天也没有闲着，他到冰月帝国皇宫见了燕风。就在他带领这百余人来到这片山脉之时，冰月帝国一个由五万人组成的精英军团，在帝国元帅雪魄的带领下，已经朝奥兰帝国进发了。

比起上次变天行动之时，念冰变得更加成熟了，既然要做，他就会考虑到一切有可能发生的事。在他给血狮教奥兰堂的信中，还专门有一封给奥兰帝国宰相洛柔的信，在信中，他仔细地将遗失大陆有可能归来的消息告诉了洛柔，请她安排军队与冰月帝国派去的军团会合，并在天荡山脉附近驻扎。如果遗失大陆归来后发生不可预料的事，那么，两国联军就能在第一时间快速反应，尽量避免损失。不论是燕风还是洛柔，他们都十分信任念冰。

更何况遗失大陆的事如此重大，念冰之所以在去见燕风之前就已经把信送出，正是因为他相信燕风和洛柔信任自己。

他并没有想过凭借两国军队去对付那些神人，毕竟，到了神人这个级别，人数已经很难起到决定性作用了。冰月、奥兰两国都开始了自身的快速发展，念冰自然不希望他们有太大的损失。只要天荡山脉那边没

278

有了后顾之忧，念冰也可以放手去做自己要做的事。

关于神之大陆和遗失大陆的事，念冰详细地与燕风交流了一整天，他并没有隐瞒自己对这两片大陆的认知。两人商量后，燕风决定在物资上全力支持念冰，只要他有所要求，一概应允。

燕风本来打算招募一批帝国中的武士供念冰调用，却被念冰拒绝了。血狮教的秘密，念冰是不可能让燕风知道的，更何况，念冰需要的是一支完全能够听从自己指挥的队伍。

还在冰神塔的时候，念冰已经有了自己的打算，为了化解即将到来的危机，他想好了全盘计划。

虽然他的计划并不是完美的，但面对实力如此强大的神人，他也只能尽自己的全力去做了。

焉卤依旧是原来的样子，在长生刀的作用下，他就像一名威武的人族武士。念冰拉着猫猫的手，三人走在队伍的最前端。

此时，已经是冰月帝国最冷的时节，念冰特意命人给猫猫赶制了一件厚厚的大衣御寒。毕竟，召唤师虽然拥有与生俱来的强大精神力，但他们自身的缺点也很明显，因为肉体脆弱，而且不能使用武技，他们与普通人并没有太大区别。对于这个可怜的小妹妹，念冰悉心呵护，唯恐她受到一点伤害。

焉卤一边走，一边用斗气传音向念冰问道："兄弟，我们这是要到什么地方去？你这血狮教的属下确实不错，一百多人，却完全没有混乱。"

念冰回头看了一眼身后的队伍，在他背后不远处，就是冰月堂堂主银砀，而银砀身后的百人，都有序地前行着。虽然这片山脉中风雪极大，天气寒冷，但正像焉卤所说的那样，他们始终都能保持整齐的队形，没有任何混乱之处，而且他们一个个面容平静，相互之间并不交谈。一路走着，念冰只能听到北风的呼啸声和众人轻微的脚步声。这批人让念冰很满意，群战并不比单人作战，不是仅靠个人实力就能够决定胜负的，配合更为重要，尤其是在听从指挥这一项上，恐怕没有比血狮教教众再合适的人选了。离开冰月城时，念冰已经命银砀留下人手通知即将到来的五百血卫，他们只要一赶到，立刻就会来这片山脉与自己会合。

时间不长，还有两个月，但在这两个月内，念冰要做的事却很多。

队伍中最轻松的就数猫猫了，在念冰施展的风翔术作用下，她一直双脚离地，自己根本不用出力，被念冰拉着前行。

"念冰哥哥，我们什么时候到啊？这里好漂亮哦。"由于不用自己走路，又有念冰施展的魔法结界保护，她根本感觉不到周围的寒冷，柔软的大衣穿在身上，说不出的温暖。这几天，在念冰的劝说下，单纯的猫猫已经逐渐从悲伤中走了出来，今天一大早他们就踏上了前进的旅途。

这片山脉虽然环境恶劣，但能看到不多见的冰川，猫猫还是第一次见到晶莹如玉的寒冰。这里的雪并不是很大，风却异常凛冽，在寒风中，飞舞的雪花和周围随处可见的银白色冰川给人一种朦胧的美感。太阳的光芒并不是那么充足，周围一切都是白茫茫的。

念冰握紧猫猫的手，微笑道："不远了，你看到前面那片冰川了吗？只要到了那里，我们也就到地方了。猫猫，你冷不冷？"

猫猫摇头道："不冷，可暖和了，哥哥，在你身边真好。我们来这里是干什么呢？"

念冰道："等我们到了你就会知道了。不过，哥哥可要提前告诉你，我们来这里可不是为了玩。虽然你并不是我训练的目标，但是，你也不能懈怠，让你那些宠物好好练习，它们越厉害，你自然就会变得越厉害。"

念冰所选的地方是这里最大的一片冰川，到处都可以看到那巨大的冰挂，光滑的表面极难借力，想要攀登上去非常困难。

来到这片冰川前，念冰停了下来。看着眼前巨大的冰川，他眼中流露出一丝冷意。银砀来到念冰背后，低声道："教主，我们要怎么做？"

念冰淡然一笑，道："银堂主，你看这连绵起伏的冰川，确实是大陆上最美的景色之一啊！今后两个月，这里就是我们生活的地方。传我命令，每个人在这冰川的峭壁上开凿一个冰洞，今后，冰洞就是你们居住的地方，这是今天的第一个任务。"

银砀没有任何疑惑，点了点头，大喝道："教主有命，本教弟子听令，冰川开洞，一人一洞，居住之用。能力强者在上，依次向下，开始！"

银砀一声令下，一百名冰月堂属下全部动了起来。赶路一上午，寒冷的天气虽然令他们有些疲倦，但对他们并没有太大的影响，一道道矫捷的身影腾空而起，朝那光滑的冰川上扑去。一时间斗气光芒闪烁，冰川上不断传来清脆的声音。

冰月堂弟子大多使用的都是刀，刀成了支撑他们身体的工具。在冰川上开凿冰洞，最难的就是开始的过程，因为在冰川上很难借力，所以，一切都要靠自己对斗气的巧妙应用才有可能成功。

看着冰月堂这百名精英的动作，念冰满意地点了点头。这些属下不愧是在北方长大的，他们并没有直接用斗气去轰击冰川，因为那样很容易引起冰川龟裂，他们都是将斗气灌注在刀上，直接从冰川上开凿冰洞。

对于普通人来说，这是一个不可能完成的任务，但是对于这些至少是大剑师的高手来说，开凿冰洞并不困难。不到半个时辰，最前面的冰川上已经整齐排列出一个个冰洞。冰洞不算太深，这些生长在北方的高手都很有经验，冰洞内是弯曲的，这样就可以避免外面的寒风直接吹到身体，尽量保持身上的热量。

在出发前，念冰明令，任何人不许穿戴或者携带厚实的衣服，这对他们的御寒能力要求很高。

银砀飘身而落，他属下的冰月堂弟子们重新排列好队伍。

"回禀教主，冰洞开凿完毕。"

念冰的目光扫向众人，此时，就能看出他们能力的高低了。银砀和那两名武圣级别的高手依旧是一脸轻松之色，仿佛什么都没做过一样；那些武斗家级别的高手也只是身上冒起一些热气，脸色微红，气息比先前粗重了一些；而最差的大剑师级别的就不是那么轻松了，胸脯随着喘息声不断起伏，脸色通红，显然消耗不小。

念冰向银砀点了点头，平静地道："你们都是本教的精英，今天我带你们来到这里，想必很多人还不知道因为什么。我现在就告诉你们。"

念冰的声音并不高，但在精神力的覆盖下，他们都能够清晰地听到每一个字。

"在两个多月后，我将带领你们与本教的五百血卫一起执行一个重要的任务。我想，你们也能想象得到，需要五百血卫一起执行的任务有多么艰巨。而在这之前的两个月，我带你们集训。两个月的时间不算长，但也不算太短，我只是希望你们明白，现在多努力一些，在执行任务的时候，就更有可能保住自己的性命。

"我知道，本教弟子都是不畏死亡的勇士。但如果能够不死，恐怕谁也不愿意离开这个世界吧。其他的我不多说了，从现在开始，我所下达的每一条命令，你们都必须立刻执行，如果谁懈怠，我不会惩罚他，也不会杀他，我会让他离开这个集训的团队。冰月堂是一个团结的集体，我希望最后没有一人掉队，否则，那将是整个冰月堂的耻辱。你们明白了吗？"最后几个字，念冰的声音骤然提高，精神力覆盖到每一个人，在那穿透力极强的声音中，所有冰月堂弟子都是全身一震，明显变得兴奋许多。

"明白了！"庞大的声浪响起，每个人都挺直了自己的腰杆儿，他们宁可面对死亡，也绝不愿意成为耻辱。

念冰微微一笑，满意地看着这些血狮教培养起来的下属，道："好，那你们即将迎来的，是第二个挑战。记住我的话，谁也不许到冰洞中隐藏，这里是你们的阵地，你们要做的，就是齐心协力，相互帮助，守护好这片阵地。在你们身边的，都是你们的战友、你们的伙伴、你们的兄弟，我希望，最后在这里，依旧能看到一百零一个人。好了，你们准备吧。"念冰的话语一落，隆隆巨响声就从上方逐渐传来，包括冰月堂堂主银砀在内，这些血狮教的教众脸色终于变了。随着隆隆声响越来越大，他们都明白即将发生什么，而这发生的一切还是他们自己引起的。

连绵起伏的冰川之后，是一座巨大的雪山，即使在冰月帝国最暖的夏季，雪山的半山腰也在白雪覆盖之中，而在这极寒的天气下，整座高峰的积雪在先前那突然出现的巨大声浪中塌陷。雪花，本是无法伤人之物，而雪崩却是人类最难抵挡的几种灾难之一，虽然它的威力比不上火山爆发，但雪崩的速度以及雪崩时覆盖的面积，是火山爆发无法相比的。

念冰一手拉着舃卤，一手拉着猫猫，在寒风呼啸下飘浮在半空之中。猫猫有些疑惑地道："念冰哥哥，你是故意的对不对？你刚才诱他们大声答应，就是为了制造这个雪崩吧？"

那声势浩大的积雪澎湃而下，其中还夹杂着坚硬的冰屑，它们咆哮着、冲击着，只是一瞬间已经来到山下，将最里面的冰川覆盖了。数次呼吸后，积雪已经如同巨大的冰雪怪兽一般吞噬向最后一片冰川下的血狮教众人。

念冰微微一笑，道："他们的声音未必能够引起这么大的雪崩，不过，刚才我每说一句话，都包含着精神震荡。在这些精神震荡的能量影响下，雪山上的积雪已经松动，这次雪崩，你可以理解为是我故意引起的。只有在极端恶劣的环境下，才能激发他们更强的实力。在大自然的灾难面前，他们想成功脱险，就必须相互配合，只有彼此协作，他们才有可能成功。"

（本册完）

《冰火魔厨 典藏版 11》即将上市，敬请关注！